张召忠
ZHANG ZHAO ZHONG

北京广纳文化有限公司
北京长江新世纪文化传媒有限公司
出品

进击的局座：
悄悄话

张召忠 / 著

长江出版传媒 | 长江文艺出版社

进击的局座：悄悄话

目录　　　　　　　　　　　　　Contents

序　言

第一章　"局座"，一个退休老头儿的进击！

误打误撞闯入新媒体 / 003
神奇的"90后""00后" / 005
"局座召忠"，为了话语权？ / 008
我有信心网住年轻人！ / 012
"我就宣你的幽默劲儿！" / 016
守住一方净土 / 021

第二章　兵者，国之大事，死生之地

18岁前没吃过苹果 / 027
本为下里巴人，受不起抬举 / 032
我在一个坑里蹲了50年 / 034
满脸褶子，满心欢喜 / 037

第三章　非议声中，我从未想过停止前进

在骂声中成长，在批评中进步 / 043
我并没有高超的预测能力 / 049
"张召忠，你为什么不带兵打仗？" / 055
一片赤诚心，不怕泼冷水 / 057
心中一杆秤，脚下一条路 / 060

第四章 尊新必威，守旧必亡

美国大片，中国神剧 / 069

中国动漫：奋烈尤可为 / 072

日本舰娘：二次元的威力 / 076

向前走的，才叫路 / 079

看不见的软实力，看得见的浮躁 / 084

不懂创新，越努力越可怕！ / 088

我们需要融入时代的通俗作品 / 091

第五章 国防，真的与您无关吗？

皮之不存，毛将焉附？ / 107

我们并不强大 / 112

战争离我们并不远 / 115

中国不怕炸吗？ / 122

大炮一响，黄金万两 / 128

以色列女兵是作秀吗？ / 133

媒体舆论的洪荒之力 / 137

让我带你们到军舰上走走 / 141

尚武精神，中华民族的灵魂 / 147

最后让老张喊几句口号！ / 155

第六章　网络战，静悄悄

别不知不觉当了间谍 / 163
网络危机四伏，我没忽悠你 / 166
不要被人卖了都不知道 / 170
汉奸现象是中国特有的历史现象？ / 176
别因为收视率泄密了 / 179
别把猫当老虎 / 182
要想富先修路，不想被淘汰就去占领网络 / 186
未来的战争，是较量科技和智慧的网络战 / 188
我们还不强大，怎能懈怠 / 193

第七章　积财千万，无过读书

现在，还有谁在读书？ / 199
我的每一个进步，都与读书有关 / 205
好心态，读好书 / 208
学以致用是关键 / 213

第八章　学习，真的需要革命吗？

我们不需要"像"的人 / 219
我们总在奔跑，却疲于冲刺 / 222
"重道轻技""学而优则仕" / 225
求真务实远比高学历重要 / 229
授人以鱼，不如授人以渔 / 234
网络时代，不要等着别人教你 / 237
不是没有潜力，只是不够努力 / 240

第九章　但得夕阳无限好，何须惆怅近黄昏

夕阳想跟朝阳聊聊天 / 247
没人愿听爷爷讲过去的事 / 249
不要期待战争，太残酷 / 252
就这么成为"愤青"，合适吗？ / 256
不要过度迷恋先进武器 / 266
谁是这个时代的英雄？ / 270
孤独的前面就是成功 / 275
有榜样是件幸福的事 / 278

第十章　进击二次元

小时候过年的那些有意思的事儿 / 283
那些年，我喜欢玩的游戏 / 284
我这辈子最佩服学富五车的人 / 285
吃饭，是一件多么幸福的事 / 286
老张的养生之道 / 287
做人不能言而无信 / 288
老张的勤俭节约之道 / 289
老张其实很会做饭！ / 290

序　言

今年5月的一天，长江文艺出版社副总编辑金丽红女士给我打电话，说要跟我谈谈出书的事情。金丽红号称中国畅销书之母，经她手捧红了一个又一个明星大腕，只要她经手的图书没有一本不畅销的，堪称神人一枚，业界无人不知，无人不晓。第一次面谈约在我的工作室，寒暄了几句之后，她开门见山："2016年我们有个小目标，就是先出一本书；然后就是个大目标，要进行战略合作，把你所有的图书全都打包出版。"胃口好大，我当时没有任何思想准备，这气势倒是把我吓了一跳。我赶紧跟我的团队商量，看这样合作是否可以。他们告诉我，现在根本没有时间，每天都在忙微信公众号的更新，关于图书出版，正在与几家出版社商谈，有的几近签订合同。半路上杀出个程咬金，金丽红是突然出现的，对于这样的突然袭击我们完全没有思想准备。于是我就开始战略忽悠，跟她打马虎眼，希望一推了之，商量商量讨论讨论研究研究再说之类的。没想到她突然站起身，换了个位置，义正词严地跟我说："合同几天后就发给你，预付款马上就打到你账上，小目标和大目标都要实现，我相信我们的目标一定都能实现！"天啦噜！那场景，让我一下子想到小说《红岩》里的双枪老太婆，把两个盒子炮掏出来，猛然往桌子上一拍：局座，这书出也得出，不出也得出，我们吃定你了！

这阵势我从未见过，显然金丽红是见过大世面的人，久经沙场，她根本就没把我这小河沟放在眼里。

我只好支支吾吾地答应下来，但我必须做几点解释：首先，我的学科专业是科学技术和武器装备，跨学科方向延展到国际关系、军事战略、联合作战、国际法规等，这些都是非常专业非常枯燥的内容，长江文艺出版社的图书大都是名人札记，偏重文学艺术和社会科学，所以内容上可能不适合做畅销书选题。其次，我是个个性鲜明、十分廉洁的人，虽然出版过20多本书，但从未通过关系推销过一本书，我认为图书是个性化需求的特殊商品，强塞给别人效果不一定好，所以你们不要指望我到处拉关系走后门帮你们推销图书。最后，网上的东西出书可能有问题，我习惯于网上来网上去，左耳朵进右耳朵出，就像一阵风飘过，碎片而已，出版图书可能不太庄重，格调上怕压不住。我担心的事情其实她也担心，回去后出版社进行了慎重研究，最后还是决定要出。既然如此，局座就从了你们吧！

我是个非常讲信用的人，一旦答应别人的事情，就一定要用心去做。1999年在撰写《谁能打赢下一场战争》的时候，正赶上过春节，因为加班加点太过劳累，脖子底下长了个鹅蛋大小的瘤子，无法低头写作，我就躺在床上放了个小桌子坚持写，最后实在坚持不了，去301医院动手术，住院期间，才把书写完交稿。撰写《下一个目标是谁》这本书的时候，我把自己关在一间小房子里，天天吃方便面、煮老南瓜，用一个假期写完大部分书稿。在如此浮躁的学术氛围中，我依然可以昂起头，拍着胸脯豪迈地说：我出版过的所有专著都是我自己撰写的！这话有意思吗，谁的书不是自己撰写的？那可不一定啊！是的，本来很正常的事情，我知道早已变得很不正常，好在我还算一个正常的文人。

"局座召忠"微信公众号中有一个小栏目叫《局座悄悄话》，每期一二十分钟，主要是我用音频跟大家聊天儿，说说心里话。说的话题都是

序　言

大家关心的事儿，很多是回答网友问题，家长里短、为人处世、人生经验和军事内容等。由于话题贴近年轻人，讲述的方式又是聊大天儿唠嗑儿，所以很受大家欢迎，到现在已经更新了110多期。出版社希望把这些讲述的内容变成文字，出版一本书，就叫《进击的局座：悄悄话》。这是个好主意，我很同意，双方一拍即合，就转入了操作。基本流程是：每天我负责讲述产生音频，讲述的内容由编辑大贝撰写一篇图文推介在公众号发表，讲述的速记稿和图文推送内容一起作为书稿的基础进行再编辑。全书的编辑工作交给大贝负责，这位美女编辑是位"90后"、文学硕士，文笔非常好，业务很熟练。于是，讲述＋推文＋书稿编辑开始正常运作。

突然有一天，我感觉哪里不对劲，这本书好像没有主题啊，拉拉杂杂讲了那么多，想说明什么道理？什么观点？这不行，必须要有宏大的主题，清晰的层次，翔实的论据，鲜明的观点。什么主题好呢？左思右想，最后想了一个主题，那就是要进行国防教育和爱国主义教育！我很高兴，终于又回到我的老本行，我为之而奋斗了一生，这是我熟悉的专业方向。于是，我把以前写过的论文、书稿、报告、讲课稿等十几万字的资料交给了大贝，希望她融入书稿中。飞驰的列车本来按照既定的轨道在运行，突然间又要改变路线，重新铺设轨道，开向另一个前进的方向。我看得出来，大贝有点蒙。我不断鼓励她，随便裁剪，随便折腾，反正都是我自己的东西，没关系。就这样，夜以继日，日以继夜，大贝像我以前遭遇的写书之痛那样，在经历了诸多磨难之后终于按时交稿。

稿子交到出版社，我本来以为他们会很满意，没想到他们提了一大堆意见，主要还是希望回归到悄悄话的风格。我说那好，稿子交到出版社，出版社就有权进行任何修改，你们修改越多我越高兴，因为我们的目标都是一致的。于是，出版社的责任编辑瑞暄就开始大刀阔斧地修改和编辑。这位海归的"90后"文学硕士再次经历了大贝那样的痛苦，夜以继日，日以继夜，前后折腾了两个月！什么叫后生可畏？什么叫初生牛犊不怕虎？

大贝和瑞暄这俩"90后"真真教育了我,这一代年轻人太厉害了!简直不得了!

  30多年前,我在一个部门担任领导,下面管着一个期刊编辑部。有一天,上级找我谈话,向我传达了高层首长的指示,要求对期刊室主任进行处理,因为他擅自修改了一位老教授的文稿。原来这位老教授主动撰写了一篇论文,投稿到我们编辑部,编辑室主任亲自编辑修改,发回征求意见后再发表。这很正常,没什么问题啊,为什么要处理和批评这位主任?作者大动干戈,告状信还寄送给高层领导,这本身就不对!我拒绝对这位编辑室主任进行批评,更拒绝对他进行行政处分,我坚持认为他做得完全正确。这件事对我教育很大,从此之后我发出去的论文和书稿,都要专门跟责任编辑交代,我的任务完成了,编辑和修改的权力都交给你了,你随便改。尽管如此,几乎没有编辑改动过我的文章,顶多就是改正一些错别字而已。瑞暄不是之一,而是唯一,是我接触过的所有编辑中唯一一个胆子够大、改动够多、用尽洪荒之力且能锦上添花的好编辑。

  图书出版之前,出版社要求我写个序言,我问瑞暄,这本书你最了解,说说看有什么特点呢?她说了七个字:"幽默,真诚,有诗意。"言简意赅,这是对我这本书最好的诠释。幽默是人类文明的最高境界,不懂得幽默,听不懂别人所开的玩笑,一言不合就拳脚相加,那是没有文化的表现,跟野蛮人没什么两样。不会用幽默的语言去化解尴尬,不会用幽默的方式去与人沟通,开口就给人训话,说话就大嗓门吼叫,张嘴闭嘴都是大道理,好像天底下只有自己最伟大最正确最牛×。要知道,群众,只有群众,才是真正的英雄,而我们自己往往是最可笑的!"古今多少事,都付笑谈中。"凡事没必要都那么认真,说话办事也没必要都像暴风骤雨,轻声细语不是很好吗?我从来不喜欢讲空泛的大道理,上千人听我演讲,我也都是在讲故事,故事听完了,道理自在其中,什么道理你自己去揣摩,师傅领进门,修行在个人,都是成年人,用不着我手把手去教你怎么做。我讲课、做节

序　言

目从来不用稿子，都是娓娓道来，抽丝剥茧，循循善诱，有理不在声高，任何强加于人的吆五喝六都是没有用的。

我服役45年，一辈子进行国防教育和爱国主义教育，不管是讲课、做报告、写书还是做节目，权威性应该不成问题。如果我倚老卖老，跟年轻人说，我要对你们进行国防教育和爱国主义教育，要好好听讲！几分钟后再看，肯定全吓跑了。要想达成战略目的，调动千军万马正面进攻，如此兴师动众未必有效果。如果侧翼包抄迂回进攻反而可能曲径通幽，正所谓条条大路通罗马。小时候坐在土堆边听爷爷讲那过去的故事，讲述人可都是老红军、老八路啊，那些故事都是他们亲身经历的事情，当时听得我心潮澎湃、热血沸腾。今天我自己成了老爷爷，我应该怎样给孩子们讲故事呢？年轻人都很忙，谁愿意停下来听你个退休老头儿瞎唠叨？这就需要讲究方式方法，所谓润物细无声。于是我摇身一变，成为人生导师，给孩子们讲自己是怎样学习、怎样生活、怎样成才、怎样面对批评、怎样面对坎坷、怎样面对嫉妒、怎样面对失败、怎样面对成功等等，这些人生经历不可复制，别的书中也不会有，都是我个人的体会，所以这些悄悄话并非一阵风，可能影响他们一辈子。

真诚是什么？就是掏心窝子，打开天窗说亮话，有啥说啥，别整那些高大上。真诚就是厚往薄来，人心换人心，四两换半斤。吃亏是乐，吃苦是福，别总想着占别人便宜，这样就能感受到真诚所在。我总说，跟孩子们说话要蹲下来，别高高在上，首先在物理上要保持平等，这样就不存在势位差，没有高低贵贱这些势位差也就不会积累能量差，孩子们就感觉跟你是平等的，就愿意跟你交流，就会把你当成他们的朋友、战友。我就是这样的心态，以前的功名都让它随风飘去，现在无官一身轻，就是一个退休老头儿，没事儿跟大家在网上聊天儿，现实生活中也坐地铁、遛狗、逛商场，跟大家一个样。小伙伴儿们一看我跟他们是一头儿的，都叫我局座、老张、老司机，没人再尊称我张将军、张教授，他们感觉那太生分了。在798举办的军武

进击的局座：悄悄话

大本营见面会上，262他们在现场让我用如下词语造句：见局滚、因果律、狗带、23333、6666、卖萌、中二、二次元、现充、老司机、一条咸鱼、打酱油、膝盖中箭……我当场造句是这样说的："一年前我膝盖中箭，变成军武打酱油的，偶尔也去《最强大脑》卖萌，要知道我也曾是中二，只不过现在变成一个老司机，希望不要成为狗带，要变也要变成一条咸鱼，在网络上翻江倒海。希望大家见局滚，看局座如何使用因果律武器守疆护土。23333，我说得还6666吗？"

我小时候在老家种地，挖一个坑，小心翼翼地把几粒种子撒进去，期待着它们发芽、开花、结果。现在突然发现，很多地方使用飞机播种，广种薄收，撒下一麻袋种子，秋后能收获个半斤八两的就心满意足了！我经常想，任何事情都有个度量衡，那么衡量传播力的标准是什么？你说了那么多话，写了那么多书，做了那么多节目，用什么来衡量你的传播力？按照唾沫星子所散发的泡沫多少，按照图书销售量的多少，抑或按照收视率收听率的高低？都不是，应该是人民群众的口碑！俗话说这奖那奖不如群众的夸奖，老百姓说好那才是真好。《防务新观察》制片人多年前向我讨教提升收视率的方法，我告诉她，随便拿一期节目，找些士兵、司机、民工、保安、保洁员或者路人来看，他们的评价就是最真诚最可靠的评价，只要他们说好，收视率一定不会低。每个人心中都有一杆秤，有的人用领导的评价、专家的评价来衡量，我从来都是用人民群众的口碑来衡量。得人心者得天下，只有顺应时代潮流者才能兴旺发达。作为一个学者，研究出来的东西总是想让它被最大限度地传播，被最大限度地接受，那就不能自个儿把自己关在屋子里搞研究，得走出去看看我面对的那些"被传播者"，看看他们到底在想什么。如果想让别人对你说真心话，告诉你他们在想什么，那你自己首先得说说真心话，告诉他们你自己在想什么。这本书里，写的都是我的真心话，此谓真诚所在。

至于有诗意，我很惭愧。想当年我也曾是文艺青年，小学就读完了《西

序　言

游记》《三国演义》《水浒传》，六年级就写了十几万字的小说，而且经常给《中国少年报》写文章。后来开始写散文、诗歌，在北大读书的几年中，经常好为人师，在楼道里给青年学子们讲诗歌散文创作，要知道，我住在35楼，隔壁就是中文系，那可真是无知者无畏！文学文艺的种子大概就是那个时期种下的，可惜后来就再也没有开过花，更谈不上结果。自从转入科学技术研究后便开始了枯燥无味、日复一日、年复一年的死磕，文学艺术细胞逐渐死去，科学精神日渐升华，最终走上大众普及这条道路，利用电视、网络进行国防教育和爱国主义教育，在这方面，我早年的文学功底、表达能力的确帮了不少忙。如果说这本书中有诗意，那一定是两位美女编辑妙笔生花，她们用"90后"的视角和"90后"的笔触来向年轻人进行文学表达，比我更富有诗情画意，更具有时代气息。

网上流行一句话："真当局座不上B站？"孩子们说的B站就是哔哩哔哩动画网站，英文叫bilibili，故而得名，里面大多是二次元文化。其实，说起我跟二次元文化的接触，最多的还是军武次位面。去年刚退休我就去军武次位面工作室参观，他们是中国二次元军武文化的集中营，全都是一帮子"90后"，虚拟现实、网络游戏、3D建模、3D打印、网络视频等等一应俱全，看后让我眼界大开。今年9月份，我与军武次位面合作的新节目《军武大本营》开播了，节目中我跟孩子们一起玩儿一起闹。二次元文化中我喜欢的另外一种表达方式就是漫画。今年初，我在网上发现一组漫画《舰娘之玉碎：局座进击》，起初大家认为是黑我的，因为很多画法扭曲了我的正面形象，把我与舰娘结合在一起，很不严肃。我看后却兴奋不已，我很喜欢运用年轻人喜闻乐见的二次元文化来表达爱国主义情操。经与作者联系，"局座召忠"微信公众号已经连载了20多期这个系列的漫画作品，好评如潮。

9月1日是开学日，我在微信公众号发了一篇文章《玩手机打游戏已成潮流，家长再不跟上时代，就要被娃娃们淘汰啦》，另配有30分钟的音频，从而引起网友热议，两天内评论340多条，很多评论说："张爷爷你还缺孙子吗？"显然，孩子们把我当成了他们的朋友和长辈，显然年龄在这一刻不再重要。他们为什么喜欢我？因为我的观点得到他们的赞同。如今我们进入信息时代，不懂数字化就无法生存，不让孩子们玩儿手机、上网、用电脑，这行得通吗？我跟孩子们站在一起，高呼要向大禹同志学习，要向李冰父子学习，治水之法宜疏不宜堵，网络不是洪水猛兽，运用得好受益无穷！然并卵，一个退休老人微弱的声音早被淹没在一片喧嚣之中。我只能在我的自媒体"局座召忠" 微信公众号给大家说句悄悄话，这种耳语之声就像那风声雨声随风飘逝，但读书声却声声悦耳，既然如此，那你们就去读书吧，从《进击的局座：悄悄话》开始……

张召忠

2016年10月

第一章

"局座",
一个退休老头儿的进击!

一个人，进入一个行业，有很多的偶然。偶然认识了一个人，偶然看了一本书，偶然听人讲了一个故事，偶然听了一次报告，这些个都会影响他的一生。老张进入军事这一行很偶然，至于成为"局座"，开微信公众号，那就是更偶然的事了。

误打误撞闯入新媒体

2015年7月，我退休了，一个63岁的老头，退休之后干点啥？我对出国旅游没什么兴趣，那就在家待着呗，也算是陪陪家人。可我身边的人，他们也都有各自的乐趣，看剧、炒股、遛弯，生活过得也算是丰富多彩。我不会钓鱼，坐在池塘边钓半天也钓不上来一条鱼，我也不会打麻将，也不会打牌，啥都不会。别人建议我去练毛笔字，说万一你要写得好了，以后还能被人珍藏起来，我看了看我写的那些个毛笔字，自己都没兴趣留着，怎么还能想着让别人留着呢？我不是这块料啊。想来想去，我到底能干啥呢？

我这个人是草根出身，18岁之前是农民，在农村踏踏实实种地的那种农民，1970年入伍，先后在海军南海舰队、北海舰队、海军装备论证研究中心从事岸舰导弹及其他海军武器装备的使用、论证和研究工作，1993年以后从事国际战略、海战法、海洋法及战略问题研究。1998年调入国防大学任教，2015年退休。从事了一辈子科研教学工作，我这一辈子似乎就做了这么一件事儿，也只会做这么一件事儿，也只爱做这么一件事儿。如今这么一个无趣的老头儿退休了，除了看看书，写写文章，实在想不出自己还能做点什么有价值、有意义，并且能让自己觉得快乐的事情了，所以老张最后决定不"隐退"了，退休说不定是另一个开始，可以拿出更多的时间与心思做自己想做的事儿了。

2015年的最后一天，我开通了自己的微信公众号"局座召忠"。开通微信公众号之前，我不知道微信是什么，我也没玩过，我身边的那些年轻人跟我说，可以把我以前的研究成果放在这上面，跟大家交流交流，说很多年轻人都玩这个。这些话可真是说到我的心坎儿上了，我一直都想通过这么一个平台，给大家看看我研究出来的东西，跟大家说说心里话，看看今天的年轻人都在思考些什么，看看我这个六十多岁的老头能为咱们国家七八点钟的太阳做点什么。他们都说其实我是想网住这些年轻人，哈哈，确实是这样，年轻人爱在微信上逛，我就赶快来占领这个阵地，生怕自己落后了。

现在有许多人告诉我说，我怎么就没有感觉到你是个退休的老头呢？电视上能看到你，网站视频上能看到你，微信上也能看到你，跑个书店，还能看到你！我跟你们说，虽然老张今年64岁了，但老张可不老，老张跟年轻人一样，都在不断攀登中，不断进击中！

神奇的"90后""00后"

对我来说,"90后""00后"是神奇的一群人,是谜一样的存在。

我的小孙子一岁多的时候,他爸爸不让他玩电脑,怕伤眼睛。我说爷爷带你偷偷玩!等他爸爸出去了,我抱着他开电脑——点优酷,儿童游戏,找到《愤怒的小鸟》,开始玩起来。这个过程是比较复杂的,一般人需要学习。当时我抱着孩子一步步地做。玩着玩着,他爸爸回来了,我们马上关了。过了几天,我突然发现,孙子自己开机在玩。天啊,他是怎么打开的?从那一刻开始,我说不行,我一定要研究这帮孩子——这还得了,我们这一代人,需要努力学习怎么玩这些新媒体新科技,可是"90后""00后""10后",对这些新媒体高科技的掌握,都是与生俱来的,这是怎么回事?我一定要走近年轻人。

现在的年轻人,是中国历史上最幸运的一代人。中国历史上有很多战乱饥荒的时期,人们的生活危如累卵,颠沛流离。我20岁到30岁那段年轻的时光,是在非常艰苦、非常贫穷的状态下度过的,也是在战争威胁的环境下度过的。朝鲜战争、越南战争、中印边境自卫反击战、中苏边境自卫反击战、中越边境自卫反击战、中越海上武装冲突等等。1980年两伊战争期间，我还身处炮火纷飞的战场！我是幸运的，尽管有各种干扰，却并没有影响我的学业和事业，艰苦锻炼了我的意志，让我更加坚强。可是我的同龄人绝大多数没有我这样的幸运。再看看今天的年轻人，他们吃喝不愁，沐浴着幸福的阳光，接受着多媒体的教育，看着好莱坞大片，每天电视上都有大量的娱乐节目供他们欣赏。没有战争威胁，没有贫穷困扰，每个人都很自信，每个人都很坚强，每个人都受过良好的教育，如此阳光灿烂的新一代，是素质最高的一代中国人，是承前启后的未来接班人，我对这一代人寄予无限的希望，他们可以做得更好。

对于这些年轻人，现在也有很多不同的声音，有人认为他们是懒惰的一代，是颓废的一代，是浮躁的一代，是没有信仰的一代，是没有忧患意识、没有大局观念、自私自利的一代，是依靠别人不能自我奋斗的一代，等等。我并不认同这样的看法，由于媒体炒作和一些错误的引导，年轻人中的确有一些是这样的，但他们不是主流。我接触到的更多的年轻人，他们的素质很高，悟性很好，理解力很强，事业心也很强。我是一个对人要求非常苛刻的人，一般人很难接受我的苛刻，我经常教育他们要在批评中进步，在骂声中成长。这些年轻人听我的批评就像吃糖豆似的，把苦果当作糖豆吃下去，转换出来的都是令人愉悦的成果。他们好学上进，我从他们身上也学习到很多东西。

年轻人是祖国的未来。可是现在，媒体的快速传播，正在很大程度上影响我们的下一代，有些电视台用一些粗制滥造的娱乐节目去刺激年轻人，搞得年轻人心里痒痒的，急功近利，整天琢磨如何出人头地，当明星，赚大钱，就是不想好好学习，报效祖国。很多年轻人都去追宋仲基了，很少有人去关心教育，关心个人长远的发展，大家都在上网、聊天儿、玩儿游戏、看视频……

生于忧患，死于安乐。作为一个从事了几十年国防教育工作的老兵，看到这样的状况，最大的忧虑就是中国的未来——如果年轻人不再关心时事政治和国防军事，如果整个民族的科技素质日益低下，未来的中国谁来保卫？高质量的兵员从何而来？人民战争的基础又在哪里？战争动员潜力还有多大？有的时候，我想不通这是为什么，我们那个时候的英雄都是董存瑞、雷锋，这个时代的英雄是谁？

少年强则国家强，自古英雄出少年，让孩子们少看那种乱七八糟的东西，多一点正能量的内容行不？我一直觉得没有把年轻人从娱乐这个阵地抢过来，是一件很让人惭愧的事。

现在，我用个人的知识与文化，自掏腰包筹办了一个微信公众号去做这些事情，跟年轻人讲新闻背后的故事，讲如何从历史中汲取经验教训，这是我的责任与义务，但我个人的能力很有限，希望我们的有关部门都能重视年轻人的教育问题，年轻人是祖国的未来，我们要努力把他们给抢过来！

"局座召忠",为了话语权?

当年,美国未经联合国批准,就对伊拉克发动了一场战争,在战争中伊拉克死亡数十万人,国土沦丧,家破人亡,惨不忍睹。在这种情况下,我们天天都在看有关伊拉克的新闻,但是你看到过伊拉克人诉苦的新闻吗?你看到过伊拉克人如何打击美国人的新闻吗?没有人为他们说话,他们没有话语权——因为话语权完全掌握在美国人的手里,美国主导着世界的话语权,他们每天都在进行激烈的舆论战,颠倒是非,混淆黑白,以至于普通人很难分清真假。

看来,掌握话语权是信息时代极重要的软实力。信息时代,媒体的作用将会越来越大。它是凝聚力量的集结号,是瓦解敌军的锐利武器。

中国的话语权在世界上非常非常微弱,对此我深有体会,你出国就会知道。一方面,我们的语言外国人听不懂,这是个问题;另一方面,我们的对外宣传方式,大都是正面宣传、灌输和程式性的,外国人不习惯这种教条式教育人训话的模式,这种模式也难以深入中国人的内心。我做电视节目已有十几年了,我对电视访谈有很多体会,其中最重要的就是千万不要在电视上给观众训话,千万不要认为自己是救世主,别人都是阿斗,动辄说服教育别人，一定要心平气和地平等探讨问题，语言要通俗，说话要和气，要循循善诱，就像是拉家常，这才是掌握话语权的要诀。不然你一说话，大家都跑了，你说这些话还有什么用？对于观众来讲，听专家解析与听新闻发言人的谈话是一样的，好像每一个嘉宾都是国台办的官员，这样端着架子讲话就很难贴近百姓，难以与观众进行心灵互动，也很难让人信服，这是我们在掌控话语权方面需要注意的。

另外，对于一些敏感话题，"沉默是金"真的是最好的态度吗？我认为这样的观点是极其错误的。日本和美国说中国军费增长是"中国威胁论"，台湾说"入联公投"是为了寻找生存空间，美国说世界油价上涨是因为中国进口石油太多造成的，类似这样的敏感话题很多很多，因为西方媒体控制了全世界80%以上媒体的话语权，他们想说什么就说什么，至于是真是假他们可不管。如果我们再没有自己的观点，再不利用各种媒体进行申辩，再不通过专家学者之口动之以情、晓之以理，那就等于默认！

在一些敏感问题上，外交部新闻发言人、国台办新闻发言人，以及将来的国防部新闻发言人是代表国家和军队发言的权威性机构，他们的发言代表着国家和军队的态度和立场。但是，仅仅到这一步是不行的，还需进一步的详细解读，否则普通大众很难理解相关事件的来龙去脉、历史背景和未来走向，这就需要权威的专家学者以访谈的形式来解读。专家学者以个人身份来表述各自研究的领域，提出相应的学术观点，这对于维护国家形象、阐明相关道理、维护相应权益是很有好处的。

话语权是信息时代最优先的权利，任何人都不能剥夺我们的话语权。随着国家的富强，应该下大气力，投巨资扩充我们的电视台、广播电台、网络媒体，要成千上万亿元的投资去干这件事情，要把我们的舆论阵地扩展到亚洲、非洲、拉丁美洲和欧洲，扩展到五湖四海，让地球上所有人类都能够听到中国人的声音，那才是一个大国、一个强国、一个现代国家的影响！一个国家的崛起，不仅仅是 GDP 的崛起，更重要的是软实力，是文化，是舆论，是话语权，是影响力！我们不能再沉默，我们必须发言！

我跟媒体打了这么多年交道，接触过各类媒体，也在国外工作和学习过，对媒体有一定的了解。我感觉，中国的声音要想在世界上产生影响，最重要的是要有国际新闻专业人才。这些专业人才必须精通外国语言，熟悉国际传媒运作特点和规律，要用外国人能够接受的一种思维模式去进行宣传，而不是用我们习惯的那种概念化、模糊式、逻辑性很强很抽象的语言去宣传。

由于中西文化的不同，外国人对于我们那种高度抽象、逻辑化、概念化的语言风格很难接受，因为他听不懂，莫名其妙。比如，美国人宣扬未来航天的战略目标是这样描述的："到 2020 年，要把一个人送到月球上去！"如果是我们来描述这样的战略目标，可能就会是这样的语言："中国一定要征服月球！"这样模糊的概念性语言，因为没有时间、地点和具体化的指标，缺乏定性与定量的结合，不能说服人。同样很重要的还有宣传平台，美国的 CNN 全球落地，多种语言覆盖，24 小时滚动播出，而且全都是新闻报道和新闻评论。美国之音广播电台更是使用数十种语言全球广播，传递美国的主流声音和观点。我们的电视频道很多，但海外落地的只有第四频道，语言也过于单一。国内的电视大都是娱乐性节目，新闻报道和新闻评论节目太少。

舆论宣传是一个战场、一个阵地，我们必须占领并充分利用这个阵地，就像在战场上冲锋陷阵和顽强作战那样去做好这方面的工作。当前，国际的较量转向综合国力和意识形态方面，这些较量的最前沿就是媒体，如果在这些较量中总是躲躲闪闪，避其锋芒，不能正面应对，那将会严重损害我们的形象。保卫国家安全利益，新闻宣传阵地也是一个重要的作战方向。我们应该像在战场上作战那样，有明确的战略方针和战役指导，组织强有力的作战梯队和突击队，用最先进的武器装备去组织冲锋，打赢每一场战斗，最终赢得战争的全面胜利。

　　舆论这块儿高地，你不占领，别人就会占领！我退休之后，一直在思索这些问题，提出上面的一些想法，希望能引起相关媒体和有关部门的重视。就我个人而言，开了"局座召忠"这么一个微信公众号，深入新媒体世界，也是想在对内宣传这块儿，跟如火如荼的娱乐节目抢抢人，能网到多少年轻人是多少。这个微信公众号，我还用了年轻人喜欢的称谓"局座"去命名，现在粉丝也是越来越多，对于这种情况，我还是蛮欣慰的，你们看，还是有很多人愿意来关心军事文化建设的！

我有信心网住年轻人！

要占领舆论高地，掌握话语权，你得善于利用各种新鲜玩意儿啊，今天的网络非常火爆，但究竟是在哪些层次上火爆呢？

青少年、社会普通民众、大学生及少数政府工作人员层面最火爆，中高级领导干部使用得最少。从年龄层次上来看，绝大多数是青少年，中年人较少，老年人更少。为什么会出现这样的状况呢？中高级领导干部普遍习惯于阅读文件、签发文件、听汇报、做指示，到处转悠，每天应酬，忙得很，静不下心来。最关键的是，他们内心深处还是认为网络是非正规媒体，没有什么正经玩意儿，甚至认为网络上有太多不健康的东西，作为官员，不应该关注网络，真正应该关注的是党报党刊和央视。中高级领导干部中，能够自己上网、自己用计算机撰写文章、自己懂一些计算机软件和操作系统的人很少，所以就出现了一些笑话：设立专门的机构为领导干部搜集网络信息，然后每天印发一大摞网络文摘送给领导看，领导再在这些网络文章上圈圈点点，长吁短叹——你说这不是污蔑网络吗？网络最大的特点就是实时、快捷、交互、可操作，你把所有这些特点都给泯灭了，变成纸质媒介，那真是太蠢了！如果领导干部学会利用网络，好处简直是太多了。

信息时代，真正的专家学者是什么样的？我觉得他们必须具备三种素质：一是本专业的学科知识和相关学科的跨学科知识；二是熟练运用计算机进行计算、操作和上网的能力；三是较高的外语水平，能够流畅地利用外语进行网络搜索、阅读、翻译和借鉴的能力。如果不同时具备上述三个能力，很难称之为信息时代的专家学者。

我这个人比较喜欢折腾高新技术的东西，对于新鲜玩意儿都很感兴趣，我是中国第一批玩儿网络的人，早在20多年前，我就开始上网了，你们都可以叫我老网民。1987年到1989年左右，北京地区就开设了一两个终端，当时的上网方式是由专业管理员操作，通过小型计算机和地面站与通信卫星联通，在网上查阅美国AD、PB、NASA等英文版科技报告摘要，当时没有中文网站，全部是英文。一条几十个字的内容摘要就付费几十元，一次查询经常花掉数千元，非常昂贵。1996年左右，有了拨号上网，为了学习上网技巧，我专门跑到中国科学技术研究所培训了15天，价格十分昂贵，大约几千元的样子（当时我的工资不到1000元）。对于这些高新技术的玩意儿，我是很愿意花费金钱与时间学习的。

想想看，在当时，要想了解国外军事发展，懂外文是必须的，否则根本看不懂；其次是要能大把花钱，否则根本没有资料来源；另外还要干技术活儿，舍得花时间，光拨号上网就要培训15天！今天这些东西全部免费，网络搜索信手拈来，所以出现了很多不懂外文的军事专家。

几十年来，我一直从事科研和教学工作，还曾经在英国皇家军事科学学院学习，所以网络对我的工作学习一直发挥着极为重要的作用。我不仅使用网络进行工作学习，而且对网络的产生、发展及影响进行系统研究。1998年我出版了《战争离我们有多远：张召忠点评军事革命》，其中系统讲述了1993年以后互联网的产生、发展和成长，以及对时代发展和军事变革的重大影响。2000年我写了一本专著《网络战争》，对网络战、舆论战、信息战在理论上进行了系统研究。长期以来，有关互联网、信息化建设方面的图书我至少写了四五本，共300多万字，最后一本书是前几年出版的《打赢信息化战争》，将近60万字。

由于20多年对网络战、信息战、舆论战的长期研究，因而我对网络有比较充分的认识。一方面，网络是我工作学习的好帮手，是信息工具，通过网络可以获得第一手信息，可以与网友直接进行交谈，可以进行多层面的信息对比，对于正确决策非常有用。网络的发展将会兼容所有已知媒体的所有功能，除此之外还将超越所有媒体创新出一些新的传播方式。传统的纸质媒体如报纸、杂志、图书的传播功能，网络不仅全部具备，而且还可以多种颜色、多种格式、灵活剪裁、自由圈点、灵活编辑、海量存储，所以我最喜欢电子文档，我撰写一本50多万字的书从来不用打印文本，都是在计算机上完成，痛快淋漓！另一方面，网络也是一个没有硝烟的战场，到处都是陷阱，到处都是阴霾，搞不好就会出问题。

2000年我出版《网络战争》的时候，很少人知道什么叫网络战争。后来网络上烽烟四起，大家逐渐知道网络黑客、网络间谍、网络谣言是怎么回事儿了。于是，就开始了网络整顿，进行了各种网络规范。网络没有传统的国家疆界，也就没有传统的国家主权，如何管理网络是个新课题。管好了有利于信息社会的发展建设，管不好就容易阻碍信息化建设。中国错过了第一次和第二次工业革命，第三次工业革命被裹挟进来，目前正在兴起第四次工业革命，网络信息、人工智能和大数据是这次革命的核心与灵魂，如果错过这次工业革命将错过一个新时代，这是个重大战略问题。所以，对网络的管理必须站在时代前沿和战略高度进行筹划，要顺水行舟顺势而行，就像大禹治水那样进行疏导。

我虽然与网络亲密接触了20多年，但严格遵守军队有关网络保密的相关规定。我从未开设微博、QQ或个人聊天室，从不在网上谈论敏感内容，十几年前曾在人民网开过博客，但两年后就停止了，几年来都没有更新。网上有很多冒充我的名义开设的微博、博客，也有很多人冒充我的名义撰写文章，更有人冒充我的名义出版数十万字的图书，这些事情我都知道，但仅凭我一己之力无法对这些损害个人名誉的违法行为进行制止。20世纪80年代我就上网查资料，90年代就拨号上网，2003年后开了博客，我一直走在网络发展的潮头。后来因为军队纪律要求，虽然错过了微博、QQ聊天等机会，但我依然与网络保持密切接触，并研究撰写了大量信息化和网络化专著。2015年退休后，我重返网络，并开通了个人微信公众号，通常我在新媒体排行榜的百科类排名都是前十名，更多时候排在前几名。

我一个退休老人，靠自己的努力，不用国家一分钱经费，花自己的退休金开这样一个公众号进行国防教育，没想到效果居然这么好。这么想想，其实我还是能网住一些年轻人的！

"我就宣你的幽默劲儿！"

有了微信公众号之后，收到了许多网友的留言，很多人说：张老师，我就宣你的幽默劲儿！我不知道"宣"是什么意思，还以为是宣传的意思，以为他们是要宣传我说话的风格，后来我工作室的小伙伴们告诉我，"宣"就是喜欢的意思。唉，我这不是闹笑话了嘛，给网友录制悄悄话的时候，我还跟他们说，既然你们想宣我，那就多宣传宣传我这个微信公众号，让更多的网友进来坐坐，聊聊天。现在年轻人创造的很多词儿，还是挺有意思的，老张也算是涨姿势了！

不过话说回来，从当初那个木讷的男孩儿到现在能被人"宣"的幽默感，让大家看到在镜头前滔滔不绝、侃侃而谈的老张，也是很让人感慨啊！

年轻时我是一个沉默寡言、羞于在人前讲话的人。18岁以前我一直在农村长大，我说的农村就是那种地理环境非常艰苦、人文环境非常恶劣的真正农村，与现在江浙一带的农村完全不可同日而语。小时候家里来了客人，我一定要躲出去，从来不敢在客人面前讲话，更不用说在公众场合了。参军入伍以后，每个礼拜都要开班务会，班长要求每个战士都要发言，我从来都是三言两语凑合过去就行了，不会说话，也不敢说话，不知道在人前到底应该如何说合适的话。

到了北京大学上学以后，我担任班长和党支部书记，这对我而言是一个非常好的锻炼机会，因为工作要求我必须讲话，我需要与同学交流，更需要与老师交流，还要考虑与学校及各班之间的关系，讲话成为我工作和学习的一个重要组成部分。

由于在北大学的是阿拉伯语，毕业后，我就出国到伊拉克担任口语翻译。又先后到美国、以色列等国兼任英语翻译。我记得第一次在公众场合讲话，那是1980年的事情，当时我在一个有数百人参加的盛大晚宴上担任翻译。就外语水平而言，我在北大学了四年，又出国工作两年，专业没有问题，但是我一上台就害怕，紧张，听不懂，译不出，头脑一片空白。从那以后，我就注意锻炼自己的演讲能力，主动锻炼，并在多种不同的场合下进行尝试，慢慢地说话的功夫练出来了。

1992年，我在中央电视台《军事天地》栏目担任主讲人，主讲《三十六计古今谈》。电视节目的访谈对我来讲是第一次，对我的锻炼很大，以此为起点，几十年来，我参与了大量电视节目的访谈和直播，现在面对镜头我显得稍微自然一些了。

说话是一门学问，不是学术水平高、文章写得好，就一定能说好。说话需要良好的口才，更需要演讲的态度、勇气和艺术。

我每次讲话的时候都会有一种热情，面对听众去和他们交流，尊重他们，希望用我的语言来使他们获得愉悦和享受，我从来没有把他们当作我的教育对象，我从来没有打算去说服他们、教育他们，我讨厌那种照本宣科、颐指气使的讲话，我讨厌那种自以为是、动辄训人的样子。我是一个说话的人，这个人很普通，与听众没有什么两样，你有问题也可以提出来我们交流，仅此而已。我不喜欢别人在我讲课之前介绍我那么多的丰功伟绩和头衔，我感觉没有意思。做节目的时候，我不喜欢别人叫我将军，称呼我教授、老师或直呼其名最好了。我认为只有这样，才能实现人与人的平等，如果连这一点都做不到，还能讲好课吗？靠耍大牌有什么用？要把艰苦的做学问的过程留给自己，把愉悦和享受奉献给听众，这就是我最大的追求。

现在大家觉得我说话幽默，我觉得这是对我很大的褒扬和认可。幽默来源于智慧和知识，只有拥有丰富的知识才能达到幽默的水平。我并不算幽默，但我在努力学习。在我看来，幽默是一种最高的境界和修养，外国学者虽然学富五车，在重大的研讨会上，哪怕主持人只给他五分钟的发言时间，他也一定要利用其中的两三分钟来展示一下自己的幽默，这是学术实力的临场展示。在中国，我们的官员总是拿着一个发言稿在那里读，尽管你字正腔圆、侃侃而谈，却不会有任何的反响，因为你在形式上就先输一着，你不尊重听众，没有看着他们的眼睛讲话，你没有读懂他们的心意，不知道他们想听什么、不想听什么，你只是在自说自话。这样的讲话了无新意，讲还不如不讲的好。我讲话、讲课、发言从来不用一张纸片，我讨厌那些东西，我感觉那是对听众的不尊重。当然，这并不是说我讲得有多好，只是表明我个人的一种态度，讲话需要互动，我必须看着我的听众来讲，与他们的眼神形成互动。

我做了几十年电视访谈，可还是无法学会看着镜头讲话，因为让我对着那个黑洞洞的空空的镜头实在是没意思，尽管那里是观众。我还是习惯于对着主持人和专家交流，虽然画面上很少看到我的正面，可我不在乎。专家是从下而上地做学问，一点一点积累知识，当做到了高端之后，就应该自上而下地娓娓道来，把复杂的问题简单化，而不是相反。作为专家，没有必要在观众面前炫耀自己的专业知识有多么丰富，如果满口都是专业术语，那只是在炫耀而不是在普及。专家应该在自己的家里把那些枯燥无味的东西消化掉，然后用自己的幽默的通俗易懂的语言来描述给大家听，要会讲故事，观众喜欢听故事，在听故事的过程中让他们自己去领会你的高深精神和学术观点，千万不要讲那些枯燥的东西，没有人关心，人家也听不懂。既然大家叫了你一声专家，那这些大家想了解的事情，你得学会用通俗易懂的方式让大家知道。

讲话还需要实事求是的作风。

我的青年时代每天都是在学习毛主席著作、背诵毛主席语录中度过的，那个时候经常传达毛主席的最新指示。其实，毛主席的最新指示一般也就是一两句话，比如"抓革命，促生产""学生以学为主，兼学别样，既要学工，也要学农""工业学大庆，农业学大寨，全国学人民解放军""向雷锋同志学习"等等。毛主席很少有长篇大论的讲话，早在革命战争年代，毛主席曾经在我们国防大学的前身红军大学、抗日军政大学的课堂上多次讲过课。读毛主席的著作，听毛主席的教导，给人最深的感悟就是富有哲理，一语中的。毛主席说话很幽默，最善于把复杂问题简单化。后来学习邓小平同志的讲话和文章，发现小平同志也是这样，言简意赅，南方讲话期间视察了很多地方，并不是到哪里都做指示，他基本上不说话，不发表评论，只是在最关键的时刻才做出最重要的指示。老一辈革命家为什么普遍具有这样高超的思辨能力、演讲能力和说话水平？主要是来源于丰富的实践，以及在实践中不断提升到理论，边实践边总结，其中，实事求是的作风是最关键的。

而现在很多人爱说大话、空话、假话。有人讲话，讲了一两个小时，不知所云，这番话要达到什么目的，知识点在哪里，我听不清楚。有人讲课，云山雾罩，拿腔拿调不说，既没有新鲜观点，又没有知识含量，东拼西凑，折磨听众。奉劝那些不会讲话的领导干部，多看看奥巴马的演讲稿，看看这位演讲天才是怎样演讲的。

电视访谈是一种很好的节目形式，可惜很多访谈节目都办得不好，最主要的问题就是不能实话实说。主持人太把自己当成主持人了，专家学者太把自己当成权威人士了，说话一本正经，把群众当成阿斗，端起架子甩开腮帮子就教训人，这样的访谈节目能办下去吗？有亲和力吗？专家学者要把痛苦留给自己，把幸福带给观众。什么意思？就是要把研究问题、思考问题、理论推导的痛苦过程在家里完成，带给观众的是轻松愉悦，举重若轻，谈笑风生，信手拈来，于不经意中提出一些大胆的构想和独特的观点，而且处处有包袱，把深邃的理论蕴藏于一个个小故事之中。新媒体里面的网友们，他们每天面对的信息太多了，可选择的太多了，谁有那闲工夫听你讲高深莫测、玄之又玄的东西呢？

"局座",一个退休老头儿的进击!

守住一方净土

我不是个强人,强人是会成为众矢之的的。在日常生活中,我是一个很低调的人,得过且过,没有任何官架子。我以前是副军职、海军少将,相当于地方副部级待遇,有行政职务,接待单位通常都会认为我会带一两个随行人员,起码有提包的、操作计算机的吧!但是我外出讲学,基本上都是独往独来,轻车简从,自己的事自己去做,不麻烦别人,不摆排场,不拿架子。因为我认为学者要有学者的风范,要区别于娱乐界大腕儿和行政领导界的官僚,那些虚荣的东西,不是学者应该追求的。学者追求的最高境界是学问和学术。学问在前,边学边问,不断进取,只有这样才能有学术成就。

要想做好学问,首先要学会做一个好人,做一个踏踏实实的人,做一个敢讲实话、追求真理的人,做一个两袖清风、一尘不染的人,而不是整天琢磨投机钻营往上爬和赚钱的勾当。只有这样,才能做到"不管风吹浪打,胜似闲庭信步",守住一方净土。做大学问者一定要从心开始,心不静的人可以做官儿,可以发财致富,但一定是做不好学问的。

在"专家学者"里混了几十年,我感觉专家学者大致分三种:

一是功利型。他们错误地把学问和知识当作进入官场的敲门砖和撒手锏，而不是把心思用在如何做学问、教书育人、授业解惑、追求真理方面。好像当了官儿就是有了学问，官儿做得越大学问自然就越高。

二是御用型。御用型专家学者，实质上和功利型没有多大区别，他们都是追求名利地位，是学者中的官员，不是真正的学者。这样的人不是把功夫用在学问上，而是用在溜须拍马上，上面说什么他们就阐释什么，囫囵吞枣，自己不用脑子想问题，没有创建性，没有独立思考，形而上学、八股文和教条主义严重。过去毛主席严厉批判过这样的人，说他们是嘴尖皮厚腹中空，头重脚轻根底浅。尽管如此，这样的人还是比较吃香，因为谁都喜欢听奉承话，闻过则喜的人太少了。

三是书斋型。两耳不闻窗外事，一心只读圣贤书。整天待在深宅大院和象牙塔中，穿梭于图书馆、宿舍和书斋之中，什么当官儿、赚钱、人际关系等他们不懂，就知道做学问。这样的人是真正的学者，他们实事求是，绝不唯利是图。缺点是，他们涉足社会较少，研究的问题和得出的结论往往与实际情况相差较大，难以把高深的理论付诸实践。

说了这么多，我是个什么样的人呢？从外在看，首先，我是个共产党员，必须在组织上与党中央保持高度的绝对的一致，这是大局，不能有任何偏离。所以，我谈论国家大事、国际问题，必须首先把握党中央、中央军委和上级领导的意图，决不能出现上面的精神是批判以色列进攻加沙地带，而我的观点是支持以色列的暴行，这是不可以的。其次，我是个革命军人、高级军官、共和国将军，虽然是学者教授，但还有行政职务。这一切说明，服从是军人的天职，个人的学术观点必须建立在服从和服务于党中央、中央军委决策的基础之上，而不是有悖于这个原则。最后，我是个专家教授，在这个领域，我要有所创造，否则难以维护我的学术声望。

这些都是大家知道的，但我想强调的是，我是一个喜欢干这行，并且喜欢跟年轻人交流的老头儿！我把自己定位为一个公共知识分子，我做国防知识普及的工作没有任何企图，不为名，不为利，就是为了一份责任，你们看，我退休后搞的这个微信公众号都是自掏腰包的！没有赞助，没有广告，最开始的时候，我以为自己一个人就可以捯饬了，不就是写写文章嘛，我写了一辈子！可最后发现还需要去推送，微信上还有各种各样的功能去注意，唉，我给自己挖了一个大坑啊，实在是忙不过来，就找了一些年轻的小伙伴一起折腾，每天都面对着一群嗷嗷待哺的粉丝，不断地鞭策着自己向前进。你们说我做这些图什么呢？肯定不是赚钱，肯定不是娱乐，肯定不是当官，当然我也并不认为自己很伟大，好像什么事儿离了我就不行。人微言轻，我是一个很平凡的人，能力非常有限，我仅仅希望利用我的所学和所知唤醒民众。一个人在这个社会上是非常微不足道的，就像沧海一粟那样渺小，但这无关紧要，并不能因此说明我们自己不重要，我们每个人都像一颗螺丝钉，拧在社会这个大机器最需要的地方。

作为专家、学者，我也一直保持着自己的个性：不管是写专著、做报告、做访谈还是讲话，一定要有自己的特色，决不人云亦云。我是长期做研究工作的，我总认为如果跟在别人后面亦步亦趋、如影随形是一种真正的悲哀，那还需要我干什么？是个人都能够做得到，上面说什么你就学什么，鹦鹉学舌谁不会？唱高调儿谁不会？但是，自己不感到悲哀吗？那样做对自己、对国家有用吗？我不愿意做那样的废物，我希望我是一个有用的人。我的观点是自己研究出来的，是学术性的。既然是学术性的，就存在正确和错误两种可能，但没有关系，它是实实在在的，新鲜出炉的。如果非让我说我不同意的，甚至是反对的和错误的观点，我是不会做的，就算是你给我再多的钱、让我当多大的官儿我也不会做的，我认为这事关一个学者的职业道德。

我从农民到军人，从士兵到将军，从战士到北大的大学生，从国防大学教员到英国军事院校的留学生，在这一系列的变化当中，我既没有送过任何礼物，更没有接受过任何贿赂，一直踏踏实实地做着自己认为正确的事情。我非常痛恨那些不学无术，靠送礼行贿、不正当的社会关系而达到个人升迁目的的人，这样的人无论官儿当得有多大，都会是军队的蛀虫，只能对战斗力起到腐蚀和破坏作用。千里之堤，溃于蚁穴。苏联反法西斯战争开始的时候，斯大林一气之下枪杀了上百名师长，那些人都是和平时期能当官儿，打起仗来却不懂指挥的草包和笨蛋。但愿我们不要重复历史的不幸，要引以为戒。

现在社会越来越浮躁，很多人都静不下心来搞学问，似乎守着书桌用功钻研的人都显得有点傻里傻气，我在这里很想说，这样的人是最不孤单的，因为他有自己的净土，他知道自己最想要的是什么，这些人比那些所谓的成功人士更成功。

守住一方净土

第二章

兵者，
国之大事，死生之地

"张召忠！"每次被路人很兴奋地认出来的时候，我总是有点手足无措，好像被放在了展台上，让大家欣赏，然后评头论足。

其实我也就是个普通人，一个鼻子两只眼，若真要说我有什么特别的地方，就是长得高了点儿，鼻子大了点儿，脸大的人都特别喜欢跟我合影，一拍照，我的脸就成最大的了，他们可开心了。还有其他什么不一样的？我想不出来，我很普通，也就想做个普通人，别觉得我跟大家有距离，咱们经常说说知心话，挺好的。

兵者，国之大事，死生之地

18 岁前没吃过苹果

我是一个农民的儿子，出身贫寒，从小在河北盐山长大，那是一片低产或不产作物的盐碱地，至今仍是国家级贫困县。18 岁之前，我一直在那片热土上度过了我的小学和中学时代，18 年间村里没有电灯，没有吃过一个苹果，更没有买过一件成衣。上小学的时候，桌椅板凳连同教室都是用土垒起的，只是到了上中学的时候才有了木制桌椅和用砖头砌起的教室。我们一个班 40 多名男生，全部住在一间宿舍里，大家睡通铺，一个人挨着一个人，浑身上下长满了虱子、跳蚤和其他小生物。我每个礼拜要走很远的路去上学，身上背着经过精确计算后够吃一周的干粮。每天一两个黑黑的红薯面窝头，外加几把地瓜干，一天的伙食不超过四五两。黑窝头发霉后能拉出长达一两米的霉丝，而那正是我用以充饥的主要食物，没有青菜，没有鱼肉，更没有食用油。

1970 年，我中专毕业后参军入伍，到海军导弹部队当了一名技术兵。别看我文化程度不算高，在部队还属于"高级知识分子"，由于我学过两年的电子、无线电和机械专业，所以很快成为训练尖子。那个时候当训练尖子压力很大，一旦业务强了别人就会怀疑你政治上是否有问题，光专不红是件很危险的事。为了进行思想改造，我特地剃了个大光头，强烈要求到炊事班，当了半年的"火头军"，还喂了半年的猪，而且在山上开了不少小片荒，种了好几块菜地，收成很不错。每天晚上9点钟熄灯后，我都是藏在被窝里用手电筒照明偷偷地钻研技术知识，生怕让人看到说我是"单纯业务观点"。可能因为我"又红又专"，领导突然决定选送我上大学。最初是打算送我去某工程学院学习核潜艇技术，后来被北大招生的老师看中了，认为我应该是一个当外交官的料儿。

"革命战士是块砖，哪里需要哪里搬。"于是，我这块砖头便于1974年10月从山东半岛被搬到北京大学东方语言系，分配给我的任务是学习阿拉伯语。直到这个时候，我才第一次听说世界上还有这个语言，那个时候学生是不能挑选专业的。

阿拉伯语和它的文化一样古老，样子有点特别，像小虫子那样从右边往左边写，发音还有许多颤音，是公认的外国语中最难学的语言，所以学制特定为4年，是北大学制最长的专业。由于长期从事科学技术工作，我对突然转学外语极不适应，科学技术主要是理解原理，而外语则是死记硬背。最让我头痛的是那些颤音，无论我费多大劲，都发不准确。后来我下决心动了个舌根切割手术，这下总算好多了。

在北大学习的时候，我还是军人身份，每月52元薪金，59斤粮票，待遇是不错的。为了学好外语，我省吃俭用买了一个砖头式录音机，那可能是我国生产的第一代晶体管式录音机。为了这个小东西，我差不多两年时间没有吃炒菜，天天是抓几个馒头，喝两碗大锅汤完事。每个月59斤粮票根本不够吃，有时一顿饭就能吃10个馒头，整整2斤，现在想起来真的有点不可思议。

那个时候北大是重灾区，受"四人帮"的影响极"左"思潮非常严重，真正用来学习的时间比较少，经常是半天学习，半天搞运动，甚至还到校办农场和工厂去劳动，搞半工半读，而且还在唐山大地震的时候前往灾区进行抗震救灾。这些活动占去了我大量宝贵的学习时间，再加上担任班长和党支部书记，行政事务也很多。学外语需要天天读，时时记，不能间断，我只好抓紧星期天、节假日等时间自学，同时，还喜欢听一些中文、地理、历史等方面的讲座，而且还学习了第二外语英语。说来也奇怪，这些课外活动和社会实践，并没有太多地影响我的学习成绩，每次考试我都是名列前茅。在毕业考试中，外国专家在我用阿拉伯语撰写的毕业论文上判了一个满分，据说像这样的成绩在北大外语系的历史上是不多见的。

1978年1月，我走出北大校门，不久之后，就到伊拉克担任阿语翻译。两年的国外翻译生涯，让我感到自己不适合当翻译，因为我生性喜欢创新，而翻译工作只能从文字到文字。那时候国内刚刚对外开放，懂外语的人非常吃香，出国、赚汇、做生意都是很赚钱的事情，但我从1980年起毅然改行从事科研工作。刚开始，我非常注意强化英语和日语学习，并与他人合作翻译出版了美国畅销小说《追踪"红十月"号潜艇》，从此，一发而不可收。以外语和计算机为工具，广泛搜集、整理和分析大量信息资料，开展多学科交叉研究，最后得出个人独特而客观的观点和思考，形成了我的科研特色。

20多年矢志不渝，我就是沿着这样一条崎岖的小路一直颠簸着走了下来。当年朝气蓬勃的小伙子如今已进入暮气沉沉的花甲之年，曾与我一同共事的同学、同事有的当了大款、老板、经理、外企雇员、专业翻译、政府高官，而我还在从事我喜爱的科研与教学工作，仍然是一个两袖清风的穷教书先生。

对于"工农兵学员"人们是不屑一顾的，认为这些人没有什么真才实学，是社会过渡时期的特殊产物，不少人在提干、评职称等方面都受到很大牵连。我是比较幸运的一个，由于有多项成果获奖，1990年破格晋升为副研究员，

当战士时学习的我

1996年晋升为研究员（后转为教授），1993年享受国务院政府特殊津贴。已有十几部著作出版，并在一些学会和院校中担任常务理事、理事和兼职教授等职务。我虽然没法与那些大家相比，但也并非一事无成。我想用自己的成就明白地告诉世人，不要嫌弃这些"工农兵学员"，他们毕竟是一个特定的历史时期的一个特殊群体，如果没有这一代人的承上启下，我们的社会将会怎样？

有人说，"北大的学生有后劲"。20多年的社会实践使我深深体会到这一点。这种后劲是什么？其实就是现在人们所讲的"素质教育"。人才的培养，不能光注重分数，全面综合的素质教育是至关重要的。"有志者立长志，无志者常立志。"我经常把人生看作爬山，你自己确定一个终极目标，比如是珠穆朗玛峰。然后，竭尽全力地往上爬，不要着急，不要灰心，要一往无前，哪怕只前进一步你都是成功者。爬过一座山头，你就会发现前面还有一座更高的山头，于是就下决心征服它，然后再继续往前爬，如此往复，直至终点。在我身边有不少胸怀大志的急性子，他们企图用比我更短的时间爬上峰顶,结果有的跌入了峡谷,有的半途夭折。所以,年轻人切忌好高骛远,应该脚踏实地,从现在做起,从一点一滴做起,不愿意干小事的人绝不会成就大事。

我不懂医学、生物学和神经科学,但我有一个很深的体会,人的智力是可以塑造的。人之所以聪明是因为他们在用功,能吃苦,很勤奋,正所谓"书山有路勤为径,学海无涯苦作舟"。我在想,人的大脑或许有多个分区,功能各异,音乐、绘画、歌舞等文艺是一类,外语、口才、演讲是一类,数学、物理、化学、电子是一类,文学、历史、政治算一类,如此纵横交错,相互刺激,所以这些信息在大脑中经过相互碰撞后激活并产生智慧的火花,灵感、观点、创造、发明等新的知识随之而生。我的这些假说可能很荒谬,但我的确想告诉大家一个感受:你必须尽可能多地接受外界信息和刺激,外面的世界很精彩,许许多多看似没有用的信息可能正在激活你的大脑,你不应该放弃任何机会,你应该把一切学习和实践都看作学习,只有这样才能提高你的综合素质。任何一个只知道啃书本、背作业的乖学生都很难在未来的社会实践中有大的作为,切忌一条道儿走到黑,要在自己的征途上不断修正前进的方向。

"生于忧患,死于安乐。"从小受点苦,受些罪,多干点力气活,多接触些社会,多经受些挫折,并不是件坏事。如今虽然生活条件改善了许多,但我吃苦、用功、自勉等学习、生活、处事的习惯依然如前。我在写《下一个目标是谁》这本书期间,便是把自己关在屋子里,一人独处20天,天天方便面、蒸南瓜、喝稀饭,整整过了20天的苦行僧生活。这些对别人讲可能没人相信,但这的确是真实的生活经历。受苦不仅能够磨砺一个人的斗志,更能够帮助一个人快速走向成功。如果一个人过多地贪图舒适安逸的生活,那就很难有前进的动力、创新的激情和突破的勇气。

本为下里巴人，受不起抬举

我的长相、成果和知名度，曾经使许多不了解内情的人以为我是高干子弟，或是名门之后，这真是抬举我了。我告诉他们，我是河北盐山那片盐碱地里爬出来的一个地地道道的农民！18年的农村生活，4年的士兵体验，从未有过什么"大树"和"后门"，一路上的艰苦挣扎造就了我倔强的性格和独特的个性。我走我的路，不管别人怎么说。我不需要大树的荫凉，也从没有什么温柔的关照，而是经常缩在一个四面透风、冒着凉气的寒舍之中，思考着国家和军队的大事。这样一个人，在这样一种环境，难道还会搞浮夸的东西吗？这样一个来自老百姓、与平民百姓息息相通的人，还会在自己的衣食父母面前故弄玄虚吗？我不是不会，而是不想，我感觉那样做是罪过。

我和很多粉丝没有见过面，算是陌路人，但神交已久，似乎已是老朋友。我经常在大街上，甚至在九寨沟那么偏僻的山区也被人认出来，他们总是帮助和照顾我，让我很感动。我是谁，是明星吗？不是。在当今追星热潮中，我何以让大家如此关注？是什么把我们联系在一起？是国家利益，是爱国奉献的精神。

我知道我肩上的责任，从他们的言谈话语和眼神中我读到了那种期待和希望，我不会辜负他们，我不会拿一些粗糙的作品去欺骗他们，我欠他们很多，所以要报答。我每次写东西都很激动，他们就像在我的面前晃悠，所以我很愿意和他们聊天。他们当中有的文化程度高，有的文化水平有限，但我力争让每个人都能读懂我的作品。我不苛求阳春白雪，因为自己本来就是一个下里巴人，何必那么多包装呢？

古代有个人，整天没事儿瞎琢磨，抬头望天很害怕，总是担心天会掉下来，后来人们总结为一句成语，叫作"杞人忧天"。我可能算是一个少有的杞人忧天的人，做报告、写书，忧患意识充斥于字里行间。

当前的很多社会现象确实很让人担忧。你可能逛过商店，商家经常贴出"挥泪大甩卖""最后一天降价"之类的招牌，其实一点都不便宜，只是想甩卖那些过时的货物。但许多消费者头脑并不清醒，看到人家买他就有从众心理，也跟着掏钱，结果有用没用的买回一堆东西。其实，新股民刚入股市买股票也是这种心理，看人家买什么，他就跟，实在没得跟，就看着哪个股票名字好听、价格便宜就买，结果自然是上当。我想，头脑清醒的消费者不会随便从众，经济学家绝对不会瞎跟着人家买股票。

——但如果这些专家在自己不上当的同时，能够引导大众消费和投资该有多好？

我认为，作为学者，最大的作用应该是醒世觉民，要有一种敢于负责的大无畏精神，敢于提出自己与众不同的观点，我把这种精神作为爱国主义的集中表现。我是谁？一个做学问的人，党和国家培育了我，我总要去做点什么，不是吗？

我在一个坑里蹲了 50 年

记得第一次做节目，是在 1992 年的《军事天地》里当主讲人，主持人张莉给我画的妆，她按照给女人化妆的模式给我抹了个红脸蛋儿、红嘴唇，到现在想起来还感觉很不好意思。

那时全国的军事节目，只有中央电视台军事部的《人民子弟兵》和《军事天地》，地方台根本就没有类似的节目，所以观众感觉它非常新奇。我是现役军人中校，又是穿军装出镜，所以备受关注。其实，那个时候的我还是非常青涩，所谓的主讲人，在很大程度上也是按照稿子来讲授，我自己并不满意。最开始做的系列节目是《三十六计古今谈》，以后做的系列节目是《舰船知识》，都是在舰艇上录的，很辛苦，但很认真。可能是因为当时军事节目少的缘故，《军事天地》节目多年来一直名列中央电视台收视率前茅。

从 1991 年海湾战争开始，我就从谈兵器为主转向谈战争、作战和战略为主。我认为兵器爱好是军事爱好的启蒙，是最初级的，如果长期沉迷于兵器的爱好是不好的，容易造成低层次循环，应该以兵器为基础，逐渐向更高层次、更广范围进行扩展，所以我及时做到了这一点。由于这种新的扩展，使我在后来的"沙漠惊雷"、科索沃战争和伊拉克战争直播中能够得心应手。

兵者，国之大事，死生之地

早期上电视时的模样

长期以来，我也尽量减少自己的知识盲区，希望让我大脑的搜索雷达扇面不断地拓宽，以便发现更多的敌情和新的目标。从科学技术扩展到海军导弹、潜艇、舰艇、飞机、鱼雷、战略导弹、战术导弹、雷达、声纳、坦克、装甲车、枪炮弹药等等。在了解了武器装备之后，又开始研究武器装备与国际战略、国家战略、军事战略和军种战略之间的关系，其中当然涉及国家的外交政策、经济政策、科技水平等等方面，于是，又开始向这些领域进军。

中美撞机、中国货轮被俄罗斯击沉、"无瑕号"南海侦察测量、钓鱼岛问题、南沙群岛问题、黄岩岛问题等等，全都涉及国际法，如果不懂法律，就靠感情、经验来进行评论，那是宣泄"不高兴"的一种方式，所以是极其危险的！于是，我从20世纪80年代初期就开始研究海洋法，90年代中期用了五年的时间研究国际法和海战法，学习法律之后，就从逻辑上、法理上明白了很多问题。

但是，这仍然不够，因为军事是一个复杂的领域，所以，我又开始学习两个重要的专业领域。一个是联合作战指挥，要学习中国军事思想、战略战役战术指挥，研究作战问题，这个是在国防大学学习了一年；另一个就是国防管理和危机处置问题，比如国防部的管理业务、抢险救灾和危机冲突的应急处置等，这个是在英国皇家军事科学学院学的。

不断地学习，不断地实践，这么多年过去了，可总感觉还有很多知识盲区，比如中国传统军事思想、中国传统军事谋略等等。饭总是要一口一口吃，事情总是要一件一件做，我已经学了很多，也做了很多，但是还很不够，还有很多的知识需要学习。所以，我只能就我熟悉的领域进行评论，对于超出我专业领域的问题我从来不敢妄加评论。尽管如此，仍然感觉捉襟见肘，知识不足。

从 1970 年参军入伍，到今年已经有 46 年的历史了，如果算上入伍前两年学习机械和电子专业的经历，近 50 年了。这么多年来，尽管有过多种多样的诱惑，比如当官儿、出国、转业、赚钱、改行等等，但我从未动摇过自己的信念，一直在军事研究这块儿地里劳作着。至于成就如何，那是别人的评价，但就我自己而言，我感觉自己尽心尽力了，把自己的一生奉献给自己热爱的一份事业，这就是我的追求。

满脸褶子，满心欢喜

最近我身边的年轻人给我照相的时候，总是说，张老师你一笑，满脸都是褶子，要不要磨磨皮，这样年轻点！哈哈，他们照相一般都是磨过皮，修了好几次的。我跟他们说，不要小瞧我脸上的这些褶子，它们都是有故事的！他们笑笑，就跑着玩去了，我也笑笑，小张变成了老张，但这个老张依然是情怀满满，依然是想做出点大事儿的！

我小时候有两个理想。一个是当农业技术员，种菜、种果树或者是搞农业机械。我喜欢泥土的味道。我小时候是在农村长大的，喜欢农业科技，特别喜欢创新，那时看的许多书都是农业科技方面的，结果这个理想没有实现。我还有个理想是当诗人当作家。小时候我喜欢小说，几天看一本。看《三国演义》《红楼梦》《野火春风斗古城》，非常痴迷。我现在想来当时的农村非常浪漫，早晨上学四五点钟就上路了，快到学校的时候，看到初升的太阳，看到农户的炊烟，整个人就会很激动。那时我开始写诗，小学四年级就发表过作品，小学、中学期间侧重写小说，在北大上学期间写过大量诗歌、散文。我做报告，从来都不用稿子，有人以为我是刻意卖弄，其实不然，我一读稿子就好像变成了机器人，非常不自在。许多人怀疑我背后有"写手"帮忙，其实我写文章写书，从来都是自己干，就连讲课的

年轻时种下的树想来也开花了

多媒体课件，所有的打字、绘图等都是自己用计算机完成的，没有人帮助我，包括我的家人。有人认为我写那么多东西一定很累，我感觉不累，因为我喜欢干这些，有爱好，感到用计算机写东西有点像弹钢琴，创作的确是一种享受，我经常把计算机当作我倾诉的对象。现在想来，很大程度上都是受益于小时候喜欢文学，文学给了我很大的思维空间。

有网友称我"局座"，有媒体记者赞誉我为"中国首席军事评论家"，别人称赞我也好，表扬我也好，那都是别人给我的，我自己从来都不当一回事儿。又有人说不论做任何事儿，人基本都有目的，我都是个名人了，享受国家特殊津贴，为啥还要去做那么多事儿，把自己搞得那么累？我这么使劲儿干到底是为什么？这真是个大难题。按照常人的思维解释：

兵者，国之大事，死生之地

首先是想当官呗！——如果为升官，有人会搞这种研究吗？把自己的观点和想法暴露无遗，这是有利于升官还是不利于升官？

那可能是为了赚钱，想发财吧！——你问问学术界，有几个人靠写学术文章和学术方面的书来赚钱的？一堂课、一本书可能就是一个人终生的学术积累，靠这个赚钱不是太累了吗？这叫码字工，是个力气活儿，不信你写本书试试？

说实话，我喜欢写东西，包括写书，有人认为我缺钱花，玩儿命写书是为了赚钱，我想我还没有那么庸俗。有人认为我是忧国忧民，有高度的事业心和责任感，我想我还没有那么伟大和高尚。我喜欢行云流水般的人生，做任何事从来不是刻意为了达到任何个人目的，当然更不是为了升官发财，只是在感到有创作的冲动和欲望的时候才为之。我没有别的嗜好，吸烟、喝酒、跳舞、玩牌都不会，写作是我的一种快乐和消遣。

我感到作为一个学者，不能徒有虚名，应该把自己的学识用在该用的地方。中国有句古话，"位卑未敢忘忧国"，意思是说一个人虽然地位卑贱，但不能不关心国家大事。我是个小人物，一介武夫或草民一个，但作为社会人应该把国家的安危牢记心中。孙子曰："兵者，国之大事，死生之地，存亡之道，不可不察也。"我这么折腾，完全是出于一种责任感，好像我就应该这么干，不干这个我干什么去？让我去学唱歌、跳舞、打扑克、玩麻将，我学起来可能比我做学问还要难，因为心思不在那些地方，所以我只好干我习惯干的活儿。我感觉做学问有点像爬山，在我面前矗立着好多好多的山头，我经常是这山看着那山高，费了半天劲爬到这个山头，一看前面还有一个更高的山头，就又往前爬。就这样不断地攀登，一个山头一个山头地挣扎着往前爬，这是一件很累的差事，个中滋味只有我自己知道。

做学问就像栽树一样，我在年轻的时候每天都种树，于是就在高原上、山谷中、大海边、沼泽中栽种了无数棵小树苗，这些小树苗自己乖乖地成长，我只是偶尔去浇浇水、除除草。"十年树木，百年树人。"经过二三十年的生长，这些当初的小树苗都已成为参天大树，于是，在我的视野中出现了浩瀚无际的大森林，这片巨大而茂密的森林是一个大氧吧，它为我提供了足够的养分，为我营造了良好的生态环境。我虽然很忙，但我很充实，并没有感到力不从心，我早已习惯了同时做很多种事情。我的研究成果可以用来启发我的教学，我的教学成果可以用来滋养我的电视访谈，我的电视访谈可以用来促进我与网友的交流：这样的发展观是科学的，不是竭泽而渔的；是相互关联的，不是单打独斗的。

老张是块砖，
哪里需要往哪搬

第三章

非议声中，
我从未想过停止前进

在骂声中成长，在批评中进步，在逆境中挣扎并生存，是我几十年来的切身感受。在这样的环境中，我学会了忍辱负重，学会了自强不息，学会了顶天立地，无论如何，我都不可能改变我的风格，那就是特立独行。你看我的文章，你看我的电视，都是我个性化的张扬。我不会附庸风雅，替别人背书，更不会为了迎合别人说一些言不由衷的话，你在任何场合看到的都是一个真实的张召忠。

　　一个国家越是文明进步，就越需要百家争鸣；一个人越是有知识、有文化、有涵养，就越要能够容忍别人的误解和谩骂。仁者见仁，智者见智，对于一个创新的、独特的观点，一百个人就会有一百个认知，就像一个最好的厨师做出来的饭菜，也不可能做到让每个食客都满意，酸甜苦辣，每个人的喜好是不同的。我说的这些悄悄话，是希望为大家烹饪一道道味道独特的精神快餐，你把这些东西权当一种生活的佐料，犯不上那么认真，也没有必要把我个人的一些言论与国家的生死存亡结合起来，我不代表谁，只代表我自己，我没有那么伟大，也没有那样重要，我和你一样，都是再普通不过的人。

在骂声中成长，在批评中进步

死猪不怕开水烫

网络上很多人称我为"战略忽悠局局长"，这不算是一个好称谓。记得一位朋友曾说过："我再也不去网上做嘉宾了，你根本无法忍受那种挨骂的感觉，别人骂我听不见就算了，可面对屏幕，骂你的话语就在那里，你不仅要看，还要回答，太不习惯了。"

不过，我这人已经很习惯了，死猪不怕开水烫。你要骂我没有关系，反正我是一个暴露目标，我面前是一片开阔地，义无反顾地向前行走着，而你却埋伏在某个地域，你有地形地物做掩护，有明堡暗道做迂回，无论我怎么规避，你总能射杀我的，这是你的优势，也是我的劣势，这就是网络的不对称作战、非线式攻击。如果我一定要在乎出现在各个角落里的评论，那我不就是给自己增加负担吗？

对于网友的评论，我通常持有这样几种观点：一是看到一些表扬我、赞成我、支持我的评论，我当然高兴，它会激励我继续努力和奋斗。二是看到批评我、谩骂我、攻击我的一些评论，我首先会分析其中是否有合情合理的地方，如果有，我会慢慢消化吸收和改进；但我最不能接受的是攻击、诬陷和谩骂的帖子，我感觉那不应该出现在网络上，不应该出现在中国！我们是一个文明的国度，怎么可以这样？三是看到一些网友之间的议论，我感到很有意思，有些议论很有道理，说明网友们之间经常会辩论一些问题，只要讲道理，都是好事情，百家争鸣嘛！

我习惯了面对巨大压力

我这一生几乎都是在面对外界巨大压力下硬挺过来的。在"文革"中，我刻苦钻研专业技术，别人批判我走"白专道路"，我不明白什么是"白专道路"，每天晚上都学习无线电和电子电路等专业技术到半夜。后来机会来了，我被推荐到北京大学学习，之前没有给领导送过一根烟、一瓶酒。后来我就开始上中央电视台《军事天地》栏目担任主讲人，周围的同志闲言碎语很多，总是带着挑剔的眼光来审视我，但不管别人怎么说，我该怎么做就怎么做。因此，成就了我在电视访谈方面的事业，我想在全军不可能有任何一个人比我接受电视访谈更多、时间更长的，其中最主要的原因就是我自己的坚持和严格遵守宣传纪律。

我喜欢写书，因此招惹了很多麻烦，各种流言蜚语不期而至，最后居然有些领导也介入其中，调查我的个人收入。他们认为我写书的目的就是为了赚钱，大家都在忙工作，为什么你能够写书赚钱，而我们却不行？他们居然要查我的稿费，看是否偷税漏税，并说写书用的是公家的时间，所以稿费的一部分要交公。还说，写书用的纸张和墨水肯定是公家的，也要扣除一些办公费用。总之，一股打土豪、分田地、均贫富的态势。我说，我的稿费是出版社交完税之后才给我的，我这里有发票，我没有偷税漏税。我写一本书，有的用三四年的时间，当时的稿费千字才15元，20万字的书才3万元，扣除税之后就没有多少钱了，反正就这些钱，你们看着扣吧！看看占用上班时间、使用公家的墨水和纸张应该扣除多少钱，随便！我很奇怪，为什么没有人关心我的书对于军事理论创新、对于国防和军队建设有什么重大促进作用，他们关心的怎么都是些鸡毛蒜皮的小事儿？这真是令人哭笑不得的事情，为什么眼睛都是盯着钱钱钱，很多人都得了红眼病。

再后来，我上电视很多，于是，又出现了各种议论，最多的当然是评价我在电视上说话不注意，哪句话不准确，哪个观点是错误的。我知道，他们错把我当成了神仙，他们以为我的话都应该是真理，准确无误。国家一级演员唱一支歌要25万元到35万元，有很多人以为，像我这样的知名专家教授的出场费就算比他们少一半也是十万八万元啊！于是，我就解释，我说在中央电视台，所有的访谈类节目，一次也就是几百元，个别情况下会稍微多一些，但没有人相信。近两年参与电视访谈的人越来越多，大家就不再议论这个事情了，因为他们拿到手里的钱真的只有几百元。

我在百度上有多少万篇评论啊，而且我的名字从来没有重名。在这么多篇评论文章中，有相当多的一些是攻击、谩骂、污蔑、诽谤我的文章，我经常看，也经常思考和修正自己。看到这些文章，我并没有大发雷霆，也没有几天睡不着觉翻来覆去地想，更没有撰写文章进行反驳，更多的是在思考他们为什么要攻击我。我一直是井水不犯河水，独善其身，修身养性，只是潜心做好自己的学问，而且在做人方面一直很注意，从来不跟别人争功请赏的，为什么还招来这么多骂名呢？

我把这些骂声当作鼓励和鞭策，我认为如果没有人在乎我，我也就没有了影响力，骂我、污蔑我虽然有失公德，但毕竟人家在关注我啊！所以，阿Q精神的自我满足、自我欺骗有时还是很需要的。

可怕的不是争议，而是没有反响

我不是一个完美无缺的人，我还有很多缺点错误，所以网上有很多人骂我。经常看看他们是怎样骂我的也是一种享受，骂我的人，多数都看过我的节目，记得我讲了哪些话。以前国防大学经常要对教员的讲课水平进行评比，我就说，评比什么啊，没有用的，最好的评比就是在学员毕业两年之后，你去问问他们，当初在学校学习期间能够记得起来的课有几堂？什么题目？什么内容？谁讲的？就这几个问题就会淘汰掉98%的教员，还用评比吗？做节目，众口难调，很正常，没有必要去争论。最可怕的不是争论，而是没有反响！

我也习惯了在骂声中成长，在批评中进步，一旦没有了骂声和批评，我还真的不适应。我这个人一辈子都在开顶风船，一辈子都在爬坡，一辈子都在创新，一辈子都在受苦，一辈子都在挣扎和奋斗，所以挨骂的机会就多一些，这是很自然的事情。

我与媒体打交道这么多年了，在这个过程中经历了许多风风雨雨，有些是受益匪浅，有些是灾难、打击和毁灭。一个人如果不说话、不做事儿就永远不会犯错误，如果你面对媒体经常发表自己的观点和看法，就免不了受到质疑和打击，这对于刚刚接触媒体的人而言是无法理解的，因为枪打出头鸟，一个人如果还没有出名就不用担心这些，因为没有人浪费时间精力去舞文弄墨地骂你。如果你小有名气，就要当心，可能会有人在背后议论你，你的成长和进步就会受到影响。如果你的名气足够大，这就非常危险，你将面临诬陷、打压、谩骂等一系列的压力。这个很正常，我早已习惯，我总是从反面去理解，因为别人撰写很多文字来骂我，我总感觉是看重我，否则干吗要费那么大力气来干这种事儿？所以，对于骂我的评论我总是精心留着，看看在批评我这方面都有哪些推陈出新的地方，以便我努力改进。最让我不能接受的是无语，沉默是金，不说话、不评论、不骂人，背后捅刀子害人，这太可怕了！我不喜欢这样的沉默和无语，还不如痛痛快快地挨骂好呢。

我的讲话、我的文章、我的专著，一旦推向市场和媒体，就是一种商品和文化产品，受众完全有自由评论的权利，让人家评论就会有的说好有的说坏，如果大家都在说好，那肯定有托儿。在骂声中成长，在批评中进步，我的确是这么过来的，哪一天没有人愿意骂我、批评我了，那就说明我过气了，谁都不理你，那还有什么意思呢？在这方面，我特别欣赏两个人：一个是鲁迅先生，把文字当作投枪和匕首；一个是阿Q，不管别人怎么骂他说他，他总是不在乎，悠闲自得，美哉壮哉！

逆境是崇高的境界

逆境是一种崇高的境界，开顶风船需要一种坚强的毅力，我多少年来都是在逆境中过来的，一帆风顺的时候很少，我感觉这样很好，很具有挑战性，自己进步也快一些。无知者无畏，越是无知的人越是容易大胆批评和攻击别人，这是年轻人需要注意的。当你对一个人、对一个问题还不十分了解的时候，不要轻易发表评论，尤其是批评和攻击。你们见过我对某个人发表过人身攻击性的言论吗？那样不好，不管是虚拟空间还是面对面，都不要轻易否定别人，大家都不容易，大家都很辛苦，我不否认有的人别有用心，但更多的人还是出于误解，所以我对网友不友好的评论向来都非常包容。当然，对于一些不怀好意的攻击我也要进行反驳，以免误导视听。

余秋雨是一个有争议的人物，很多人说他好，也有很多人骂他、攻击他。余秋雨说，骂他和攻击他的人可惜选错了对象，因为他从不上网，也不看报，别人骂他的话他听不到，也不评论和应对。我与他有所不同，每天肯定要在网上搜索一下，看今天又有哪些人在骂我，他们为什么骂我，是我的不对还是他们的误解？我不断地反思自己，纠正自己，骂声在一天天减少，但仍然是不绝于耳。好在，我这人早已习惯于在骂声中成长，死猪不怕开水烫，如果万马齐喑，没有了批评，到处是一片喝彩之声，我反而不自在了。我的很多毛病就是在媒体监督和愤青的骂声中得到纠正的，所以我很感谢他们。

要学会正确对待自己，正确对待别人，心静如水。不要认为自己的脑子是数据库，什么都知道，每个人都会有自己的知识盲区，我也是一样。对于大家的批评，我基本上保持静默，很少解释，但对于一些以讹传讹的说法，我是不能容忍的，因为媒体的炒作实在厉害，能够把芝麻说成是西瓜，传到最后就可能是地球那么大了。学术观点是专家安身立命的根本，作为一流专家，不可能盗用别人的观点，也不会轻易附和别人的观点，所以，专家往往坚持己见，这就是一个特点。这种个性化特点不应该受到打压、封杀和咒骂，相反应该得到支持，比如五六十年代马寅初关于人口论的观点，今天看来是多么正确和有先见之明！真理有时确实掌握在少数人手里。很多人攻击别人，并不能显示自己比别人强多少，而恰恰表现了自己的无知，以自己的无知去批判别人，结果更加证明自己无知和没有教养。

　　我没有更多的理论讲给大家听，只是把我自己的人生经历告诉你们，自己认准的事情就要做下去，不要管别人怎么说，他们会随着你的成功而逐渐改变自己的态度，要为自己活着，不要唯唯诺诺一辈子为别人活着，那样很累！

我从来都不介意别人黑我

我并没有高超的预测能力

还记着伊拉克那个梗？

说到了被人骂这个事儿，我仔细看了下，所有骂我的人几乎都是因为伊拉克战争中我没有预测到共和国卫队的不战而溃。这么多年过去了，他们还记得我当初的那句话，真的很不容易。

我对伊拉克战争的预测后来基本上都已经被实践所证明，但是在当时大多数人都在攻击我，认为我的判断是错误的，美军拥有高技术武器装备，那么强大，打个小小的伊拉克还有什么悬念吗？伊拉克不是越南，美军怎么会陷入越南战争的泥潭呢？海湾战争美军死了100多人，科索沃战争零伤亡，伊拉克战争怎么可能像我说的"美军将会有数千人死亡，即便是美军死亡两三千人也不会撤军"呢？怎么可能"会持续三到五年，甚至十年八年"呢？

我承认，在美军四面围困巴格达的时候，我判断伊拉克军队和人民会抵抗的，可最终没有出现抵抗，这的确是一个判断错误。当时，对于后来发生的事实，我一直都不知道原因何在，我是学阿拉伯语的，我学过伊斯兰文化，在伊拉克工作过两年，我心中的阿拉伯人、伊拉克人是勇敢无畏的、爱国的、敢于斗争和善于抵抗的。因此，我之后判断，美军虽然没有遭到抵抗就进入了巴格达，但战争并没有因此结束，伊拉克人反对美国入侵的战争还没有开始，这场反抗外来入侵的战争将会持续三年五年，甚至十年八年！后来的事实完全应验了我的这些判断，对于伊拉克军队没有抵抗的深层次原因，也已经明了，就是共和国卫队司令被美国中央情报局收买，背叛了人民，下达了不抵抗的命令。军队和人民当时都以为是萨达姆的命令，所以都没有抵抗，但是后来的事实是，明白真相之后的伊拉克人民一直在抵抗。

金融危机爆发之前，很多经济学家和金融学家发表的预测和判断基本上都是错的，不仅给国家造成巨大损失，也让成千上万的股民遭受了损失，很多买房子和做其他投资的人也遭受了相当大的损失。我很奇怪，为什么没有人痛斥他们的预测错误？

伊拉克战争结束了，美国宣布战争胜利了，几乎所有的媒体和专家都跟着美国的音乐起舞，说什么美国胜利了，伊拉克人民要开始战后重建了，一个民主的自由的伊拉克即将出现，人民就要过上太平日子了。可我却义正词严地指出，不要相信这样的骗局，美国赢得了战争，但失去了和平，中东地区不会再有和平，伊拉克人民反对外来占领的战争不是结束了而是刚刚开始，这样的战争还将持续三年五年，甚至十年八年。

对于我的这些评论，网上骂声一片，尤其是年轻人，他们对人民战争等革命传统所知甚少，受西方理念影响很大，普遍认为人民战争的理论早已过时，高技术战争是未来战争的必然，战争胜负主要靠武器，谁的武器先进谁就能够获得胜利。美国的武器先进，在伊拉克战场获得胜利了吗？没有！反而陷入了战争的泥潭和沼泽。

预测是一门科学，科学就有可能失败

大家都说我是瞎预测，是大忽悠，就我个人的理解来看，预测大致分两类：一类是瞎蒙，比如卜卦算命；还有一类是科学推断，比如美国兰德公司、阿尔文·托夫勒等未来学家。我的预测算不上什么大家，只是个人研究的心得体会。但有一点很重要，我的预测没有瞎蒙骗人的东西，基本上属于科学分析和科学判断，但这种预测也存在很大的风险，尤其是对战争的预测更是如此。

例如，在伊拉克战争爆发之前，如果伊拉克总统问司令员，美军的主攻方向将会来自何方？一位司令员说，根据种种迹象判断，美军的主攻方向一定会来自科威特方向，辅攻方向可能会来自伊拉克北部的土耳其方向。总统接着问另一位司令员，这位将军说，我认为美军的主攻方向可能来自科威特方向，也可能来自土耳其方向，但是，也极有可能从沙特和约旦方向进攻。你说，这萨达姆如果遇上这样两个司令员，他还真是麻烦，到底听谁的？第一位司令有个性，他的推论和预测是完全正确的，但容易给人固执己见、锋芒毕露的印象；第二位司令没有知识底蕴，没有军事常识，不是军人应有的作风，是一个典型的废物，但这种人圆滑，不会出现任何失误，最终的战争实践肯定会验证他的预测，因为美军肯定会从他所说的某一个方向进攻。但是，如果萨达姆听信他的判断，战争肯定会失败，因为那样会兵分多路，无法形成防御优势。战争的结果确实证明萨达姆起用了一大批这样的废物！这样的教训只有在战争时期才会发人深省，当意识到用人失误的时候战争已经失败了，国家已经灭亡了，自己的生命也行将结束了，一切都已晚矣。

和平时期是圆滑人的天下，越圆滑越好，因为军事的效益只能在战争中表现出来，没有战争的检验很难分清对错。

预测是一门科学，科学就意味着有可能失败，世界上没有百分之百准确的预测。天气预报经常失误，我们已经司空见惯了，这是很正常的事情。现在预报天气，不仅有卫星云图，还有各种监测设备，是非常科学的，但预测还是不能做到百分之百正确。所以，对于预测要有一个平常心。

讲话需要守纪律

我是1992年开始接触电视的，之后做了很多节目。我也是第一个参与央视战争新闻节目直播的，那是1998年2月的事情。到2003年直播伊拉克战争的时候，我已经拥有了很多的直播经验，不会犯很低级的错误。当时的预测，有些问题主要是情报信息的不准确，还有就是我对信息化战争特点规律的研究不深入。战争结束之后，我潜心研究信息化战争，最终撰写了一本《打赢信息化战争》的专著，50多万字。

说实话，我没有任何高超的预测技能，只是按照马克思主义战争观和毛泽东军事思想，依据人民战争的基本理论，根据"得道多助，失道寡助"的原理，按照"武器是战争的重要因素，但不是决定性因素，决定性因素是人而不是武器"的原理来推论的。为什么这样的推论在当时会遭到大家的反对？为什么中国人民自己走过的反侵略战争的道路现在反而忘记了呢？这些，是值得我们深思的。我们很多人，尤其是年轻人没有学过马克思主义战争观和毛泽东军事思想，听信美国的宣传和西方的宣传太多了，自己进行国防教育太少了，宁愿相信别人的谎言，也不愿意相信自己军事专家的推断，好像外国的月亮总是比中国的圆。

另外，作为一个军事专家，也必须得守纪律，知道什么话该说，什么话不该说。专家面对镜头可以口若悬河地夸夸其谈，但是你不能乱谈，不能信马由缰、信口开河地乱讲。就像伊拉克战争直播的时候，伊拉克政府还在运作，伊拉克驻华使馆每天都与电视台有接触，我们直播要考

非议声中，我从未想过停止前进

伊拉克战争直播

虑与美国、伊拉克交战双方的关系，不能拉一个打一个，不能说美国这个炸弹炸得真准、真好，我就在演播室欣喜若狂！也不能说萨达姆这个暴君该死、该打，我就往死里骂！我们有话语权，但我们必须要讲政治、讲政策、讲外交，我们的责任是释疑解惑，绝对不能在那个敏感的时刻给外交、国防等部门添麻烦、惹是非。除去这些方面的问题还有宗教的问题等等，都是很敏感、很棘手的，搞不好就会捅娄子。直播与录播大不一样，直播没有时间思考、没有机会看材料、没有条件进行研究商量，面对镜头你必须用你自己的方式、自己的语言、自己的思考来讲你自己的观点，一旦说出去了就难以收回来，所谓覆水难收就是这个道理。作为专家你如果没有长期的知识积累，很快肚子里的东西就会被掏空，接下来就会是语无伦次的重复和废话。电视观众有个基本心理，就是审美疲劳，每天看电视都是正确的多，好不容易看到有不正确的东西就会无限放大，也要注意这个问题。

我欢迎学术争鸣

当军事专家很难，光精通军事、作战和装备是远远不够的，必须在政治、外交、谋略、历史等方面都要精通才行，否则就会出现偏激和错误。作为专家，可以参考网上的信息和资料，包括美国和西方的信息资料，但不可以顺杆儿爬，当人家的传声筒，鹦鹉学舌，那不是军事专家，那是军事爱好者，是情况综述者，是站在山脚下远望，而不是站在高山之巅望远。其实，学术上的观点是可以相互争鸣的，但不可以随便攻击别人的观点是错误的，因为在学术问题上，往往正确的观点掌握在少数人手里，要贯彻百花齐放、百家争鸣的方针。

学术争鸣的过程就是军事理论创新最活跃的过程，我非常喜欢听到不同的学术思想，最可贵的就是别出心裁、独树一帜的学术理论。学术争鸣的一个基点就是通过自己的理论研究提出一套相应的创新理念，以此来参与辩论并批驳对方。现在网上经常出现一些不负责任的指责、攻击、谩骂和诬蔑，这不是学术争鸣，这是一种学术流氓的无赖行径，希望大家自重，并对这种现象进行广泛的批判和声讨，应该净化网络空间，净化学术氛围，提高学术研究的层次。

"张召忠,你为什么不带兵打仗?"

有的时候看网上的评论,对军事专家一个比较常见的指责就是:整天就知道纸上谈兵,怎么就不见你们真的去带兵打仗?你看谁谁又欺负我们了,怎么就不见你们去冲锋陷阵呢?对于这些问题,我想或许可以简单地说一下。

战争是非常复杂的事情,需要各行各业的人才去做事情,大家分工不同。比如我的工作是教书育人,不是师长军长,不是带兵打仗的,所以不能要求我带领一个军冲锋陷阵,我干不了那种事儿。将军泛指能够指挥打仗的军人。我不是指挥打仗的军人,我的职责是教书育人,把理论问题搞清楚,是我的主要任务。

如果我对国际时事政治、对战略战术、对武器装备性能、对科学技术发展、对相关法律法规都糊里糊涂,那是我的失误和不称职,如果说我不会指挥打仗那不是我的失误,因为我不是带兵打仗的将军,况且战争也没有到来过,我们也不应该期待战争。很少有人像我这样经历过两伊战争!我当时就在战场上!此后,我参加过很多军事演习,也参加过作战模拟对抗,但没有参加过实战,因为我们倡导和平,还没有让大战来临过!

现在我退休了，普及国防教育也不是我的本职工作，但我一直在努力地做，去做些自己力所能及的事情，为国家再发挥自己的一份余热。只要国家还需要我，我就一定会竭尽全力地在被需要的位置上，尽自己的一份职责与义务。

一片赤诚心，不怕泼冷水

我从小在农村长大，18岁以前的农村生活，教会了我尊老爱幼，讲究礼貌，为人诚实，不耍心眼，不斗狠，这样的思想基础成为我一生为人处世的基点。

当兵四年，我在胶东半岛，那是一个革命老区，当地的老百姓把我们这些当兵的看成是亲人子弟兵，关怀备至。当时那个地区路不拾遗，夜不闭户，人和人之间的关系非常亲近。我们部队野营拉练，每到一地都深受感动。有一次深夜行军到一个山村，老乡们闻讯后纷纷把自己家里的新被褥捐献出来，送到军营，没有任何的口号，没有任何的语言，一切都是那么真诚。不知道从什么时候开始，我们喜欢说很多没有用的正确的废话，喜欢用很多很虚假的语言去描述一些很简单的事情，与此同时，我们却家家开始安装防盗门，人心和人心之间也都安装了防盗门！人与人之间的关系开始疏远，我们很难再找回那个时代那种淳朴敦厚的风气了，我为此经常感到遗憾和无助。我当兵时所在的那个地区，老百姓的自行车根本就不用上锁，没有人会偷。而今天，新买的自行车无论你加多少把锁，几个小时就会不翼而飞。家家户户装上防盗门窗，就像住在监狱里。

我第一次到西方国家,是去了美国的凤凰城。美国的凤凰城也是一个路不拾遗、夜不闭户的城市。

农村长大,胶东当兵,第一次出国在美国凤凰城,这些经历都发生在我世界观形成的初期,对我的成长有着很大的影响。我对人诚实,一片赤诚之心日月可鉴,我说话直来直去,办事不讲情面,批评异常严厉,对人要求几近苛刻。这些品格成就了我自己,于是我就用我的经验和我的成功去要求别人,我相信"良药苦口利于病,忠言逆耳利于行"的道理,我的出发点都是好的,可别人却总是埋怨我、不理解我,可能他们听惯了阿谀奉承,他们喜欢春风满园,不喜欢凌厉的寒风、带刺的玫瑰,他们往往把我语言的犀利理解为投枪和匕首,所以我经常成为被攻击的目标。

当我看到别人在十字路口东张西望时,很着急,经常扮演马路警察的角色,所以很讨人厌。现在的人,尤其是年轻人,最讨厌的就是别人为他们指路,你指出的道路可能是金光大道,但他们不会听,宁愿自己去闯、去拼,即便是走入死胡同或者误入歧途也无所谓,就是不愿意听你正确的唠叨。好心被当成驴肝肺,一片赤诚被误认为是别有用心。

我经常看到年轻人驾驶着汽车飞速前进,我好心地告诉他们,慢点开,前面就是地雷阵,再往前就是悬崖峭壁,那可是险路啊,赶紧拐弯吧,就在这里拐,快点儿,这就是拐点!可没有人听,他们宁愿摔得头破血流也决不回头!这样的例子举不胜举,我经历得太多了。我经常想,我走过的桥比你们走过的路都多,前人的经验教训听一听难道有坏处吗?不行!他们最讨厌别人为自己支着儿。

虽然我现在通过微信公众号向大家普及国防知识,结合自己的亲身经历,不断地跟大家唠嗑,想跟年轻人交流,但其实我知道,很多人不在乎这些。在他们眼中,可能这些都是一个老头子的碎碎念。说实话,我懂得很多大道理，空的，实的。我也知道多数人喜欢听的话是什么，但我还是想继续我的"唠叨"，它是一种责任，也是一种坚守，同时在这个过程中，我也会不断地思考，不断地进步。

进入网络之后，我遭遇过很多事情，有些我能理解得了，有些我理解不了，不过我从来不拒绝网络这个东西。以前曾有人跟我说，希望我退休之后能给他们讲讲新闻背后的来龙去脉，让大家学会深沉，增长定力，不要听风就是雨，要有自己的思考和认识，同时也引导年轻人建立正确的世界观和价值观。这些话，我一直都记得，我现在开通微信公众号也是这个目的，我更加深入网络，不断学习更多新的知识。如果以后张召忠有什么需要大家批评指正的地方，都可去我的微信公众号"局座召忠"上留言，每个网友的每条评论我都会看，也都会记得，遇见批评我的，我也会去反思，希望我们能携手共同进步。

心中一杆秤，脚下一条路

我到洛阳的龙门石窟去看了一下，唐朝的万佛像令人叹为观止，一万多尊佛像，千人千面，万佛万面，各有不同。一个人要有个性，这种个性可能是倔强，可能是暴躁，可能是极端，可能是创造，但没有关系，我喜欢有个性的人，如果一个人没有个性，就好像工厂流水线批量生产出来的商品一样，那有什么意思。一个节目也要有个性，如果没有个性，千篇一律，千人一面，那这样的节目还有什么必要存在呢？如果每个人都在说同样的道理，都在重复同样的套话，那不是废话吗？

作为专家学者，必须要有自己的特色，如果千人一面，大家都在说同样的话，那还需要专家吗？专家还需要做学问吗？背书就可以了！如果综述报纸上、电台上、网络上的套话和观点，那不是浪费别人的时间吗？浪费别人的时间无异于图财害命！随着电视访谈节目的增多，很多专家学者都走上屏幕，这本是件好事。但是，我发现很多专家不是在各抒己见，而是在炒冷饭、替人背书，把自己当作官员甚至是新闻发言人的角色在讲话，这是有问题的。官员是行政负责人，他必须要兑现自己的承诺。新闻发言人是国家和政府政策的代言人，它的背后是权力机构，他是万万不能背离上级指示精神的，不允许有个人意见。可专家学者是干什么的？在讲政治、守纪律的前提下，必须有个人创新的学术观点，如果没有，那就不是专家，是混混儿！

从事军事新闻评论几十年，我的体会很多：

首先，任何军事评论都要遵守党的宣传纪律，与党中央保持高度一致，在重大原则性问题上不能擅自发表不同的意见。我的经验是，在这个大的原则下，要尽量用自己的语言阐述自己的观点，要保持一定的灵活性，要有个人的语言特色、表达方式和行为准则。有些人为了保持一致，就大段大段地背书，那就有点太初级、太业余了。

其次，平时要注意学习，深刻领会党和国家的外交政策和保密要点。军队在这方面管理非常严格，经常进行类似的教育，要多注意学习和领会。军事评论是对危机、战争和突发事件的深度解读，在解读的过程中要知道哪些地方是雷区，哪些地方是底线，哪些地方可以发挥，哪些地方只能轻描淡写，在这种情况下，查找资料，进行准备和评论。我经常看有些所谓军事专家的评论，感觉在这方面还有很大的欠缺，有的是以揭秘、探秘、泄密为主吸引眼球，有的是以爆料、猜测、编造的方式吸引注意力，这是绝对不可以的。军事评论必须以事实为依据，以法律为准绳，在与党中央保持绝对一致的前提下，有理有利有节地进行分析评论。

专家学者的军事评论要帮忙，但不能添乱。比如在解释我国军费增长的时候，在谈论我国发展航空母舰的时候，在谈论中美撞机、美国侦察船在南海测量、俄罗斯击沉中国船舶等敏感话题的时候，要以外交部和国防部新闻发言人的立场观点为主，不能出现两种声音，不能制造两个舆论阵地，不能出现噪音。

但是，在这个大前提下，可以有自己的深度解读，比如国际法、海洋法的解读，美国进行间谍活动的案例，国际上处置此类突发事件的惯例等等。对于批评和指责性的言论要特别注意，比如有些记者经常让我对某些事件进行评论，我就特别注意不能伤及同事，不能伤害有关政府部门，不能危及军事安全，这是大前提，如果我动不动就批评这个指责那个，虽然可以吸引眼球，但会引起相关部门的不满，何况隔行如隔山，我的批评和指责也未必妥当。

军事新闻评论的敏感点和雷区较多，主要集中在三个方面：

一是每当出现重大突发事件，尤其是国内重大事件的时候，一定要等待新闻发言人的意见再进行评论。当然，绝大多数情况下，记者的采访会在此前进行，在这种情况下，如果推脱不掉，就要按照自己的政策水平在遵守宣传纪律的情况下进行把握，这要冒相当大的风险。

二是在谈论中国周边国家，尤其是朝鲜、越南、日本、俄罗斯等国家的时候，要特别注意语气、观点的表达，因为这些国家与中国关系不错，懂中文，喜欢提抗议。

三是在涉及中国军队改革、中国军队现役武器装备、现役部队的部署、军事演习、军事维和行动、反海盗行动、国庆阅兵、西藏问题等重大军事行动的时候，一定不要超越国防部新闻发言人的表态范围和原则，比如，两会期间，新闻发言人和很多高级将领表示中国要发展航空母舰，专家的解读不能超越这个限度，不能进一步解释中国要发展什么样的航空母舰，多大吨位，什么时间建成，要建造多少艘，花费多少钱，在哪里建造，上面装多少架飞机，准备对谁作战，将来部署在哪里等等，这些问题都涉及保密的范畴。保守机密慎之又慎，这是底线，是不能够碰的。保密涉及国家安全，每个公民都应该具有强烈的保密意识。我注意到，很多人并没有这种意识，相反，在网络上还以泄密为乐趣，到处打听有关保密信息，一旦知道后立即在网上发布,这样做的后果有两个:一是被敌特分子窃取机密,给国家安全造成重大损失;二是本人及家人遭受牵连,被安全部门立案侦查,受到应有的纪律处分,严重的被判刑入狱。很多年轻人不知道这些,很让人担心,他们以为很好玩儿,一旦出事儿就追悔莫及。如履薄冰,谨言慎行是必须的。

市场经济给我们带来了经济的繁荣和个人收入的增长,但也带来了很多浮夸作风和拜金主义的东西,在这个物欲横流的时代,我们大家都应该洁身自好,修身养性。

经济学家创新出一个理论,比如股市方面的运作规律或是税收方面的理论问题,就会迅速投入经济大潮中进行试验,然后很快得出结论,正确和错误显而易见。军事理论家要做到这一点很难,因为没有实践检验的平台,所以很容易出现一些假的军事专家,假的军事理论家,假的军事评论家。

要想判断一个军事理论是否正确,有三个方法:

一是追溯式评判。现在一说创新,好多人就说今年创新了多少理论,其实这种思路是非常荒谬的,一种理论创新是需要很长时间的积累,有的人一辈子也没有创新过多少有价值的理论。创新理论必须要经过时间的考验,时间本身就是一种客观的检验。比如,你要评判我的创新理论是否正确,你最好把1980年以来我发表过的一些论文和专著进行分门别类的研究,看我以前提出的理论观点哪些后来被证明是正确的,如果验证正确的概率超过30%,那将是非常惊人的成就!

二是计算机模拟。就是建立计算机数据库,利用大量的数据来建立数学模型,把创新的理论在计算机上进行红蓝双方的模拟对抗,对抗的结果自然就会生成胜负结果,这样就可以评判哪种理论是正确的,哪种是错误的。

三是实兵演练。实兵演练就是军演,现在军演很多,但很花钱,是验证手段中花钱最多的一种。尽管花钱多,但却是不可以不搞的,这是最接近实战的一种样式。

作为一个专家,心中必须得有一杆秤,清楚自己的职责所在,有所为有所不为,同时也要注意传达意见的方式和方法。在媒体快速发展的今天,我始终注重利用媒体平台的作用,也把各种媒体作为我的讲台,而且是更大的讲台。

电视是大众媒体,是最俗的媒体,因为我在电视上做的节目再好,观众也不可能正襟危坐、边看边记录,一般都是在家里喝茶、吃饭、聊天的时候顺便看几眼,而且电视观众什么人都有,我的观众更多的是离退休老干部、军事爱好者、家庭妇女和小孩子,因为专业人士和领导干部晚上八点钟往往很忙。我的讲话怎样能够让这些普通观众听懂、爱看、爱听是我始终面临的一个巨大挑战。

网络又是另外一种媒体,比如我的微信公众号,我面对的多数是军事爱好者和年轻人,专业人士、领导干部很少在网上阅读。媒体的这些挑战,受众对象如此多元,让我深深感到必须用最简单的语言讲述最深邃的道理,否则没有人愿意听我啰唆。

我这个人做学问最大的特点就是强调个性化思维,我从来不重复别人,也不重复自己,我不会照本宣科,也不会背书给我的观众听,我要讲自己的研究观点和学习心得,而且很多是别出心裁、独树一帜的,因此经常遭到大家的批评和非议,我已经习惯了这些。

面对媒体和不同的受众,我必须掌握三个要素:一是说话要风趣幽默,要让所有人都能听懂;二是要内外有别,一定要注意保密;三是要遵守宣传纪律,坚决与党中央保持一致。你们千万不要以为我在电视上讲话很随便,其实从选题、构思、查找资料、确定谈话内容到录播要做很多前期工作,后期还要剪辑,领导还要审查,这是一项很大的系统工程,也是一项很难很难的工作。尤其值得注意的是,节目最终还要拼收视率,如果你在那里讲空话、说大话、说套话,观众的遥控器就会立即给你以严厉的制裁,没有了收视率也就没有了讲话的平台。

第四章

尊新必威,守旧必亡

这个时代的话太多，我的话也像风一样，吹过了也就吹过了。可是，风吹过田野，可以吹醒多少花朵啊，它们听到了风的声音，快乐地成长，就这样，一个更加美好的世界来到了我们面前。

我很想和大家聊聊"创新"这个话题。信息时代，最重要的就是创新。充分释放你的思维，让想象的翅膀飞起来，让创新的阳光照进来，让大脑快速地转动起来。不脑洞大开，我们怎么知道我们能走多远？

美国人就像一匹野马在旷野上奔腾，无所顾忌。我们中国有些文人，就像一头温顺的毛驴被拴在一棵古老的槐树上，围着老槐树不停地原地转圈儿，这就是我们的毛病所在。

一个缺乏想象力的民族如何征服未来世界？一个总喜欢往回看的民族怎么能够富有活力并参与世界竞争？

美国大片，中国神剧

　　我非常喜欢看外国的军事影视作品，尤其是美国的大片，如《珍珠港》《星条旗永不落》《壮志凌云》《野战排》等。美国的军事大片有几个显著的特点：一是极力宣扬爱国主义和英雄主义，催人奋进；二是科技含量很高，不惜重金运用电脑特技设计制作一些精彩画面；三是在军队的协助下，大量调用现役武器装备拍摄精彩的镜头和画面，产生很强的震撼力；四是十分严谨，很难挑出什么武器装备的错误和作战方法的荒谬之处。美国通过这些军事大片展示了军队的战斗力，对作战对象产生了很大的震慑力，这就是舆论战的巨大作用。

　　反观我们的军事影视作品，存在的问题很多，最大的问题就是错误和荒谬之处太多，比比皆是。我一直都想不通，为什么会出现手撕鬼子这样的片子，有些电视剧上还直接说什么"八年抗战马上就要到来了""同志们再坚持一下，就剩下最后一年了"，这些东西是怎么拍出来的呢？你怎么知道是八年抗战呢？真到战场上，你给我示范一下如何手撕鬼子！这段历史并不久远，这么严肃的事儿怎么能被轻易地玩笑化了呢？

　　对于这样的问题，我曾经与有关人员谈过，希望他们在制作过程中，最好是在制作之前，聘请一批权威的军事专家给予指导，因为你很难要求导演、演员弄懂那么复杂的军事问题，但专家可以把关，不要让谬种流传。武器装备的型号、使用、相互之间的搭配经常出错，很多情节十分离奇，很多片子我实在无法看下去，因为太可笑、太庸俗了。

为什么会出现这样的情况？我感觉最主要的原因有三个：

一是过于追求名利，工作不扎实，难以像过去拍摄三大战役、《地道战》、《地雷战》那样精雕细刻。过去拍摄一部片子，制作人员和演员要深入部队体验生活，一部片子要拍摄好几年。现在哪里还有那种事儿，快马加鞭，赶紧赚到钱就再接拍下一个，这样能拍出好片子吗？许多男演员饰演的军事指挥员给人感觉扭扭捏捏，故作姿态，没有一点儿军人的威严，军姿也不正，甚至流里流气。

二是演员没有生活体验。20世纪70年代以前，八一电影制片厂等制作了大量优秀的电影，在我小的时候就认为电影是战场纪录片，因为跟战场的实景太像了，非常逼真。看看现在的影视作品，假得不能再假了。我想，作为制作人员也想把作品制作好，但演员没有生活体验，过去的演员很多都是军人出身，很多都经历过战争，都在战场上摸爬滚打过，即便是没有实战经验，在20世纪70年代以前，当时国家的安全形势很恶劣，国家尚武精神很盛，社会上对军人非常尊重，所以拍摄军事影片很容易做到真实。

三是武器装备的变化很大。过去拍摄的片子，基本上就是使用一些轻武器或坦克装甲车辆，即便是拍摄舰艇、飞机的场面也很简单。现在的武器装备非常复杂，坦克、飞机、舰艇一般的导演还能够把握一些，一说到电子战、网络战、信息战、信息化军队、信息化战争、航天作战等等，导演就晕了，因为这些东西很难表现，作战方法也很难描述，如何把概念化的东西形象地表现出来，如果没有很深的导演和表演功底，那是无法完成的。

在表现这类东西的时候，往往又没有电脑特技的制作经验和经费，所以只能凑合，凑合出来的东西又不让专家把关，有的虽然请了专家，但有些专家是某个特定行业的专家，除了自己的专业之外别的东西就不知道了，最终让一些错误的东西流传出去。拍摄这种影视作品的初衷是进行国防教育，宣扬我军的战斗精神，对敌人产生震慑。可如果敌人看了这样的片子之后，就会笑掉大牙，哪里还有什么震慑力啊！这就是中国的信息化军队？这就是中国军队要打赢的信息化战争？太可笑了！

存在的另外一个比较大的问题就是，我们看美国大片，能感受到美国人非常有想象力，能够用电脑动画做出那样震撼人心的冲击力非常强的画面，能够在科学探索、科学畅想、科学普及、科学幻想方面做得那样好，很值得我们学习。

然后再去看看我们的"大片"，要么是鬼神当道，要么是凶杀情爱，要么是辫子文化，现在清朝的事儿说完了又开始说明朝那些事儿，三国那些事儿，秦汉那些事儿，什么时候说说现代的那些事儿，说说未来的那些事儿？

美国人就像一匹野马在旷野上奔腾，无所顾忌。我们有些文人，就像一头温顺的毛驴被拴在一棵古老的槐树上，围着那棵老槐树一个劲儿地叫唤，不停地转圈儿，可转了半天一看，还是原地不动！这就是我们的毛病所在，这就是我们与美国文化的差距所在！

一个缺乏想象力的民族如何征服未来世界？一个总喜欢往回看的民族怎么能够参与竞争而富有活力？总是陷入往事的回忆之中，对于未来既缺乏想象又缺乏兴趣，政府更是缺乏支持，这是一个十分重大且应引起有关部门注意的问题！

中国动漫：奋烈尤可为

我从小学到大学就一直喜欢撰写小说、散文和诗歌，在学习机械电子专业的过程中，酷爱木工、几何和机械制图。到部队以后喜欢上绘画、素描、摄影，20世纪80年代在北京广播学院学习过电视的编导和摄影，后来就一直参与很多电视节目的制作，所以我非常关注也非常喜欢漫画、动画、3D、虚拟现实、电子游戏、多媒体这样的一些艺术表现形式。

我讲课从来不用稿子，都是自己创意的多媒体课件，就是把自己脑子里想象的一些作战环境和场面用图形的方式表示出来，这样便于理解。我平时开会做记录，很少用文字记录，都是些圈圈点点的图形和图示，当然全都是草图，我很苦恼无法把这些草图变成动漫。我撰写和编写的图书摞起来比我还要高，我很早就想把我的一些学术研究理念和思想转变为一些电视剧或者动漫作品，但都很难实现。由于工作很忙，我没有时间去具体操作和制作，我总是有个梦想，希望有一天，我可以与动漫艺术家去创作一些与军事和作战有关的作品，可以是专题片，也可以是配合专家访谈的电视片，甚至是我的专著或其他作品的融合。

有这样的想法已经很多年了，只是缺人员、缺经费、缺机遇、缺平台。

当然，这些条件永远都不可能全部具备，如果哪一天有了某些可供启动的条件，我会进行一些尝试的，也希望得到业内人士的支持。现在我是个退休老人了，以后也会在我的微信公众号上多试验这种动漫传播的方式。

动画、模拟、仿真和虚拟现实技术是利用计算机对不可见概念的影像再现，便于观众正确理解某种新概念、新技术、新方法和新举措。因此，这些新技术通常被应用于高科技原理的演示，比如纳米技术、核裂变技术、核聚变技术、神经网络计算机技术等等。利用这些技术，也可以演示某些重大项目的构想，比如"星球大战计划"、中国的"嫦娥计划"等等。

可是，当这些高新技术传入中国之后，通常被中国人用来进行娱乐宣传而不是科技教育，现在我看到的一些动画片，大多数都是一些"三个和尚""宫廷争斗""武林侠客""三国红楼"之类的东西，腐朽、落后、传统、保守的内容居多，真是让人心寒！这么好的表现技巧被中国人用来干这种事儿，更说明我们还处在初级的娱乐层面，距离理性思考、科技创新、科技强军、科技强国还太远。你看看美国和日本的动画片，都是《变形金刚》《星球大战》之类的科学幻想、益智、科教类的内容，人家好的东西值得我们学习借鉴。

中国有13亿人，为什么很少出诺贝尔奖获得者？同是中国人，为什么加入美国籍、法国籍之后就能获得诺贝尔奖？这与中国的教育、体制和思维观念有关系。中国是世界上科技素质很低的国家之一，但很少有人把科技素质低与国家安危、先进文化、科技创新和跨越发展这样的大事结合起来。

有一次我去沈阳讲课，沈阳市科协的负责同志跟我说，沈阳市每年拨款数百万元资助科协，专门用来聘请全国知名的专家学者来沈阳讲学，老百姓可以随便听讲座，主要是提升全民的科技素质和科学文化素养。深圳也是如此，"市民大讲堂"面向全民开办长期讲座。用讲座的方式来提升全民科技素质显然是一个很好的方式,但是有没有比这个方法更好的方法呢?我认为大量利用现代媒体,尤其是电视和网络媒体是至关重要的。

有一年,应浙江省省委宣传部的邀请,我到杭州去讲学,他们跟我说要在杭州举办动漫方面的会议,并且把杭州确定为全国动漫的研发中心。当时我听到这个消息后很兴奋,我就跟他们谈了我对中国动漫发展的一些设想。

现代人工作生活节奏很快,很忙,心情浮躁,压力很大,难得静下心来像20世纪五六十年代那样去读原著、读小说,21世纪好像已经进入到一个读图时代。所以,动漫应该说是顺应历史潮流发展,又引领潮流发展的。为什么中国的动漫发展不起来,还不如外国的动漫好?主要原因有三个:

一是从观念上讲,没有把握时代脉搏,缺乏未来意识和创新意识。我们的动漫作品基本上都是"听爷爷讲那过去的故事",基本的模式都是"从前有座山,山上有座庙,庙里有个老和尚讲故事"之类老套的东西。只有预测未来才能把握未来,只有把握未来才能赢得未来。我们缺乏未来意识,对未来高科技发展、未来经济发展、未来军事作战、未来生活方式、未来环境变化等等很少关注,总是翻腾老祖宗那些东西,炒冷饭,这就很少有观众,也很少有影响力。要想在动漫行业有所突破,必须把握未来,大胆创新,否则无法与外来动漫进行竞争,因为在观念上根本不是一个层次。

二是从内容上讲,受市场经济的影响,人们不是把心思用在打造精品上,而是对利益和盈利考虑太多。有些制作人员文化底蕴差,品位低,缺乏策划和精心制作,导致动漫作品内容低劣、重复,这样的作品冲淡了观众胃口,让人感到索然无味。据说国家为了支持动漫产业的发展,制定了很多支持性政策,既然如此,动漫行业就应该全力打造自己的品牌,提高竞争力。

三是从传播平台上讲,应更多地利用电视和网络进行传播。现在有很多尝试性的节目,我感觉很好,刚开始大家有个认识的过程,只要节目好,还是逐渐会被大众接受的。

随着计算机和软件技术的发展,我相信,动画、3D、虚拟现实、电子游戏等一些情景创造、情景再现的艺术表现形式会有很大的发展前景。

日本舰娘：二次元的威力

2016年4月15日，我在我的微信公众号上发表了一则关于"舰娘玉碎"的漫画，发出去当天的阅读量将近6万，3220个点赞，后台留言600多个，95%以上的评价都是正面的，这是我此前没有预料到的。

"舰娘玉碎"是以我的形象为主画的一系列漫画，这个漫画我很早以前就看过，作者从国外留学回来，一辈子都是画画的。后来我跟他取得了联系，就把他的几百幅漫画全拿了过来，陆陆续续地放在我的微信公众号上。作者很慷慨，不问我要一分钱，他觉得我这个微信公众号是进行爱国主义教育的，把这些东西放到上面非常好。

当然很多人对"舰娘"漫画是有争议的，大家认为上面又是美女舰娘，又玉碎的，很容易让人往其他地方想。有些批评的言辞还非常激烈，说那些都是舰娘，怎么能用这种方式进行爱国主义教育呢？也有的说，你看你把我们国家的少将画成什么样子了！他是我们大家的老师，我们都应该尊敬他！说心里话，很感谢大家对我的维护，不过对这些东西我也不是很在意，反倒觉得挺好玩儿的。若是进行义正词严的批评的话，我觉得就有点不懂幽默了。

"舰娘"是怎么来的？以前日本海上自卫队搞了一个三年一度的观舰式，即海上阅兵式，很多老百姓登上各个舰艇去参观。他们做了很多动漫主题的宣传画、海报与视频。日本海上自卫队还邀请动漫声优到舰上，当一天象征性的舰长。动漫声优，你想想她的打扮，衣服穿得很少，比较暴露。可是在海上自卫队当舰长是非常严肃的事啊！当一天舰长，从早上起床到晚上睡觉，中间要值更、巡查、下命令，你看这个，这不是疯了吗？这是作战的舰艇，怎么能找这样一个动漫小女孩当舰长？其实这个"舰娘"主要就是迎合年轻人，吸引年轻人去关注日本的海上自卫队。慢慢地让年轻人了解，这艘舰是什么，海上自卫队是什么。慢慢地，日本就出现了这种舰娘文化。

日本的舰娘文化非常流行，很多男孩也很感兴趣。一个人，进入一个行业，有很多的偶然，偶然看了一本书，偶然听人讲了一个故事，偶然认识了一个人，偶然听了一次报告，这些都可能会影响他的一生。我们生活当中，你偶然用了一种化妆品，可能你一辈子都会用这种化妆品，所以，可能小孩偶然看到一个动漫，偶然看了一种流行文化，他一下子对这个舰艇，对海上自卫队产生兴趣了，于是他就踊跃参军。

原本，海上自卫队的舰艇是经常在海上巡航的，在海上一艘舰孤零零的，回来之后也就停在基地的港口码头，很少跟老百姓有接触，跟老百姓离得比较远。日本通过"舰娘"，吸引了很多年轻人。

所以，"舰娘"后来成为日本的海上自卫队、航空自卫队对社会宣传的重要方式，他们的征兵广告用了大量的动漫形象、舰娘形象。它已经不是一个负面的东西了，这种动漫方式，也被广泛应用于美国的征兵广告等等。

动漫只是一种传播的方式，最关键的是我们用这种方式去干什么。对

进击的局座：悄悄话

于我们来说，通过"舰娘玉碎"的漫画，揭开日本军国主义用来包裹自己的面纱，清晰地看到日本帝国主义丑恶的嘴脸，这样不挺好的吗？对许多普通人来讲，动漫的方式也更方便记忆。

当全副武装的舰娘碰到霸气侧漏的局座！

进击的局座！《舰娘之玉碎》

尊新必威，守旧必亡

向前走的，才叫路

人的一生中，会碰到很多路，很多人走着走着就走不动了，然后这条路就废掉了。这个时候，人就蹲在原地，总爱往回看，想着自己曾跨越某个障碍的成就，想着再走一步或许也是不错的，但似乎不知道被什么东西黏住了脚，心是蠢蠢欲动的，但这路总是走不下去，到底是怎么回事呢？

就路这个事儿聊聊中国文化吧。

中国文化源远流长，我认为最为流行的传统文化有三个：一个是酒文化，一个是礼尚往来的文化，还有一个，也是最盛行的，那就是"往回看"的文化。

礼尚往来的文化是中国特有的文化，每年中秋节，大家都乐此不疲地相互送月饼，这本来是一种尚武文化，现在却被演变成一种庸俗的交际文化。外国人非常不理解，月饼有那么好吃吗？为什么相互之间送来送去的？我是不吃甜食的，所以很不愿意接受这些礼品，当然我也从不送人这样的东西，怕给人添麻烦，我担心送给别人的月饼哪一天再转回到我这里来。

往回看的文化只有中国最盛行，总是喜欢倒腾上下五千年的那些陈芝麻烂谷子，取其精髓、去其糟粕不行吗？不行！一定要把帝王将相、才子佳人发挥到极致，还要添油加醋地进行美化，让人们感觉中国的历代帝王真好，真的很体谅人民群众的疾苦，你看康熙微服私访，多么体谅民情！戏说历史，误导观众，居然还在堂堂的电视上连续播放，而且还得到那么多信众的追捧，真的让人心寒！

你看看美国、日本，人家都是往前看，防灾、抗灾、救灾的灾难影视作品有多少？那是以人为本，尊重人的生命。《星球大战》《变形金刚》这样的大片多好，让人们看到了电脑特技的奇效，并为之惊叹，开拓了人们的视野，激发了观众的创新热情，启发人们对未来充满好奇和探索精神。相比之下，我们的影视工作者不感到羞愧吗？卿卿我我，花前月下，都是那些乱七八糟没有质量的东西，有多么大的必要去投资创作？不仅浪费了金钱，更重要的是浪费了观众的宝贵时间，误导了舆论。

往回看，最终会造成一种怎样的景象？在这里，我也"往回看"一下吧，15世纪前中国有四大发明，世界闻名，但15世纪以后呢？中国再没有非常能拿得出手的东西了，为什么？

有一阵子，我致力于科技创新研究，研究科技创新，必须对中国历史上各个时代科技创新的情况，以及世界各国的科技创新进行对比，我在研究的过程中才发现，就科技创新研究科技创新，根本是不可能的，所以我就扩展到军事领域研究。

研究了军事领域之后，又出现了一个新的问题：

为什么人家外国总是进行军事扩张，而中国即便是非常强盛的时候都从不扩张？

为什么中国历史上只有技术革新而没有科学发现？

为什么15世纪之前的中国是世界上独一无二的科技大国、经济大国和军事大国，15世纪以后的中国却迅速沦落为二流国家和三流国家，在科技创新上也是一落千丈？

对于这些问题我进行了非常艰苦的研究，最后我无奈地把它们都归结到文化上。

看看欧美国家吧，不断地创新，不断地进步，而我们中国呢？现在看看我们生活中的所有现代化物件，几乎没有一个是中国人原始性创新的专利，比如电灯、电话、计算机、打印机、复印机、电视机、电影机、照相机等等。当然，中国人在集成性创新方面还是不错的，喜欢跟在别人后面搞仿制，模仿的东西居然能够以假乱真。这其实是一种悲哀，这种悲哀的根源是科技落后和教育落后的综合反映。

那么科技落后和教育落后的根源在哪里？文化上的落后！

看看我们的科技和教育，那些搞基础研究的学科还能够吸引多少人？基础物理学、基础数学、化学还有人感兴趣吗？没有！现在大家感兴趣的是大学四年本科毕业后就能够找工作赚大钱，而不是在实验室里待一辈子，像陈景润那样的科学家太少了。

从"神舟"五号到"神舟"七号飞船的成功发射到圆满回收，我们记住了所有航天员的名字，他们是伟大的，也是中国人的骄傲。但是，谁知道那些火箭和飞船的测控专家的名字？他们是幕后英雄，他们的名字不应该被忽略，实际上却被忽略了。就像我们每个人都知道宋祖英，人长得漂亮，歌唱得甜美，但很少有人知道那些歌曲的创作者是谁！喝水不忘掘井人，我们都在喝水，水很甜美，但谁挖掘的井却无人问津。这就是文化层面的问题，这是中国文化悲哀的一面。

中国文化太崇尚虚无浮夸的东西，对于科学和技术不感兴趣。对于文学艺术、吟诗作画、唱歌跳舞、电视剧、电影等趋之若鹜，对于科学技术却感到枯燥无味，很少人关注。很少有这类题材的歌曲、艺术作品、电影电视作品。打开电视机，映入我们眼帘的大都是帝王将相、才子佳人，动辄斥资上亿拍出这些东西，品质参差不齐，大多流于滥俗，图什么呢？

生活在回忆中是中国文化的一个重要特征，这是外国人所不理解的事情。我们需要继承传统文化，但不需要全面继承，宫廷斗争、尔虞我诈的东西都是糟粕，我们需要继承的仅仅是那些优秀的文化，继承中国古人的科技创新精神和浪漫情怀，《西游记》中孙悟空一个跟斗十万八千里，万户坐着自制的火箭升天，嫦娥奔月……这些美好的、浪漫的、充满科学思想的传说都是一些非常好的科学畅想，如今全都变成了现实，可惜都是外国人首先把它们变成了现实，我们落后了。电视剧、电影不可以在这些方面进行创作吗？当《花木兰》《功夫熊猫》被人家拍成大片之后，我们才感到一丝羞辱，早干什么去了？这是中国文化的方向性问题。

同时，不分场合、不分优劣、不加选择地利用公共平台宣扬传统文化，这是有问题的！中国的中庸之道是不鼓励创新的，我们应该发掘传统文化中那些最有利于创新的思想理念，以此来推动中国的科技创新，实现科教兴国的战略。

当"9·11"来临的时候，美国人面对死神有条不紊地进行疏散，让老弱病残者先走。这是为什么？因为美国文化中具有这样的基因，在此之前他们曾经拍摄过很多部灾难大片，有的大片简直就预先展示了"9·11"事件的发生。当然，还有海啸、台风、地震、外星球撞击地球、外星人入侵、星球大战等等，美国人都拍摄了相应的电影。我们与美国人相比，在技术设备上、在导演水平上、在经费投入上、在演职员能力上都不差，最差的是思想观念，而思想观念的背后却是文化的落后，我们应该意识到这一点。

老张关于未来的
一点预测

看不见的软实力，看得见的浮躁

1979年我第一次出国是去伊拉克，1980年回国的时候带了一台14英寸的彩色电视机，这种东西在当时的中国和北京简直是太稀奇了，那个时候连黑白电视都不普及呢，哪里有彩色电视机？当时的电视就那么几个频道，节目也很少，我记得我看过的不知是不是中国第一部电视剧，叫作《敌营18年》。那个时候的电视节目，绝大多数都是新闻类和益智类的，由于十年"文革"，许多人错过了受教育的机会，有了电视这样的媒体，大家就感到如鱼得水，趋之若鹜，都希望足不出户就能学习文化、学习知识，丰富自己。为了满足大众的需求，广播电视大学开办了，我周围很多人都是广播电视大学的学员，电视对于观众而言，简直就是良师益友。

随着国家经济形势的好转，老百姓的钱包逐渐鼓了起来，电视机不再是14英寸了，彩色平板等离子大屏幕，什么花样都有了，中国进入了多媒体时代，不仅仅是电视机了，网络、手机都能看电视了。但是，有一个初级的问题却在困扰着我们，传播平台不断升级换代，为什么电视节目质量反而逐渐退化了呢？电视剧，我们还能制作出《三国演义》《西游记》《红楼梦》那样的精品来吗？

电视是受众最多的传播平台，中国在经济高速发展的同时，文化也需要快速振兴，一定要发展先进的文化，如果文化落后了，就会拖经济的后腿，要特别关注文化软实力的发展和建设。如何提高全民的科学文化素质，如何提高全民的爱国主义情操，如何提高全民的国防观念，难道不应该成为我们更加关注的问题吗？我们电视人承载着神圣的职责，有多大的心思敢玩儿电视呢？用电视的平台去煽动浮躁并把它作为赚钱营利的工具可以吗？在任何国家，都不允许把电视作为营利的场所，因为电视承担着传播文化、教育民众的重要职责。

在中国，多少年都在嚷嚷医疗要产业化，结果是老百姓看不起病了，感冒发烧一次就要花几千元。后来又嚷嚷教育要产业化，结果老百姓上不起学了，因为小学生就要参与到这个所谓的产业中去，不得不开展希望工程。我不知道我们的产业化将会在电视行业泛滥多久，但我不希望它产业化，因为那样会带来太多的问题。我们都看不上伊拉克，认为它是个多灾多难的贫穷落后的国家，但是我在伊拉克的那两年中看到：在伊拉克，任何人从幼儿园到读完硕士博士，全都是免费教育；任何人，包括在伊拉克的外国人，无论看什么病，包括动各种各样的大手术，一律免费。

市场经济是个发展趋势，但千万不要忘记，中国的市场经济是社会主义条件下的市场经济，是共产党领导下的市场经济，我们必须走具有中国特色的社会主义道路，始终要考虑人民群众的利益才对。

看看美国大片，宣扬的是什么？爱国主义、英雄主义、个人奋斗、残酷竞争、灾难控制、外星球畅想、科学幻想、战争恐怖等等。看看韩国的电视剧，居然能够用《大长今》打动中国人的心，中国的传统针灸医术、中国的传统餐饮文化全都变成了韩国的民族文化，我们的艺术家难道不为自己的失职感到脸红吗？看看我们的大片吧，宫廷争斗尔虞我诈，辫子文化占据电视剧的主流，文娱节目恶搞、恶俗、炒作之风盛行，让人不堪入目，有些盛大豪华的大片却是一堆没有故事情节、没有文化内涵的垃圾。整个社会哪里还有尚武之风、英雄气概？阴柔之气上扬，阳刚之气正在化为乌有！再看看大街小巷的文化，麦当劳、肯德基、外国品牌商品琳琅满目。

这些都是什么？都是文化啊！都是软实力啊！我们讲科学发展观，没有软实力了还科学吗？演员不好好体验生活，把工夫全放在炒作上，学生不好好学习，把精力都放在一夜成名上，商人不诚意为先好好做生意，把精力都放在假冒伪劣上，你说说这文化可怎么办啊！

20世纪80年代以前我们没有钱，很贫困，但我们精神上很满足，起码那个时候还读原著，还看京剧，每个人心里都很踏实，人与人之间还是真诚相见。现在富裕了，有钱了，怎么中国传统文化的东西越来越少了呢？人们怎么越来越浮躁了呢？人与人之间为什么越来越缺乏诚信了呢？

你看看现在这股市，全民炒股成风，股民进股市买股票就像进菜市场买萝卜白菜一样，疯抢！哪个便宜就买哪个，你们害怕跳水赶紧抛，好啊，你抛多少我接多少，股市反而越来越牛，你想熊都熊不了！新股民买股票也不问问这个股票属于什么公司企业、经营效益如何，以为只要买到手就能赚钱！这种失去理智的现象反映了什么心态？看到别人赚钱了我也要赶紧赚，过了这个村就没有这个店了。我们都是同班同学，她平时不好好上学，工夫全都放在唱歌上，你看超女比赛她一夜成名啦！我傻学习还有什么用啊？

这是中国从贫穷走向富强道路上必然要经过的一段曲折吗？
我们有没有办法去克服它？尽量减少一些盲目性？
这样下去，中国还能拿什么来影响世界？

经济的比拼、军事的较量,其实都是低层次的较量,唯有文化的较量才是高水平的较量,因为它是意识形态的较量,是认知领域的较量,是人与人的较量。

20世纪80年代,中国改革开放之初,有一些万元户、暴发户,突然暴富,在经济上崛起了,自己认为不得了。几年、十几年之后,这些人销声匿迹了,因为他们缺少文化,没有受过良好的教育,这样的人在知识经济时代是不会发大财的。

不懂创新，越努力越可怕！

我从事武器装备研究和教学工作几十年了，如果问我有何遗憾的话，我感觉最大的遗憾就是中国人缺乏创造力。

今天的中国，不缺少金钱，在制造技术上没有太大问题，无论是车辆、船舶、飞机还是航天装备，制造基本上不再是问题。问题是什么？创造力，缺乏具有中国知识产权和创新理念的产品。

现在美国汽车业的三大巨头面临破产，一个偌大的美国，汽车产业也只有福特、通用和克莱斯勒，德国也只有宝马、奔驰和奥迪，看看中国的汽车制造业，几乎把世界上所有的品牌全都引进了，然后就是无休止地许可证生产，实质上这样做严重冲击了中国的汽车制造业，起码在创新力方面冲击得很厉害，没有办法创新了，到现在没有看到具有完全知识产权的中国设计和制造的一款汽车。这样的状况同样延伸到武器装备的研制和生产，也延伸到其他的方方面面。

梦想是现实的前奏，首先要有一个梦幻，然后再去实现这个梦幻，这就是奋斗的历程。30年前邓小平有一个梦幻，希望中国将来有一天都能够像香港和深圳特区那样实现现代化，今天看来这个梦想不是实现了吗？创意非常重要，如果没有创意，只知道复制人家的东西，那是没有出息的。

中国军队的武器装备，凡是具有国际一流水平、让敌人害怕的东西，全都是别人千方百计制裁我们的东西，比如导弹、航天和雷达等。凡是外国人大大方方卖给我们、主动向我们推销的东西，都是没有什么威慑力和战斗力的东西，中国的运10就是这样给折腾没的。正当中国要发展大飞机的时候，美国人说要卖给我们，因此我们终止了自行研制，结果全国上空飞的都是波音飞机。2004年，印度要自行研制新一代航空母舰，俄罗斯向印度推销自己的基辅级航空母舰戈尔什科夫号，于是，2004年1月20日下午，印度与俄罗斯签署了15亿美元购买航母的军事协定。印度终止了航母的建造，等着这艘航母装修完毕服役，并预先向俄罗斯支付5亿美元。结果，去接舰的时候，麻烦出现了，俄方要求印度的总支付金额变为23亿美元，而且4年的时间才能交付使用。印度傻眼了，上了套儿就钻不出来了。

别人的东西再好也不如自己的好，一定要立足于自力更生，自主研制。引进可以，但要以引进技术为主，不要那么大规模地成套装备引进，如果不是战争紧迫，那样做是很傻很傻的。

中国人为什么缺少创意和创造力？主要有三个原因：

一是教育方面存在严重问题。我们的教育都是灌输式，老师讲学生听，学生在课堂上不用动脑子，这样的教育模式永远也培养不出有创造力的学生来。必须要强调素质教育，一定要让学生动手动脑自主式学习。这是创新思维层面的事情。

二是体制方面有问题。中国的工业企业、军工企业虽然近年来进行了改制，但基本上是大锅饭、国家性质的企业模式，企业让国家养惯了，缺乏自我求生存、谋发展的动力，企业之间缺乏残酷的竞争，产品好坏、质量高低总是有人买，这种保姆式的体制永远也培养不出创新型的企业。

三是知识产权方面的问题。作为一支歌曲的词曲作者，辛辛苦苦写了一支歌，自己拿到5元钱的稿酬，歌星们演出一次就拿到25万元的劳务费，而且歌厅、市面上的盗版光盘到处在传唱和销售，但这一切都与作者无关，你想想，作者还有什么激情去创作更好的歌曲？在英国，18世纪的瓦特创造了蒸汽机，光靠这个创新的专利，瓦特家族光吃专利费就够了。可在中国行吗？你创造了专利，谁付给你钱？你有个奇思妙想，如何变成现实？这太难了。保护知识产权我们做得很不好，技术创新成果的推广又非常差，这样下去怎么能够促进自主创新呢？在这样的环境中怎么会有创意？怎么会创作出科幻小说？怎么会创作出《星球大战》那样的科幻电影？这些东西都不行，何谈武器装备的创新？照猫画虎式的发展什么时候是个头儿啊！

我曾经无数次地说过，如果一个人位高权重但思维观念落后，这样的人越是加班加点，越是勤奋工作，对国家和军队造成的损失就越大，因为方向是错误的！怎样才能避免决策错误？一是学习，自己在决策之前要对决策的领域有所了解；二是咨询，如果自己的能力不够，要听听专家的意见，正确的错误的都要听，然后群体决策、科学决策；三是用人，要使用具有创新思维的人，对于那些知识贫乏、观念落后的人最好是替换掉，因为这样省时间，可以提高效率。拉姆斯菲尔德是一个观念落后保守的人，你没有办法去教育他、改造他，最好的办法就是让他下台，再换一个有创新思维的人，比如罗伯特·盖茨。

创新有很多形式，如原始性创新和集成性创新，无论什么创新，首先是观念上的创新。一个保守落后的人是无法创新出适应形势和未来需要的东西的。拉姆斯菲尔德搞了很多创新，但都是围绕冷战思维，他坚信中国是美国的敌人，中国发展军事就是针对美国，中国强大了以后肯定要与美国争霸和对抗。顺着这样的思路能够创新出好的东西来吗？

我们需要融入时代的通俗作品

我的偶像是汤姆·克兰西

  这个世界上很少有人值得我去崇拜,但美国畅销书作家汤姆·克兰西除外。他是作家但通晓军事技术、武器装备和国际战略,他能把复杂问题简单化,且用讲故事的方式阐述出来,因而深受欢迎。他著作等身,写过数十部小说,其中相当多的故事被好莱坞拍成大片,他自己还开办了游戏公司,开发制作了大量电子游戏。他的作品对美国军事理论创新和作战训练也产生了深刻影响。

  1984年,我从潜艇部队训练返京之后,全脱产一年学习专业英语。学习结业的时候,英语老师突然找到我,他递给我一本美国军事小说 *The Hunt for Red October*,同时提出希望我参加此书的中文版翻译。《新概念英语》第四册刚刚学完的我,怎么可以翻译这样的鸿篇巨制呢?我再三推辞,但老师决心不改。为了说服我接受这个任务,老师详细介绍了这本书的出版背景、在美国畅销的火爆场面,以及当时里根总统如何痴迷于此书的感人故事等等。我知道,老师之所以让我翻译这本书,并不是因为我的英语水平有多高,而是看在我经过潜艇训练,而且随艇出过海,了解潜艇战术技术和武器装备,因为这本书中的专业术语实在是太多了。恭敬不如从命。于是,我就抱着试试看的态度接受了任务。在翻译过程中,我激动万分,没想到书中那么多技术术语和战术动作,而这些恰恰是我非常熟悉的业务。尽管当时的英语水平很低,但没有费太大劲就完成了翻译任务。

《猎杀"红十月"号》是汤姆·克兰西1984年由美国海军军事学会出版社出版的第一部军事小说,小说主要围绕一艘苏联核潜艇叛逃美国以及美国设法接应而展开的一系列跌宕起伏、扣人心弦的斗争来写。小说确立了三条主线:一是苏联核潜艇叛逃;二是苏联海军倾巢出动全力围歼;三是美国海军秘密营救并成功接应。最终,有惊无险,苏联核潜艇成功叛逃至美国。

汤姆·克兰西剑走偏锋,从而一举成名。他的过人之处是避开了拥挤不堪的"二战"、朝战、越战等以历史事实为背景描写故事的老套路,转而以从机械化战争向信息化战争转变为时代背景,以美苏两个超级大国、东西方两大军事集团和长期的冷战为军事背景,勾画出一个美苏相互角逐、相互对抗的文学故事,那就是《猎杀"红十月"号》。

在当时美苏冷战的历史条件下,任何一个火星都可能成为点燃第三次世界大战的引信。《猎杀"红十月"号》以极其翔实的技术装备和战役战术背景,描写了美苏两国海军兵力在大西洋战场进行的疯狂角逐,以及美苏两国高层之间的斗智斗勇。在当时历史背景下这样的作品实为罕见,其火力之猛烈已经远远超出了小小火星的范围,由此足见作者的大胆细腻和勇敢无畏的个性特征。

在整个冷战时期,全世界出版业都在走向低潮,出版业不景气的原因很多,但其中一个重要原因是受时代背景的限制。在那样的时代和冷战的背景之下,许多作家难以把握大势,难以把握时代,难以在冷战的战略环境中寻找令人激动的创作题材。于是，许多人在挖掘历史，对撰写历史性题材的小说乐此不疲。由于读者看腻了这类小说，所以很少有惊世之作。

汤姆·克兰西的作品敢于挑战时代，大胆触线而不越线，用一般文学作家难以驾驭的高科技武器装备作为敲门砖拼力砸开文学宝库的大门，从而使读者耳目一新。在那样的历史条件下，战争之弦绷得很紧，世界核大战一触即发，美苏双方都处于盘马弯弓箭不发的高度紧张状态。对于苏联的军事实力、编制体制、作战企图和军事部署，美国讳莫如深，尤其是对于苏联最先进的武器装备，比如"台风"级潜艇中的"红十月号"当时处于绝密状态，这艘艇究竟采用了哪些高新技术，美国军方并不知道，只能通过卫星照片来研读和分析。连美国军方都不能确定的超级机密，汤姆·克兰西却在他的小说中描述得栩栩如生，其真实性连军事技术专家都叹为观止，更不用说普通读者了。因此，《猎杀"红十月"号》一书出版后，犹如一股春风扑面，使人们立即感受到冷战环境中也有春天般的温暖。或许是出于猎奇，或许是为了减轻冷战的压力，也可能是为了从书中获取灵感，不同的读者怀着不同的心情从不同的侧面来阅读汤姆·克兰西的小说，从而使其名声大振，小说销量大增。

沿着这条成功的道路，汤姆·克兰西永不停息，他孜孜以求，不断向信息时代的深处和广处进军。他站在国际战略和国家安全战略的高度，侧重于分析研究信息化战争、核战争、恐怖袭击、贩毒等重大现实问题，并运用科学客观的分析手段和方法进行逻辑推理和科学预测，所以经常能够准确地预见未来。

1991年发生了三件大事：海湾战争，苏联解体，冷战结束。国际战略格局中出现的这些重大战略性变化，对于汤姆·克兰西而言既是机遇又是挑战。如果继续以美苏对抗和东西方冷战为背景撰写小说，读者肯定不以为然，要想取得轰动效应难度较大；如果面对一个崭新的未来世界，抓住变革时期和转型时期的历史性机遇，抢占先机，先声夺人，创作一些重大现实题材的文学作品，必将在读者中产生重大影响，在巩固自己已有读者群的基础上，继续开拓新的读者市场。但是，什么是重大现实题材呢？

在战争题材方面，1991年的海湾战争已经被媒体炒滥了，加之那是一个历史性题材，所以不符合汤姆·克兰西的创作风格。未来战争题材很难确定，因为核战争的可能性随着苏联的解体而被减弱，不再处于战争的核心地位；高技术局部战争虽然是发展趋势，但美国冷战结束后的一段时间内却再也找不到与之相匹敌的敌人，因为俄罗斯已经成为美国的朋友；信息化战争虚无缥缈，就连美国军方都仍然处在瞎子摸象的阶段，谁也不知道未来战争什么样。在这种状态下，汤姆·克兰西开始把他的视线转移到国家安全利益方面，并很快就聚焦在三个重大现实问题上：恐怖袭击与国际反恐，制毒贩毒与反毒禁毒，特种作战与信息攻击。

这个时期，汤姆·克兰西撰写的《爱国者游戏》讲述的是一个反恐的故事，《极度恐惧》讲述的是一个核恐怖故事，《虎牙》描述的是一个未来反恐作战的故事，《燃眉追击》讲述的是一个缉毒的故事，《影子武士》讲述的是一个特种作战的故事。这三大类重大现实问题都是冷战结束之后出现的国家安全利益中的焦点问题，其主要特征是课题新颖，政府、军队和情报机构都是刚刚介入这些领域，有很大的开拓创新余地，这对汤姆·克兰西来讲，可以引发其无穷的想象和大胆的构思，而很少犯忌，因为禁忌规则尚未确立，所以自由发挥的空间较大。另外，这些重大题材内涵和外延范围十分广阔，普遍具有国际性特征，虽然故事发生在一两个国家，但对全世界都会产生重大影响。这类事件的发生往往具有平战不分、军民一体的特征，所以国际法规、人权和人性的考量比较多。

汤姆·克兰西的作品还有一个最大的特点就是雅俗共赏，这样就极具魅力和市场号召力。有的人强调雅看不起俗，所以用之乎者也般的古老文风来描述火热的现实生活。在他们的作品中，先是大一二三四，再是小1234，横着看是杠杠，竖着看是条条，理论一套又一套，技术一点都不懂，从概念到概念，从理论到理论，热衷于象牙塔中做玄学，把自己的学问做到了空中，结果是离月球越来越近，离人间越来越远，这样不食人间烟火的作品无论是叫作论著还是叫作小说，无论是获得什么大奖，就是与当今的时代没有什么关系，不要说走市场，就是白送白拿人们都嫌浪费了时间，耗费了精力。对于这样的雅者，他们孤芳自赏，看不起俗人，认为那些通俗作家的作品是在哗众取宠，没有深度、没有观点、没有创新，只有粗俗的文字、荒唐的情节和居高不下的销量。

相反，通俗作家的心态一般都很好，他们没有过于远大的志向，只有追逐最大的利益，即便是汤姆·克兰西这样的世界级文学大师，他仍然强调自己写书的目的是为了生存，所以只要畅销就好，因为畅销了就会有金钱，有效益。但是，读者似乎对他这样的回答很不满意，因为在他的书中有很多深谋远虑，有很多战略决策，有很多正义战胜邪恶的案例，所以人们认为汤姆·克兰西是位伟大的爱国主义者，是一位伟大的文学巨匠。可惜，即便是再次考问克兰西，他还是那么低调地说自己是为了利益、为了生存，如果顺便对国家、对社会有好处的话，那他当然会很高兴的。于细微处见精神，越是没有高谈阔论的人越容易在言谈话语之中散发出伟大。我们需要汤姆·克兰西这样的俗，不仅是因为他与这个时代融为一体，更重要的是他在引领并推动这个时代前进。

你看，就是这么一个人，他总是从一些我们容易忽略的角度入手去阐释我们这个时代，并且具有一定的高瞻性思维和目光，他不会为了迎合市场去做一些滥俗的东西，但他另辟蹊径写的东西，却总受大家的欢迎。这难道对我们没有启示吗？不是说现在的人拒绝了你的作品，而是要反思你究竟在做些什么，正所谓是金子总会发光，好的作品总会受到大众的欢迎、市场的追捧。

用高科技讲好故事

汤姆·克兰西的小说以惊人的真实性以及扣人心弦的紧张场面闻名于世，他对事件、危机和故事的刻画入木三分，令人拍案叫绝。小说的篇幅十分庞大，情节又曲折复杂，结构紧密，叙事手法高妙，始终维持紧张气氛，令读者难以释卷。追求真实，通过虚拟现实和再现现实的手法来描述故事的真实性是汤姆·克兰西小说的突出特征，在有些作品中，真实故事的成分占据很大比重。比如在《红色兔子》中，汤姆·克兰西自己说有90%的情节都是真实的。如何才能使故事情节更具真实性效果呢？靠胡编乱造是不行的，是经不起推敲的，所以汤姆·克兰西独辟蹊径，采取用高科技讲故事的办法，不仅轻而易举地获取了读者的信任，还使故事增强了真实性效果。

擅长收集资料并进行分析研究是汤姆·克兰西的一大特色，这种独特的个性在《猎杀"红十月"号》中表现得最为充分。在这本书中，作者灵活运用了大量海军潜艇战术，对武器装备技术性描写细致入微，特别是对于核反应堆的工作流程和出现故障以后的细节描写更是让人叹服。据说里根总统看完本书后曾在白宫会见了作者，还询问他有关书中的那些海军武器装备知识和战术理论知识是从何而来？当听说这位享誉国际的军事小说大师根本没有任何军旅生涯，只是依靠平时对科技、政治及军事等领域的涵养和深度理解，便以时事为背景，铺陈出一个个紧张刺激的冒险故事，里根总统表示十分震惊。

在后来的《极度恐惧》中，汤姆·克兰西详细描写了核弹的原理与制造过程，以至于许多读者看后十分担心，因为他们害怕这本书会成为恐怖分子制造核弹的技术参考手册。为此，汤姆·克兰西在跋中写道："本书中所涉及的所有与核武器及其制造技术有关的资料，都能够很容易地在许多其他书中找到。出于我希望读者们会认为是显而易见的理由,某些技术细节被改写了,一些地方写得语焉不详或晦涩含糊。这样做会减轻我良心的不安,希望不致引起指责。"汤姆·克兰西的作品几乎可以说是全世界最精彩的军事科技操作手册,他自己也因此一度得到"高科技手册撰写员"的雅号。

用高科技讲故事并不是件容易的事情,有的人懂高科技知识,甚至是某一方面的专家,但只能局限于技术层面;有的作家文学功底非常厚实,但就是不懂高科技,所以在涉及重大现实题材的过程中漏洞百出,可信度很差;有的科幻作家遥想未来,但那是几十年几百年甚至是几千年以后的事情,现代人不太关心。汤姆·克兰西具有世界眼光和战略思维,灵活运用高科技知识解决重大现实问题,使他的作品平添了不少灵性。

汤姆·克兰西的最大特点是会自主学习、会使用资料、会个性思维。学习有两种类型:一种是被动学习,就是做书本的奴隶。这样学习终生都在被动,没完没了,永远不可能感到所学知识是够用的。另一种是主动学习,就是学以致用、急用先学、学用一致,这种学习方法能够确保学了东西就有用,而且在用的过程中还能强化学习,加深理解。汤姆·克兰西的作品中涉及那么多的专业内容,但少有失实之处,足以说明其学习的主动性和有效性。

资料是历史的积累,是知识的宝库,是创作的源泉。没有资料就没有理论,没有资料就没有办法编造故事,可见资料是非常重要的。需要特别指出的是,资料是死的,资料就在那个地方摆着,谁都可以用,关键就看你怎么用,是否用在正确的地方。

汤姆·克兰西搜集资料的办法非常独特,他主要是根据小说中的故事构思来选定采访对象,在采访过程中他特别注意技术细节、装备性能、工作原理等资料的积累，通过这种方法获取的第一手资料与通过网络下载的资料或在图书馆中搜集到的资料相比更具可信度，更有生动性，尤其是对其观点的推敲和故事情节的设计很有用处。

汤姆·克兰西曾经在访谈中表明，写作其实是一段相当艰苦的过程，真正有趣的是其间不断收集资料的研究和调查作业。写《猎杀"红十月"号》时他就采访过家乡核电站中退役的核潜艇老兵。从1993年开始，他开始对美国陆军装甲兵部队、核潜艇部队、战斗机部队以及海军陆战队进行采访，写出了一系列非小说的报道文学。由于他的名气，在采访期间美国军方对其大开绿灯，给予了不少的支持和帮助。

个性思维就是求异思维，这不是一般人所能具备的特征。这是一种素质（包括科技素质、文化素质、社会素质等等），也是一种意识（比如战略意识、政治意识、未来意识等等），更是一种潜能。素质和意识是基础，而潜能的发挥才是创新的开始。一般人仅仅满足于前两个要素，能够把自己的潜能发挥到极致的人很少很少，汤姆·克兰西则属于这少数人中间的少数人。在他的小说中，对于故事情节的设计非常离奇，但这种离奇之中又有很强的可信度，前后照应，很符合逻辑，特别是符合科技发展和装备使用的基本原则。要做到这一点很难很难，许多文学作品之所以让人看了前头就知道后头，看了开头就知道结尾，看的时候热热闹闹，但仔细一分析就是浮皮潦草糊弄事儿的一堆垃圾，经不起推敲，耐不住琢磨，完全是急功近利、心浮气躁状态下的快餐制品。

从写作出发，再看看我们周围的许多人与事儿，有多少人能静下心在自己从事的领域认真钻研？有些人从网上胡乱拼凑些七零八碎的言论，自己就成专家了。我们这个时代从来都不缺善于复制别人的人，我们缺少的是认真钻研学问的人啊，只有这样的人才能担负起知识传播、培育下一代的重任啊！

军事游戏：玩着玩着就懂了

2013年10月1日，我去外地出差回京，在飞机上看报纸得知汤姆·克兰西去世的消息，深感悲痛。下飞机后我立即与相关军事节目负责人联系，看能否围绕此人做一期节目，缅怀一下，同时对中国人也有很多启迪和思考。当然，没有人愿意做这种节目。两年后的2015年，我退休了。深圳中青宝互动网络公司研制的《最后一炮》现代装甲射击网络游戏在八一电影制片厂影视基地举行发布会，请我去说几句话，没想到我触景生情，一下子说了很多话，因为这些话我憋了很多年，始终没有机会说。不久，空中网又推出《战舰世界》，请我说20分钟视频配合宣传，我又没有搂住，一下子讲了两个多小时，最终被他们剪辑成一个好多期的系列视频节目。2016年新年伊始，心动网络公司推出三国系列网游《横扫千军》，请我讲讲三国时期的赤壁之战和当时水军及战舰的情况，我又聊了一个小时。

很多人不明白，我为什么突然对军事类网络游戏这么感兴趣？这个说来话长。我小时候喜欢武术，整天舞刀弄棒，跟小伙伴儿们玩儿捉迷藏和打仗的游戏。以后当了兵，玩儿弄的是个大家伙，从地面向海上发射的反舰导弹。有了计算机就开始玩儿俄罗斯方块和扫雷游戏，再以后就没有时间了，天天做学问。不知从什么时候开始，发现小朋友们很少玩儿尚武类、对抗性的游戏，都在跟着电视学唱歌跳舞，吃喝玩乐风盛行，阴柔缠绵气日重，阳刚之气逐渐消失殆尽。俄罗斯总统普京为了解决这个问题，制定了国家国防教育大纲，强行规定爱国主义和国防教育要从娃娃抓起，于是到处举办青少年夏令营、冬令营，建设军事博物馆，开展全民军事体验活动。

2012年日本国有化钓鱼岛之后，抗日电视剧刷屏，萝卜快了不洗泥，各种没有节操的军事题材抗日影视剧泥沙俱下，充斥屏幕，粗制滥造的"手撕鬼子"剧目让人生厌。抗日战争是中华民族进行的艰苦卓绝的伟大斗争，怎么可以这么不严肃、不认真甚至流于儿戏呢？满屏的抗日影视剧把日本人吓坏了，以为中国人特别仇视日本，结果怎样？刚刚看完"手撕鬼子"影视剧的观众们一转身蜂拥前往日本旅游，以至于日本创造出 2015 年热词"爆买"！当年说好的"抵制日货"哪里去了，怎么现在变成这样？砸日本车的那些热血青年现在跑到日本买马桶盖去了，还大言不惭地说日本这也好那也好。看看我们的爱国主义教育，难道不值得反思吗？如何深入人心，如何落到实处，如何影响年轻人，如何才能入耳入心，不好好抓一抓已经不行了。

怎么抓？写书写文章长篇大论讲道理，年轻人不愿意听。循循善诱娓娓道来讲故事，受欢迎的说书人又太少。军事题材影视剧，要么说教，要么空洞，唯独缺乏科技含量、缺乏现代元素、缺乏故事性，没有票房，没有观众，没有社会反响，就像一块大石头扔进水坑连个水花也溅不起来，跟人家美国大片比是不是有点寒酸？想想当年万人空巷、一票难求、前呼后拥的《南征北战》《地道战》《地雷战》《三国演义》，我们从业人员沦落成今天这样好意思吗？关键是不认真做学问，整天就知道圈钱，快餐制造得太多，碎片化东西太多，神马都是浮云，浮皮潦草，看着挺好但没有根基，"山间竹笋，嘴尖皮厚腹中空"，缺乏系统性、科学性、专业性。怎样纠正这种不正之风呢？

我这个人，45 年军龄，接触过很多场面，也见过很多场面。我最大的愿望就是让年轻人对军事感兴趣，让他们更爱国，更有尚武精神。现在很多人在网上发帖子，骂国家，骂军人，他就感觉这个国家跟他没关系。国家是什么？有国才有家，没有国你哪来的自己的家？我的专业是军事装备学，就是研究武器装备。到了国防大学以后，主要是负责国防大学关于武器装备科学技术方面的教学，是这个学科的带头人。军事装备学学科带头人是什么意思？就是这个学科的老大，是领导。当领导的这么长时间，我就一直在思考一个问题：怎样用现代的声光电的办法来训练我们的那些学员。

尊新必威，守旧必亡

与吴京在《战狼》宣传现场

国防大学的学员大概有三类：一类是硕、博研究生；另外一类是他入校的时候不是将军，但我们的任务是把他培养成将军；还有一类是他入校的时候已经是将军，但是要到国防大学进修。通过这三部分学员，你可以看到，很多人岁数较大，不是十几二十几岁，他们对电子游戏、电脑、武器装备都不是很熟悉。面对这样的一些对象，如何搞好武器装备教学？我最开始是想弄个军事博物馆，把坦克、装甲车等现役装备弄进去。

我曾经到英国皇家军事科学学院学习过，学校里头到处都是海鹞飞机、海王直升机、鱼雷、155毫米自行榴弹炮等现役武器装备，学生还可以随便摸，随便上去练习，挺好的。普京对军事博物馆建设也很重视，还在距离莫斯科100公里的库宾卡搞了一个展示基地，让老百姓参观。我曾跟总装申请，咱们不能只是从书本到书本，从理论到理论。如果在学校里搞不了军事博物馆，那我们能不能搞一个装备教学中心，用声光电的办法，用电子游戏的办法，用模拟的办法，用三维动画的办法，让大家一看就明白。所以说现在很多年轻人搞的东西，我以前都搞过了，但很可惜，我想弄，但没团队，很多东西都半途而废了。

《红色警戒》非常流行的时候，我就在想，让电视台找两个团队，经过训练，再玩游戏。我站在大屏幕前，给你们讲解，红方、蓝方怎样作战，你的武器装备怎样，战术战法运用怎样，相当于实地教学。但大家普遍认为教孩子玩游戏不好，荒废学业，这个项目就没进行下去。所以在这个方面，我一直觉得是一个非常大的遗憾，中国好像没有人特别重视这个事情。

美国军队花了很多的钱，组织一帮游戏公司，根据军方的需求，像生产武器装备一样去开发软件，下发部队，让部队按照这个软件去作战训练，如果部队官兵不喜欢玩，那你这个钱就等于白花。国防部如果走后门把钱拨给一些自己官方指定的游戏公司，让士兵按照军方的要求去训练，他就很消极，似乎没有办法。国防部说我招标，我现在要搞一个比方说坦克的游戏，你们有多少游戏公司来投标？一家伙来了好多公司，最后通过竞争，有一家公司胜出，胜出以后把这个游戏研制出来下发到部队，作为部队正式军事训练的必备科目，你不训练这个根本就过不了关。就像现在的飞行员，一上来怎么能让你开真飞机？首先是飞模拟器，飞完模拟器之后再开着飞机走，坦克也是这样，所以说美国现在已经把军事游戏用到军队的正规训练中去了。电影《阿凡达》我们看过，《阿凡达》出来之后英国国防部队就说这个不错，三维数字地图，就整个把那一套引进到英国的陆军中去了。所以说现在有了电子信息之后，为我们新时期的军事教育提供了非常广阔的前景。

我们再来看汤姆·克兰西，他除了写书，还开拓了电影市场和游戏市场。他的《猎杀"红十月"号》《爱国者游戏》《燃眉追击》《极度恐惧》等多部小说被拍成电影，缔造了一个又一个好莱坞票房神话，有的票房过亿。

另外,《汤姆·克兰西经典三部曲》游戏合集分别为《幽灵行动》《细胞分裂》和《彩虹六号》,2005年这三款游戏仅仅在美国的销量就已经超过了400万套,是销量最高的游戏系列。此后又开发了《鹰击长空》《末日之战》等多款游戏,深受欢迎。

21世纪初,美国军方花费成千万上亿美元自行研制和建造了大批模拟训练器材和计算机模拟软件,但效果不佳,主要是真实性很差,模拟的失真非常严重,许多武器装备还都是用队标来表示。专业性较强的游戏设计公司则利用虚拟现实技术、计算机模拟仿真技术等真实地再现历史和展示未来,因而比军方的模拟训练器材更胜一筹。

在此基础上,这些专业化公司又聘请汤姆·克兰西这样的文学艺术大师进行高端策划,并与好莱坞导演合作,创作出更具故事性和艺术感染力的新一代游戏作品。在这种情况下,军方的模拟训练器材越来越落后,不得已,美国国防部开始购买汤姆·克兰西的小说作为其军事院校的教科书,购买大量的军事游戏软件作为军事模拟的参考资料。汤姆·克兰西在收获了小说版税之后,又进入电影票房和软件公司点钱,就在他忙得不亦乐乎的时候,国防部又来找他帮忙,可见经济效益和社会效益都在出现正向增长。

想去当兵吗?
先玩儿转军事游戏!

第五章

国防,
真的与您无关吗?

"位卑未敢忘忧国",老张我想谈点与国防有关的事儿,这也是我进军新媒体的关键所在。

皮之不存，毛将焉附？

有一年，我到瑞士日内瓦开会，周末去看朋友的时候，在路上看到一帮少年拿着枪，真枪实弹地在那里练习打靶。在瑞士经常会遇到这种情况，有的人还专门骑着自行车去山里边打靶。我到了朋友家里，看到他们家挂着一支步枪，我就问他，你们这个国家两百多年都没打仗，老百姓怎么还自觉地进行什么打靶练习？礼拜天怎么不好好游山玩水呢？他说这是一个民族的传统，因为我们国家很小，所以每个人都有很强的国防意识。

这件事让我很感慨，跟瑞士相比，我们是大国，但国防教育现状却很让人忧心，是不是国家大了以后，国防意识就淡漠了？感觉我们国土很大，你随便侵略吧，你侵略了这个省我们还有那个省呢，是这样吗？要知道自己的国土哪怕是被侵略了一寸，这都是耻辱，不存在缺胳膊少腿还能活得挺好的情况。看看叙利亚，看看利比亚，活得好吗？这些年随着经济的发展，娱乐占领了我们的大片领地。怎么会有手撕鬼子这种玩意儿呢？现在大家看的都是些什么东西？当这么严肃的历史都被"娱乐化"了，我们的年轻人该怎么办啊？

关于国防，究竟什么叫国防？国防包括哪些内容？国防与普通老百姓有什么关系？这些看似最普通的东西在我们许多人的脑海里并没有形成根深蒂固的概念，我曾经问过我周围的许多军人和老百姓，他们中很多人都答不上来，有人甚至说，国防不就是军队的事吗？这些人把国防和军队建设的责任都推给了解放军，这种"与己无关"的认识对不对呢？

1931年"九一八事变"之后，日本鬼子侵略中国，东三省沦陷，人民流离失所，国之不国，民之无居，那个时候我相信每一个中国人对国防的含义都不会陌生。国家国家，有国才有家，国之不存，家又何在？现在不同了，我们有半个多世纪没有打仗，今天的50岁以下的中年人、青年人和小朋友都没有经历过战争的苦难，没有经历国破山河碎，没有经历过家破人亡、颠沛流离的生活，所以国防观念淡漠了，总认为天下太平，相安无事，国防还有多大价值，军队还有多大用处？人们普遍认为，现在是发展经济搞活市场的时候了，不必杞人忧天，天塌不下来。其实，这种和平麻痹思想非常危险。

瑞典和瑞士都是欧洲小国，这两个国家将近200年没有经历过战争，就连两次世界大战都没有殃及这两个国家。这么长时间的和平，照说公民的国防观念应该非常差，但恰恰相反，公民的国防观念相当强，家家户户都有国防小册子，枪支弹药发放到每家每户，防空洞、地道处处相连，公民例行参加各种形式的军事训练，并积极缴纳国防税，主动参与和支持国防建设。

我去过很多国家，比如以色列，大学生毕业后必须参军入伍，如果你不参军入伍就会违反国家的法令，就不可能在社会上找到工作。我私下问过很多从美国毕业回国的以色列博士，我说美国生活很好，又不像以色列这么危险，你们既然在那里读完了博士学位，为何不留在那里工作呢？他们非常不理解我的问题，他们说，这里再危险、再乱也是我的国家啊，我要用我的所学为我的国家建设做贡献，我为什么要留在美国呢？

国防，真的与您无关吗？

由于我的工作性质，我和以色列人有时会聊到军事方面的问题，他们就会主动地跟我说，对不起，这个问题涉及国家安全，我们还是聊点别的吧。我去以色列国防部，人家的办公室都在地下，非常俭朴。与以色列人接触，就会给你一个很深的印象，那就是强烈的爱国主义和忧患意识。令人惊奇的是，这样的爱国主义、忧患意识和奉献精神，不是作假给我们看的，而是真情实感，他们真的有这种意识，他们深深地感到，如果没有这样的意识就不会有幸福安定的生活，他们把国家的前途与自己的命运、把大家与小家紧紧地联系在一起了。

再想想中国，曾经，我到南方讲学，吃饭期间，我问一位餐厅服务部的部长，她是1987年出生的，大专毕业，我的问题很简单：你知道红军吗？知道八路军、新四军吗？知道"九一八事变"吗？知道抗日战争吗？知道人民解放军吗？知道科索沃战争吗？知道伊拉克战争吗？就是这样的一些非常简单的问题，她基本上都回答不知道，没有听说过！这件事儿让我非常震撼，我肯定她是一个非常的例外，但我不知道这样的例外在社会中会占有多大比例。我们的多数年轻人只知道歌星、影星的名字和形象，这是我们的社会风气吗？我们的国家安全环境已经好到足以忘记忧患、忘记耻辱而高枕无忧了吗？

国防是国家的防务，国家安全，家庭才安宁。但是，现在很少有人把自己的幸福生活、把自己的家庭建设与国家建设联系起来，总认为国防是军队的事情，与自己没有关系。按照国防教育法，舆论宣传必须开辟相应的版面和时段宣传国防，进行国防教育。但是，电视台强调收视率，报纸杂志强调发行率，背后都有个看不见的手在控制，那就是市场经济运作中的金钱！于是，我们就会有全民娱乐而不是全民防务，每天都是歌舞升平，到处都是莺歌燕舞，却很少看到忧患意识。

生于忧患，死于安乐，我们真的不会因安乐而死吗？

西方的大片、动画片随着肯德基、麦当劳浩浩荡荡进入中国，我们的孩子们对革命传统还知道多少？

当苏联红旗落地的时候，当爱沙尼亚推倒苏联红军雕像的时候，我们是否会想一想这背后的故事究竟有多么可怕？

我们真的到了全民娱乐、高枕无忧的时候了吗？

我们真的能够和平发展吗？

有多少人还看得到忧患？

有多少人关心国防和军队建设？

看看我们的电视剧和文学作品，有多少是描述信息化战争、科学幻想、尚武精神的？

如果一个民族逐渐阴盛阳衰，向女性化发展，变得不再阳刚而是更加阴柔，那有多么可怕？

如果一个民族总是在回顾自己的过去有多么辉煌，而不是展望未来、畅想未来、创造未来，那这个民族还将如何引领未来？

我们需要娱乐，但不能全民娱乐！作为家长，我们对孩子们的教育尽到自己的责任了吗？我小的时候，父母、亲朋和街坊邻居们都在跟我讲日本鬼子的残忍，在讲战争时期的抗战故事，在讲那些革命的传统，而现在，我们大人们给孩子讲什么故事呢？他们为什么连那些最基础的知识都不知道？难道我们作为长辈没有责任吗？作为媒体我们的社会责任是什么？如何运用我们手中的笔、我们手中的摄像机去表现那些火热的生活，弘扬社会的正气，更多地宣扬爱国主义？多一些高雅，少一些庸俗？做媒体的希望赚钱，要赚钱就要有收视率，有了收视率才有广告收入。怎样才能有收视率呢？就要吸引眼球。怎样才能吸引眼球呢？媚俗，越是俗就越有观众，收视率也就越高。你看，电视节目的导向其实是收视率在作怪。于是，大家就都围绕着如何媚俗、如何提高收视率来制作节目，娱乐、搞笑、选秀活动，粗制滥造的电视连续剧不停地充斥着荧屏。

我很难想象，一个没有爱国主义情怀、不知道自己国家的历史和耻辱、没有忧患意识和大局观念的青年，将怎样在现代社会中去实现个人奋斗的梦想！

瑞士全民皆兵

我们并不强大

　　1999年12月2日，我从报纸上读到这样一则消息：一个十三四岁的小姑娘从家里偷着跑出来，在湖北荆门市坐上火车，没有钱，没买票，没吃没喝没睡觉，愣是站了20多个小时，一路颠簸来到北京西站。一路步行一路打听，傍晚时分才找到北京电影学院。当时正赶上来寒流，寒风瑟瑟，小姑娘饥寒交迫，无奈跑到学校餐厅取暖并打算找点吃的，这才让人发现并送到保卫处。她来这里干什么？是报考电影学院吗？不是，她千里迢迢跑到这里来就为了找赵薇。据说这位大眼睛的姑娘迷倒了不少的少男少女，许多人学她的模样从楼上往下跳，甚至是走火入魔似的满屋子乱窜。据电影学院保卫处讲，像这位"格格迷"这样的外地专程来京者他们就接待了30多人，最大的19岁，最小的只有9岁。他们信誓旦旦地死活要见到赵薇，要不就坚决不回去。

　　2016年，有一次，我看到一个"90后"在那里边看手机边叹气，还有点气愤，我就问他怎么了？他说这个明星的粉丝跟那个明星的粉丝打起仗来了！在微博上对骂，骂的话还特别难听，都不知道是怎么说出口的！

　　我没有关注过明星们的事儿，也不感兴趣，但当他跟我描述那些骂人的话语，还有那些骂人的人多是学生的时候，我心里是难过的，我是为这些年轻人难过，他们是祖国的未来，但他们在把大把大把的时间浪费在无意义的事情上。

曾有学生给我的微信公众号"局座召忠"留言，他说他们班举行演讲比赛，他选了英雄王伟的事件作为演讲主题，本以为会得到很多掌声，但结果却出乎他的意料，很少有人知道王伟是谁。他们知道的是宋仲基，知道的是韩国娱乐节目，却不知道王伟是谁！这种事情是很让人心痛的。也有学生留言说，他想举办一个军事社团，普及军事知识，组织爱国活动，但全班几乎没有人参与，他们都不感兴趣！

我为我们这些普及国防教育的人难过，我们这么没用，娱乐不断地蚕食着我们的阵地，我们奋力反抗，但依然节节败退。

可是我们依然要去努力争取这块阵地，为什么？因为这是我们的责任与义务，也因为我们中国还没有强大到让我们可以心安理得地忽略国防教育！

记得我自己还是少年儿童的时候，就经常和小伙伴们练武术，在我们沧州老家，练武是件很普通的事情，几乎人人都练。现在看来，这应该算是中华民族尚武精神的一个组成部分。可惜，今天已经很少有人练了，都在忙着听歌儿看戏学琴呢！中国，真的到了歌舞升平的时候了吗？

中国是一个大国，但还不是一个强国，这不仅因为我们的经济还不够强盛，也不是因为我们的科技还不够发达，最重要的是我们还不是一个统一的国家。一个强国怎么会容忍国家分裂呢？一个强国怎么会容忍台湾"独立"呢？一个强国怎么会容忍外国武力干涉呢？一个强国怎么会容忍恐怖分子肆意妄为呢？一个强国怎么会容忍自己的海洋资源被掠夺、海上岛礁被侵占、海上专属经济区和大陆架被分割呢？所以，我们还不是强国，我们还面临危险，这些危险还不仅仅是战争的危险，其中很多涉及国家主权和尊严！

作为一个公民，你可以逃避战争，但你可以逃避尊严吗？你可以逃避屈辱吗？比战争更危险的是和平麻痹思想。

古人云："生于忧患，死于安乐。"只有保持必要的忧患意识，看到面临的各种威胁，才可能有危机感和励精图治、奋发向上的勇气和决心。否则，整天沉迷于莺歌燕舞、酒绿灯红的靡靡之音当中，只看到形势大好，而不知危机何在、挑战何在，只满足于阿谀奉承，而听不进逆耳忠言，久而久之，就很容易埋下失败的种子。

自古英雄出少年，一个国家的未来和希望都寄托在青少年身上。我国古代少年英雄很多很多，他们从小就练功习武，十几岁二十来岁便成为骁勇善战的沙场名将。今天的青少年倒不一定都要去舞枪弄棒、擒拿格斗，但基本的军事素质、军人作风、军人修养是应该学习的，基本的军事科技知识、武器装备战术技术性能和现代战争的特点规律之类的东西也是应该学习和了解的。从中小学生做起，直到大学、高学历人才和社会上的所有公民，都应该学习一点国防和军事知识，关心国际形势和周边环境，养成关心国家大事、关心国防建设和拥军、爱军、优属的社会风气。

中国军队：过去的你很不容易，今后等你到世界最强

战争离我们并不远

难道真等战争来了才搞国防吗？

新中国成立初期，我们没有及时注意进行人口控制，当马寅初提出人口论的时候，许多人并不理解，中国才五六亿人口，还搞什么计划生育？现在翻了一番，到了12亿，马上接近13亿，问题严重了不是？

环境保护也是这样。前些年我们忙于经济建设，滥砍滥伐森林树木，胡乱开采地下油气和煤炭资源，小煤窑、小油井林立，乡镇企业、造纸厂、化工厂等污染严重的企业为了提高生产效率而不惜向长江、黄河排放污染物。从短期效应来看，产值上去了，但持续发展和自然环境却受到了危害，1998年一场大洪水袭来才使人们恍然大悟，后悔不迭。如果我们早些把自然环境与人类的生存及经济的可持续发展联系起来，眼光放远一些，大自然对人类的报复会如此猛烈吗？不过，虽然亡羊补牢，毕竟还不算太晚，因为还有一些小羊羔没有被饿狼给叼去。

国防也是这样一个道理，难道非要等到战争来了，才意识到国防教育的重要性吗？等到战争来了，哪还有时间去搞什么国防建设？！

进击的局座：悄悄话

在中俄边境调研

　　重要的是，战争离我们并不远啊！1991年海湾战争中，当美国带着40多个国家的部队对伊拉克进行围剿的时候，我们感到战争离我们很远；1998年年底的"沙漠之狐"，美英对伊拉克首都巴格达进行空袭，我们许多人还满不在乎，认为那是在波斯湾，而我们是在西太平洋；1999年的科索沃战争开始时，也有人认为战火远在欧洲，更何况巴尔干从来就是"火药桶"，所以事不关己，就可以高高挂起。然而，5月8号美国空军的5枚导弹在中国驻南使馆爆炸，这激起了全国人民的义愤，人们惊醒：啊，原来战争就在我们身边！

的确，战争离我们很近。许多人开始思考，北约新战略和北约干涉南联盟内政、在没有联合国安理会授权的情况下就贸然进行一场战争，这样的先例会不会继续下去，将来会不会对我们国家的统一和领土完整构成威胁？人们开始对世界性的东西更加关注了，因为，这个地球本来就很小，在经济一体化和全球网络化的今天，地球就像是一个小村庄了。哪个国家一有点动乱，总是会影响到别的国家，甚至是全球的形势。

人类的生存虽然取决于许多要素，但主要依赖于两种环境：一种是自然环境，一种是安全环境。生态环境破坏了，生物的食物链被人为地割断了，各种自然灾害和传染疾病便开始流行，人们就会生活在一种无序和紊乱的世界之中。安全环境破坏了，大家就会人人自危，整天提心吊胆。现在哪个城市或地区，如果社会治安不好，犯罪分子猖獗，老百姓就会心惊胆战，小孩子出入家门大人要陪送，天一黑大人小孩都不敢出门，有人甚至随身携带防身自卫的器械，你说，社会要是到了这份儿上，谁还有心思搞建设？科索沃战争期间，南联盟工厂全部停工，学校全部停学，一切正常的社会运作都停止了，国家建设难道不受影响？俄罗斯对车臣反政府武装的围剿也是这样，在这种情况下车臣周边的居民安全都没有保障，谈何发展经济和搞好建设？

所以，国防就是创造一个良好的安全环境，只有拥有一个良好、稳定、安全的环境，经济建设才能持续稳定健康地向前发展。

天下虽安，忘战必危

中国历史上，由于淡化国防，忽视国防教育，导致国家衰亡的事例屡见不鲜。主要表现在三个方面：

一是贪图安逸，疏修武备。长期的和平环境滋长了人们的麻痹松懈情

在中印边境调研

绪,豪华奢侈安乐之风大增,长期沉溺于酒色和歌舞升平之中,受不了苦,打不了仗,人变得越来越娇气。

二是政治上腐化堕落,昏庸无能,统治者不思治国之策,不理国事、兵事。为将者不习练武之法,为民者不知何为战事,老百姓久不习兵,皆不能受甲。整个民族和国家没有尚武、拼搏、奋斗的精神,当兵卫国的观念逐渐消失,正如白居易所说,"听惯梨园歌管声,不识旌旗与弓箭"。

三是军人地位下降,雇佣思想严重,社会上更是看不起当兵习武之人,正所谓"好铁不打钉,好汉不当兵"。军人薪俸低下,学识地位浅薄,为人所不齿,军人自己感到悲观失望,所以激发不出为国捐躯的豪情壮志。

20世纪有两次和平主义大泛滥的时期,一次是两次世界大战之间停歇的那20年间,另一次是80年代至90年代冷战结束前后的那段时间。这两次和平主义泛滥的结果,最终都导致了战争,所不同的是,第一次导致的是规模更大的二次大战,第二次导致的是"沙漠之狐"和科索沃战争。

第一次世界大战结束之后,人们久已盼望的和平时代终于姗姗到来,所以大家都很珍视这个和平时期,谁都不愿意再谈及战争和国防,许多国家因此而忽视了国防教育,民众国防观念普遍淡薄。

1935年,美国50万大学生集体宣誓,坚决拒绝服兵役,认为好汉不当兵。1941年12月7日,美国本土遭到日本航母舰队的轰炸,美国进入战争时期,那些没有做好思想准备的大学生不得不参军入伍,而且很多人都为自己的国家献出了生命。

"一战"中,法国作为战胜国,不惜巨资修建了马其诺防线,但却疏于进行全民国防教育,结果和平思潮蔓延滋长。1928年提出的国家动员法案,拖了整整10年才通过。致使法国在"二战"初期不敌德国进攻,迅速败军亡国。

多马舍夫斯基在《现代战史:法国之败》中总结了这样的教训:"欲战争必须教育民众,使其敢战而不畏战。国民教育为国家备战之要务。但法国之制度,非但不训练民众以尚武牺牲及爱国等精神,且多方鼓励和平主义,否认战争,自招精神之解体。"

离我们最近的案例就是冷战结束前后的那段时间。长达40年的冷战结束之后,世界各国都在琢磨怎么样才能最大限度上享受"和平红利",即如何从军转民中榨取经济利益,如何让巨大的国防产生具体的经济效益,如何让光吃饭不干活不产生效益的军队和军事装备能够挣钱和增值，起码军队要通过办企业、开公司、卖装备等自己养活自己。

在这种思想指导下，俄罗斯几年之内军队削减一半以上，数十万大军从欧洲全部撤回，武器装备和军费全面裁减；华约组织完全解体，成员国分崩离析，纷纷倒戈。人们普遍认为，核大战不会发生了，全面战争没有了，局部战争越来越少了，东西方之间缓和了，现在是裁减军队、减少军费投入、卸掉军事负担、加足马力发展经济的大好时机。所以，天天都唱和平赞歌，鲜见备战备荒、挖洞藏粮之言。在这种状况下，加强国防教育、增强国防观念、增加国防投入、准备打赢战争、发展高技术武器装备等倡议似乎与整个形势不相符合，有点落伍和不识时务之感。

可是，战争威胁就没有了吗？美国经过几年的徘徊之后，从1995年起又开始逐年增加军费，到目前在军费投入、装备发展等方面又恢复到冷战时期的水平。在一切都安排停当之后，1998年进行了"沙漠惊雷"和"沙漠之狐"行动，1999年发动了科索沃战争，特别可气的是美国空袭中国驻南使馆事件。

什么叫作从战争中学习战争、从教训中增长见识，这就是最好的一个例子。这个时候已毋庸讳言，加强国防教育，增强国防观念，增加国防投入，发展高技术武器装备，准备打赢战争，已经成为上下一致、普遍认可的观念。

其实，战争与和平都是交互的，平时想到战时，增强国防实力，对敌人是一种威慑，战争因此而得到遏制，最终可以幸免于难。相反，不做好战争准备，敌人感到你软弱可欺，更加肆无忌惮，战争可能由此而爆发。国防教育的目的恰恰是把这些道理讲给人民群众听，让人民群众知道现代战争是怎么回事，万一将来打起来自己该做些什么。人民战争的巨大威慑力就表现在这些方面。

国防，真的与您无关吗？

在中朝边境调研

"天下虽安，忘战必危。""居安思危，思则有备，有备无患。"这些中华民族的古训很值得我们借鉴。世界各国都把加强国防教育视为一项重要的社会性工程，把国防观念作为最高的社会公德来培养，并以法制措施加以保障。他们把国防教育看作是"精神防务""心理防务""首要社会勤务"，并通过设立"国耻日""殉难日"来激发人们的爱国热情，教育全民增强国防意识。国防教育的基本内容，包括国防精神、国防理论、国防历史、国防法制以及相关的军事科技知识等。国防教育使人们居安思危，首先在精神上筑起一道抵御各种侵略的钢铁长城。

说句真心话

进击的局座：悄悄话

中国不怕炸吗？

　　南联盟遭受轰炸之后，我曾跟人探讨过，如果这样的战争和空袭发生在首都北京，发生在我们的沿海开放地区，我们将可能遭受多大的损失呢？我们人口密度这么大，这些年又没有对人民防空设施进行大规模修建和改造，可能到时候疏散都找不到地方。如果北京遭到空袭，北京市全城的防空警报器的按钮该由谁去按？命令该由谁发布？防空警报器是否能够覆盖全市？其中有多少能响？防空警报拉响之后市民们知道是什么信号吗？能够区分出警笛、消防、防空警报、警报解除等特定信号吗？即便能够准确区分这些信号，人们都知道向哪些地方疏散，往哪儿躲，往哪儿跑吗？

　　或者再讨论一个比较简单的问题，当发生地震的时候，该往哪儿躲？我们看新闻，经常会发现，哪里出现地震了，房子只是稍微晃动了几下，然后许多人就异常慌乱，一时不知道该往哪里逃，有人居然从好几层高的楼上往下跳，结果摔成重伤。在美国洛杉矶和旧金山，我到当地人家里去做客，发现许多写字台的腿都是用很粗的铁做成的，桌面也是铁的。我问他们怎么把桌子做得这么笨重呀，他们说这是因为洛杉矶经常闹地震，当发生地震的时候，家里人可以往桌子下面钻。在那里，每年都要进行好几次防地震训练。记得有一年，仅仅是因为飞机在空中遭遇强气流冲击而发生颠簸，就使我们许多乘客受伤，有的还是重伤，甚至死亡。调查表明，在事故中受伤的基本是中国籍的乘客，外国人，特别是日本人很少受伤。为什么？因为人家经常接受这种预防灾难训练，有安全防护意识，早早地就把安全带给系上了。我们呢？防灾难、防空袭这方面训练就很少。这么多年不打仗，和平麻痹思想已经使国防这根弦变得很松了。

我个人觉得，在中国最欠缺的是两个全民教育：一个是全民国防，一个是全民防灾抗灾教育。这两个方面的教育有没有呢？肯定是有的，比如国防教育，我们不仅有军训课程，有考试制度，还有国家立法，《中华人民共和国国防教育法》就是一个国家立法嘛！但是，执行得如何？很多都是形而上学，搞花架子！存在着各种各样的问题，首先，国防教育的法制观念不强。应该依法进行国防教育，比如各种媒体应该把国防教育列为一种公益事业，自觉地进行宣传和教育，但这在市场经济条件下很难做到。其次，国防教育方法过于死板老套，无非就是上大课、讲传统、参观展览馆等等，在网络化、信息化的今天，教育方式应该灵活多样，利用现代传媒技术多搞一些喜闻乐见的东西。然后，国防教育经费也捉襟见肘。上海、深圳由于经济发达，在国防教育方面动辄投资数百万元，甚至上千万元，而在一些经济不发达地区，一年能够投资几万元就不错了，差距很大，发展不平衡。国防教育展览场馆也成了创收的基地，这个是有问题的。

全民防灾抗灾的教育更是如此，有没有教育呢？有很多，但方法对头吗？是全民普及吗？我们没有做到。没有做到在关键时刻就只能付出代价，汶川地震就是一个惨重的代价，而且这样的代价在此前的唐山地震中我们曾经付出过！现在如果你跑到街头问问大街上的人，他们知道灾难来临的时候，该往哪里去躲藏吗？很少有人知道！这种情况到底该怨谁呢？我认为不怨老百姓，政府的职能部门应该负起责任，国家的立法部门应该负起责任。如果灾难来临，造成大量人员伤亡，我们就会问，为什么没有相关立法？如果有了法规，我们就会问，为什么行政部门没有进行宣传教育？

进击的局座：悄悄话

为什么没有抓落实，让每一个城市居民都确切地知道，当战争和灾难来临的时候，他究竟要往哪里跑，往哪里藏？当你去商场购物、当你去大剧院看节目、当你参加大型集会的时候，你想过一旦发生紧急事件你该如何撤离吗？真的出现突发事件，现场会有人疏导吗？我们总是津津乐道地讲科学发展观，讲以人为本，讲执政为民，那应该成为口号和空话吗？上边讲完了，你还要继续跟着讲是必要的，但为什么不把上面的指示落实为具体的行动呢？

日本经历过战争，包括侵略别国的战争，也包括别人惩罚它的战争。战争的残酷实践让日本人有了深刻的记忆，所以造就了日本人的忧患意识、灾难意识、有备无患的意识。战后以来，日本没有发生过战争，日本在美国的军事保护下享受了半个多世纪的和平，经济上名列世界第二位。就是这样一个国家，在应对突发事件、防灾抗灾、增强国防意识和爱国主义教育方面做得都非常好，工作很具体、很落实。看看我们吧，近代以来沦为殖民地半殖民地，战火在中华大地燃烧了两百多年，新中国成立以后还进行了一系列战争和武装冲突，并长期进行早打、大打、打核大战和备战备荒为人民的实践，只是在20世纪80年代以后才进入和平建设时期。20世纪80年代到现在才多长时间？只有30多年嘛！可我们的忧患意识在哪里？这么短暂的和平就让我们萌生了多么严重的和平麻痹思想。

瑞士是一个中立国家，两次世界大战都没有打过仗，但防空洞和避难所足够容纳70%的居民。以色列100%的居民都可以到指定的防空洞和避难所去躲避灾难。我们呢？有些人很少考虑这些事情，就知道盖大楼，就知道和平建设，想过一旦战争和灾难来临我们应该怎么办吗？

对我们来讲，更现实而且与广大民众联系更多的可能是反空袭问题。人民防空是一个涉及千百万群众生命攸关的大事，尤其是对于人口密集的大城市，当空袭随时都有可能到来的情况下，政府、民防部门和军队应该尽最大力量去疏散群众，安排他们到防空洞、地下室中去躲避空袭，以避免不必要的伤亡。在这方面我们不能模仿南斯拉夫的做法。成千上万，有时是几万人聚集在广场和街道上唱歌、喊口号，甚至让那些大学教授、讲师们穿着印有靶标的衣服到诺维萨德大桥、军工厂和炼油厂等一些重要军政目标附近去抗议，用人体盾牌组成血肉长城来抵御美国的战斧导弹。尽管南斯拉夫人民的爱国精神令人佩服，但作为政府来说，只能想方设法保护人民群众的生命安全，而不能拿人民群众当作人质来要挟对手，不能保存自己，还能够消灭敌人吗？

按照国际法规定，军用目标是合法的打击目标，包括老百姓在内的民用目标是受保护的目标，不允许进行打击。但是，如果受保护的老百姓躲藏在军用目标之中，将失去被保护的权利。另外就美国来说，根据空袭计划，会提前对这座桥进行周密的侦察和拍摄，将目标特征、方位等输入到导弹计算机中去。美国的战斧导弹虽然很先进，但再先进也只能按照预先设定的程序来实施，导弹从发射到命中目标大约需要一个多小时，也就是说在那些大学教授和讲师们在大桥上用人体组成肉墙之前，导弹就已经发射了。导弹和飞机不一样，它的程序在一个小时甚至几天前就已经设定好了，现在的巡航导弹还无法识别人，所以一经发射就无法回收，只能一往无前地向大桥冲去，而不管大桥上是否有示威游行的人群，当然更不管那些人群中有多少教授和政府官员。这些知识，难道我们不应该有所了解吗？

我总是在想，如果我们少一点虚无和盲目的娱乐，多一些有丰富内涵的国防教育和防灾抗灾的全民教育，我们是否会减少一些损失，会更多地挽救一些生命呢？我们现在的科学技术水平还无法做到去战天斗地、影响地球的内在运行规律，我们还难以控制像地震这样的天灾，但是，我们绝对有能力、有知识、有水平、有经验来进行全民国防教育和防灾抗灾教育！

毛主席他老人家过去经常讲，要"深挖洞，广积粮，不称霸"，要搞"山、散、洞"，国防工业要合理布局，要有战略纵深，所以就搞了大小三线建设。这些东西现在都不搞了，年轻人也不知道这些是什么意思了。所谓"深挖洞"，就是在城市、乡村都要挖防空洞，要深挖，而且是钢筋混凝土结构，防震防爆，有的还能防原子防化学侵袭。这些东西不是凑合事的，不是现在盖大楼下面弄个地下室那样的概念。广积粮现在不成问题，所谓"山、散、洞"，就是要向深山老林里转移，要钻山沟，要分散配置，就是搞大三线和小三线，建立战略防御纵深，防止敌人一下子把我们的国民经济基础全给砸烂了。

从目前情况来看，我国的经济政治文化和军事重心大都集中在距海岸线几百公里的一个狭长地带内，从北京、天津、大连、旅顺一直延伸到上海、南京、广州、深圳、厦门、福建、香港、澳门。这对于经济发展无疑是非常有利的，但从战备的角度和人民防空的角度来看，问题就不少。美国在空袭伊拉克和南联盟时使用的战斧巡航导弹，射程是1600公里，B-52飞机携带的AGM-86巡航导弹可达到2000多公里。这样的距离是什么概念呢？就是从北京到台北的距离。我们可以设想一下，如果将来爆发战争，比如台湾发展了这种导弹，它从台北就可以直接袭击北京，根本没有必要出动舰艇或飞机，从岛子上直接打导弹就行了。如果美国想打我们，它只要在第一岛链以外就可以了，所谓第一岛链是指日本列岛、琉球群岛、台湾岛和菲律宾群岛这一条线。美国使用潜艇和水面舰艇在第一岛链以外可以覆盖我大部分沿海开放城市，如果是B-52战略轰炸机的话覆盖纵深就更大了。

战备工作就是在没有事的时候想到将来可能会有事，可能你准备了半天，花了钱，出了力，到最后什么结果也没有，仗也没打起来，不过那也没关系，所谓"防患于未然"就是这个意思。但是，你如果不防备，万一出了事，后果不堪设想。

我们在五六十年代那个时候不怕炸，因为当时城市在搞疏散，主席讲

"横下一条心，打完仗再建设"，所以整个沿海城市都没有什么发展，特别是福州、厦门、青岛、上海等城市。至于深圳，那个时候还是个小渔村，怕什么炸呀？今天我们谁敢说中国不怕炸？上海浦东、深圳、香港难道不怕炸吗？美国在科索沃战争中采取的主要战法，就是用导弹远程精确打击，在一两千公里以外发射导弹，每天发射一百枚两百枚的，有计划、有目的、分阶段一个城市一个城市地炸。也不打算占领你什么地方，就是一个一个军政目标给你敲掉，让你倒退十年二十年，甚至更长的时间。

现在我到沿海城市做报告，每次去我都有一种奇怪的心情。可能是因为我研究战争问题太多的缘故，每当我看到那些花园一样美丽的沿海城市和高耸入云的建筑群，就多了几分担心，每当我看到一幢摩天大楼，就习惯性地揣摩要是中了巡航导弹的话，这幢楼上的人员怎么撤离？几枚导弹能够把这幢大楼给炸毁？我知道我这种想法很不吉利，但可能是职业习惯，没有办法。有的时候想想，如果少建点高楼，用这些多投资点人民防空建设多好，可能很多人觉得不打仗了就浪费了，但如果真的打仗的话，再高的楼，眨眼间就能坍塌，花在上面的钱，瞬间就打水漂了。当然这些都不是我所能把控得了的，在这里我只想呼吁多去关注一下这些与人民切身相关的东西，提高人民的警惕性，任何事情，都要防患于未然。

大炮一响，黄金万两

1988年我参加了一个国际军事战略方面的研讨会，会上有一个代表是中国信托投资公司战略研究所的所长。当时我感到很纳闷，信托投资公司还有什么战略研究所？你们一个公司还有必要搞这个？你不就是融资吗？融资还搞什么战略研究？

我问他："你们都研究什么？"

他说："研究哪儿打仗，研究国际安全，研究世界的危机和冲突。"

我说："你们那不是跟我们研究的一样嘛。"

一家大型公司企业，为什么一定要搞战略研究呢？

他开始给我解释，给我上课。当时正好中国和越南海军发生了一次武装冲突，也就是"3·14"海战刚刚结束，南沙群岛正处于危机之中，南海形势很紧张。他就此举例说，南沙现在形势不好，将来石油通道如果被封闭了之后，我们这个方向的金融投资就会有问题。朝鲜半岛问题也一样，朝鲜半岛如果打起仗来，我们中信公司的经济发展策略就得调整。

1998年2月"沙漠惊雷"行动中，美国、英国准备对伊拉克发动一场大规模的海空战争，形势非常危急。当时新浪网与香港合作后刚刚运营不久，他们邀请我到网上聊天室去聊天，主要是谈这场危机的情况和现场回答海内外网友提出的问题。当时这种经历对我来讲还是第一次，在一两个小时的过程中，据说新浪网就瘫痪了三次，网上十分拥挤，访问的人太多。最多的问题是什么？除武器装备和局势发展预测外，大家最关心的问题是波斯湾打起仗来以后，石油的价格是上升还是下降？波斯湾离我们很远，那里形势紧张我们中国的网友就热切关注这些问题，说明大家的经营意识开始增强，开始有经济一体化的观念了。

两伊战争前后，我曾经在伊拉克工作了很长时间，战前许多国家开展对伊拉克的经济和贸易交往，有些国家还提供了大量的经济和军事援助，生意十分火爆。但是战争爆发之前大约一两个月的时间，外国就开始撤资，中止了许多贸易往来，因为一旦爆发战争，扔进去的投资就很难收回来了。1991年海湾战争爆发后，许多国家遭了殃，在伊拉克的大量合作项目、援建项目、大楼、设施等固定投资只好扔在那个地方，外售的坦克、装甲车、导弹、轻武器等军火差不多都是白给它了，因为一打仗，没钱给了。为什么法国、俄罗斯等一些国家积极要求联合国解除制裁，让伊拉克人民重新恢复生产，加大石油产量？其中一个潜台词就是：你别再封锁它了，它还欠我们一屁股账呢，你老封锁它，它什么时候还啊？其实，只要一解除封锁和禁运，伊拉克地底下有的是石油，很快就能把账给还上。

美国共和党和民主党议员以及在台上执政的那些高官，背后都跟着一大堆公司，他们的地位和选票都是公司出钱帮着买下来的，所以当了官之后就得替公司说话，要照顾到公司的利益。

战区导弹防御系统（TMD）是一个很滑稽的事情，投资巨大的这一项目，实际完全是为对付一些想象出来或者说是被夸大了的威胁而搞的，其很大程度上是为了美国军火巨头的利益。1991年以后冷战结束了，1993年以后美国政府就停止了星球大战计划的执行，然后便开始裁军、撤军、削减军费军备，这一切都是正确的。但是，1999年突然出现了一些事变，党派之争越来越严重，克林顿政府面临性丑闻、考克斯报告等一系列问题的缠绕，其中还有一个共和党人关于TMD和NMD的提案。共和党为什么要在这个时机提出这样的提案？关键是那些军火公司在背后怂恿他们。你老是不打仗，还一个劲儿地裁减军备，这样军火工业怎么能够发展？军火工业哪里还有钱赚？所以，他们就趁机搞出这么个虚无缥缈的东西来。

考克斯报告的出笼也包含有这种经济利益的因素，有的公司在同中国做生意的过程中发了财，这样它们的竞争对手就很不高兴，所以就想办法来削弱它们，用什么办法最好呢？间谍、泄密、吃里爬外等这样一些大棍子大帽子往它们头上一砸，脏水一泼，不就黑白颠倒了吗？所以，每次在中美关系跌落到低潮的时候，一些在华投资的大企业都面临国内同行的打击和污蔑，但这些公司和企业每次都硬着头皮顶下来。凡是坚持下来的、与中国一直搞好关系的这些公司企业与我们建立了相互信任关系和友好合作关系，他们在华的业务就发展得很好。随着中国加入WTO进程的加快，这些公司的业务状况将飞速改善，前景非常广阔。所以，搞经济不懂战略、不懂外交、不懂军事是做不了大生意的。

美国的商人和企业家们已经很能适应和学会了充分利用美国的军事外交政策，以至于构成了一个市场化的大系统。美国军队先派兵来给你炸成一堆废墟，然后收兵回营；军火商乘机发战争财，把它那些军火赶紧推销掉，从中牟取暴利；建筑商冒着战火进入战场搞测绘，看看哪些楼房、桥梁、铁路、公路、机场给炸烂了，好抓紧时间画草图。等战争一结束，他们立即抱着一大堆图纸奔赴前线，他们永远是战后重建家园中的第一批建筑承包商。

当然，那些做银行生意、搞服装百货的商人更是早有准备，战后他们会以闪电般的速度冲向昔日的战场，集装箱等快件运输很快就会遍布各个城镇乡村……

这样，就形成了一个战争经济学的流水线作业，不仅达到了战争目的，而且也拉动了国内的经济发展，所谓"大炮一响，黄金万两"，可能就是指这种模式。

我们中国人对现代战争的规律和特点还缺乏认识，还没有像美国的商人那样有战争经济学的意识，缺乏预测和国际战略方面的知识。一位制鞋厂的老总听了我的报告后很有感触，他说要是早认识我的话就不至于赔得那么惨了，原来他一直在为南联盟及周边国家生产特需的鞋子，那个地方的人脚丫子规格与众不同，需要特制，所以就生产了大量特型鞋。可南联盟战争突然爆发了，这些鞋子怎么办？人家都在打仗，没有人再搞批发和零售了，所以造成全部产品的积压。怎么办，几块十几块钱一双就都给处理掉了，损失惨重。

能够说明经济和军事有密切联系的例子还有很多。

有一年，我到杭州去讲课，有位老总告诉我，他刚从意大利回来不久，项目谈得非常好，意大利公司要来投资，意向书都签了。可当这位老总一回国，到办公室里看到的第一份传真就是这家意大利公司的废约通知，人家不干了！为什么反悔？因为它认为中国可能要武力统一台湾，这个地区要打仗了，这个国家不安全了，人家就不来了呗。

一次我在北京市讲课，一位从事国际金融贸易的年轻经理非要亲自用车送我，说是要和我聊一聊。在车上，他说到一件事让我很有感触。他说，你看看，现在满大街报纸都是讲要武力解决台湾问题的文章，什么"朝发夕至"啦，"渡海登陆万船齐发"啦，"晚打不如早打""此战年内不可避免"啦，还有"对台作战不惜使用中子弹"啦，等等。这些文章、口号和观点可能是对的，也可能是错的，但如果我们的企业家不懂得一点军事，就无所适从，更谈不上预测了。从媒体角度讲，你造了这么大一个势，会产生些什么影响？可能对遏制"台独"有利，但也可能对国家经济有害，这个利弊关系权衡过没有？一些报纸，特别是那些非主流的小报，为了自己的发行量可以不负责任，乱登一气，外国人怎么看？你中国在国际金融领域的信用降低了，只要降低一个百分点，我们就可能损失几十几百个亿呀！你的投资环境恶劣，有战争风险，人家就不来投资了，你还怎么发展经济、国际融资！所以，他特别希望我给他一个准确的说法，这样他好进行决策。

我始终认为，一个成功的企业家，绝对应该具有一些国际战略和国防与军事方面的知识，应该有一定的判断能力、敏感性、快速反应能力和预测思维能力，没有这些能力的企业家，绝对不可能做大。银行投资是讲信用的，如果哪个地区、哪个国家政治上不稳定，潜伏着某种危机，可能就会爆发战争，那么这个地区和国家的信用程度就会大大降低，那里的股票价值就会下降。你如果不知道这种情况，还傻乎乎地往那个地区和国家投资，你那些钱可能就全部打水漂了。我真心呼吁未来的企业家、大老板，多花点心思学习学习这些方面的知识，你看，美国那些知名的政治家和将军，他们退休后都干什么去了？全跑到大公司当顾问去了。他们把自己在政界军界积累的经验带到企业界，使这些企业公司能站得更高，看得更远，所以往往能赚大钱。

这么看来，发展经济能忽略国防建设吗？显然是不能的！

以色列女兵是作秀吗？

以巴冲突过程中，网络上流传出大量照片，一些身着超短裙的以色列靓女在大街上晃悠，个个都随身携带自动步枪，不知道的人还以为是作秀，其实那是真实的以色列。在那里你没有必要进行什么国防教育、爱国主义教育，不用的，每一个人都爱国、都热爱国防，都正在或曾经参军入伍。为什么？因为他们对国与家的理解太清楚了，没有国就没有家，这完全是一种事实，每天都在验证着这样的事实！

我在古巴国防学院参观的时候，正好二十几位省委书记在讨论，我们就问，作为省委书记为什么还到国防学院来学习国防知识呢？他们感到来自中国的朋友问这样的问题有点儿奇怪，他们说，作为省委书记如果不关心国防和军队建设那就是失职！

没有强大的国防就没有国家的安全，光搞经济建设有什么用？

放在几十年前，中国省部和地县以上领导、军队营团以上领导干部中，我估计百分之九十以上的人都是扛过枪、渡过江或者打过仗的人，而今天，有几个人打过仗？在地方中高级领导干部中有几个人有过军营生活经历？

没有不奇怪，因为和平时期太漫长了，但是，可不可以在工作的同时学习和增强国防观念呢？

我们的传媒这么发达，能否进行一些国防教育呢？

电视公益广告越来越多，这是一件好事儿，但与国防教育内容有关的公益广告却很少，有关部门应该在这方面动动脑子。经济发展了，国家富强了，富国与强兵必须统一起来，硬件和软件都要很强才行。

我到英国"二战"博物馆参观，看到在"二战"期间英国绘制了大量宣传画，非常有震撼力，一看就知道是什么意思。我们在抗日战争、解放战争中也有很多类似的宣传画，在长征路上也有大量的宣传画，现在这些传统逐渐丢失了，整天就知道唱歌跳舞的，有多大意思？有多少宣传鼓动作用？还是认真想想如何利用电视、广播、网络等多种媒体，开展一些公益性的宣传，寓意深刻、简单通俗最好了。

但做媒体的希望赚钱，要赚钱就要有收视率，有了收视率才有广告收入。怎样才能有收视率呢？就要吸引眼球。怎样才能吸引眼球呢？媚俗，越是俗就越有观众，收视率也就越高。你看，电视节目的导向其实是收视率在作怪。于是，大家就都围绕着如何媚俗、如何提高收视率来制作节目，娱乐、搞笑、选秀活动，粗制滥造的电视连续剧不停地充斥着荧屏。我们很少会看到一些普及国防知识的内容。或者说，就算有，收视率也比较堪忧，很多军事节目在残酷的市场竞争中，都逐渐夭折了。

我有点想不通，难道大家都不想关注一些你生活的这片土地上的国防建设状况或者是安全环境吗？

我仔细想了想，或许有两个方面的原因：一是我们普及教育的方式不够与时俱进，不够"吸引"年轻人，从而没有达成"普及"的目的。比方说，我们都说青年是未来的希望，我们希望他们干什么呢？唱歌跳舞？全都成为文艺青年，每天没事儿娱乐你我？有意思吗？能不能来点上进心强、对国家有益的事情？比如科技创新、国防教育、爱国奉献之类的。这些东西与娱乐类内容相比，的确太枯燥了，但是事在人为啊，你看我的博文枯燥吗？我的专著枯燥吗？我的节目枯燥吗？我的演讲枯燥吗？普及不仅是一门学问，而且是最重要的一门学问，你学富五车有可能还是个老夫子，不会普及，这是个很大的问题。我们的专家学者应该学会普及，当前最需要的不是文化、历史、娱乐类的普及，而是科学、国防和爱国主义教育方面的普及，国家该抓一抓了。另外一个原因是媒体确实不够重视，对国防的概念认识不清。国防是全民的国防，没有国哪有家，有国有家才能称其为"国家"！

国防教育是公益性事业，一定要企业赞助吗？一定要拉广告才能播出吗？一个正在高速发展中的国家，一定要经历一场真正的战争才能明白这些本来就很浅显的道理吗？看看科威特吧，人均 GDP 三四万美元，几个小时就亡国了！综合国力中有很多"软"的东西。什么叫软的东西？比如人的意志、爱国主义精神、民族凝聚力等都是综合国力的重要组成部分。软的东西、精神的东西非常重要，它是黏合剂，没有它就不能把一些硬的实力给黏合在一起。要发展经济，就能忽视国防教育普及问题吗？要追求收视率，就能不进行国防教育普及吗？

国防不仅仅是军队的事情，更是国家的事情，按照《孙子兵法》的说法，叫作"兵者，国之大事，死生之地，存亡之道，不可不察也"。如此重要的国家大事，每一个国人都应该关心才是。过去战争时期，我们的武器装备一直处于劣势，但是我们依靠人民的力量和人民战争的思想，打赢了战争。今天，我们的武器装备有了很大的提升，有些同志认为不应该再提人民战争的理论了，这显然是错误的，无论武器装备发展到什么地步，人民战争的思想不能丢。我们的战争准备和战争实施都是为了人民的利益，既然如此，就应该让人民群众知道，我们的战争准备进行得如何，只有这样才能获取人民群众的支持和帮助。根据这一思路，我们必须要进行广泛的国防教育，要唤起民众，从人民群众中获取智慧、知识和力量。

媒体舆论的洪荒之力

我们买套房子总要装个防盗门、防盗窗的吧？这是件很正常的事情，没什么大惊小怪的。国防是国家的防卫，有国就有家，有家就要有所防卫，中国搞国防建设也很正常。可是，为什么别的国家发展什么武器装备美国不吭气，只要中国一有动静，就会闹得满城风雨呢？

主要是中国块头大、发展迅速，国防建设容易被别人误解为威胁。为了防止误解，我们的国家领导人、官方政府机构、新闻发言人经常宣示我们的和平外交政策，但外国人就是不信。

我们按照国际惯例用《国防白皮书》的方式、用联合军事演习的方式、用参加维和的方式、用军舰互访的方式来开展军事外交，希望增进友谊，促进合作和理解。应该说，这些方式在很大程度上缓解了其他国家对中国的一些误解，但没有办法解决一些根本性的问题。美国和西方控制着世界舆论和主要媒体，要想混淆是非、颠倒黑白是一件很容易的事情。

我们除了做好上述工作之外，还应该广泛利用媒体开展舆论宣传，揭露他们的阴谋，让大家看清他们的本质，了解他们的军事实力，同时，也对我们的国防建设进行一些正确的解读，防止被误解和误传。

美国控制着世界上绝大多数媒体，而且其技术先进，世界一流。美国的媒体引导着世界媒体的潮流，它想炒作什么，什么东西就有可能成为热点。

科索沃危机完全是由美国和西方媒体炒作起来的，说人家南联盟杀了多少人，搞什么种族清洗，结果引发了一场不明不白的战争。战后海牙国际法庭进行的调查表明，所谓种族清洗并无充足证据，但战争已经打完了，南联盟吃了个哑巴亏。

美国袭击我使馆的事件也是这样，这么严重的事件，美国国内居然很少报道，在长达十几天的时间内，基本上都是关于一般性误炸的引导，老百姓都认为，战争哪能不死人，误炸使馆是正常的，所以很少有人感到有什么意外，就连华人也没有什么反响。后来国内的一些记者将国内许多报刊的报道传送到美国之后，人们才知道了事件真相，这才有了华人游行示威等行动。

我说这些例子是想说明，即便是西方在宣称新闻自由，有时也有很大的片面性甚至是欺骗性。西方媒体对重大事件的评述也有一些值得学习的地方，比如他们通常的做法是先让专家学者和民众团体各抒己见，你随便说，反正你不是决策者，所以说了也不用负什么责任。但这些观点和意见很快被吸纳到政府的决策中去，政府在宣布正式的决策之前，让这帮人先出来放放风其实好处很多，可借机观测一下风向，了解一下民心和民意，试探一下国外的相关反应，看看反对党有何声音。

如何利用新闻媒体对全民进行国防教育，是我们必须认真思考的一件事情。

根据我个人的印象,在 1998 年 2 月"沙漠惊雷"行动以前,似乎中央电视台没有向国际上正在爆发战争和武装冲突的任何战场或前线派遣记者进行实地采访,国内关于战况的报道,主要是转载美国 CNN 等西方媒体的消息,有时候我驻外记者也发回一些在当地采访的文字稿件。

中央电视台"沙漠惊雷"的报道在中国有关世界战争和危机的报道方面是个重大突破。从那以后,1998 年年底的"沙漠之狐"和 1999 年初的科索沃战争中,报道就非常频繁和多样化了,节目也越来越精彩。科索沃战争中各种媒体对一场战争进行如此铺天盖地式的报道,应该说是史无前例的。特别是美国空袭中国驻南使馆之后,媒体在揭露美国阴谋、唤起民众、增强人民的爱国主义和民族凝聚力方面,发挥了巨大的作用。比如,5 月 9 日的《北京青年报》16 个版打通,全部登载与此事件相关的文章和抗议声明,受到各方面的一致好评。

通过这些报道,唤起了中华民族强烈的民族自尊心和国防意识,人们越来越关心国防和军队建设,许多媒体都是因为及时报道和评述这样一些重大事件而提高了收视率、收听率和发行量。

有一份国际时事类报纸,从科索沃战争前的三四十万份一下子跃升到战后的八十多万份,后来又迅速飙升到一百多万份。有一份军事类报纸,战前刚刚创刊,开始往报摊上摆谁都不愿意要,怕卖不出去,结果很快攀升到十几万份,经过对战争的集中报道,迅速增加到六七十万份。记得 10 年前中央电视台军事部邀请我一起创办《军事天地》栏目的时候,当时在中国电视行业大概是第一个有关国际军事评论和国防与军事报道方面的军事专题栏目。后来,逐步扩散到各省市电视台,类似的栏目不断增多,现在几乎所有电视台都开办了这类栏目,很受观众欢迎。报刊也是这样,从副刊办到专刊、特刊,现在几乎多数销售量比较好的报刊都开办了国防与军事栏目。

这些变化说明，老百姓是非常关注国防和军队建设的，只要有好的选题、好的文章和节目，人们还是愿意看的。据说，中央电视台《新闻调查》栏目关于科索沃战争评述的那期节目收视率曾经达到历史最高点，《中国报道》和《世界报道》栏目的收视率也一直居高不下，并成为人们熟悉的知名栏目。

让我带你们到军舰上走走

军事是神秘的，因为保密而神秘。但如果什么东西都保密，那就会自我封闭。国防教育必须面向大众，要把复杂的问题简单化，要把保密的东西脱密，在不危害国家安全、不泄露军事机密的情况下向大众传递重要信息，以便动员民众，支持国防和军队建设。如果自我封闭，噤若寒蝉，那谁来了解你？谁来支持你？

中国在这个问题上有很多方面确实处置不当，比如现役装备保密问题，在世界各国都存在，但美国、俄罗斯、法国采取的措施是所有新装备，一旦服役就尽快向老百姓展示，航空母舰这样的大型装备开放让老百姓登舰参观，战斗机、导弹等武器则允许靠近参观，每年要举办一两次新装备展览，供老百姓了解新装备的性能和战斗力情况，每年举办一两次军事演习，让老百姓参与其中，借以提升军民关系和国民的国防观念。

保密是有区分的，不能什么都保密，坦克、飞机、航空母舰的外壳有什么可保密的？我在上海江南造船厂登上170舰参观的时候，被告知这艘舰艇是非常保密的，可是我一抬头就看到几百米外的跨江大桥上很多人在拍照，这不是掩耳盗铃吗？瓦良格长期处于保密状态，可谷歌搜索中的图

进击的局座：悄悄话

1993年，护卫舰上访谈

片非常清晰。在信息化的今天，能够透明的就要透明，不要故意制造悬念和噱头，只有这样，才能确保真正需要保密的地方进行保密。当然，核心机密的地方要严格控制，绝对不能让人进入参观。我们采取的很多措施是防一万而不是防万一，绝对禁止所有人参观，绝对禁止所有人介绍，尤其是现役军人更不能谈论我军装备。这样的话，学习高科技知识和国防教育不就成为一个空壳子了吗？

现役军人和军事专家不允许谈论，不能撰写文章，不能接受访谈，那么媒体要生存，就必须寻找能够谈论的人，于是就出现了两种人可以高谈阔论：一种是出口转内销的人，出国留学，然后回国窃取各方面的军事机密，再进行放大，在国外媒体发表，国内媒体转载，这个行了，合法了，没有人查了，真是丢人现眼啊！怎么这么幼稚可笑！损害了中国军队的尊严反而成了合法。还有一种，是民间的技术型专家。这里有一个问题，媒体，尤其是中央电视台、人民日报这样的中央和国家级大媒体，应该怎么办？去找民间的技术型专家，还是让中国人民解放军的军事专家、让国防科技工业的技术专家去阐释更为合适？自己有什么好东西藏着掖着害怕别人知道，那是你没有自信的感觉，就像20世纪80年代我住筒子楼的时候，外宾非要到我家去做客，我哪里敢啊。可现在，住了大房子，就特别希望别人到家里来看看，自信了。道理就是这样。中国军队如今强大了，干吗不炫耀一下啊！不能乱讲，但可以让心中有数的人去讲。毛主席说过，相信群众，天不会塌下来的！那些不相信群众，就相信自己的人往往是幼稚可笑的。

20世纪80年代，当时我还是海军中校的时候，就有二三十次接待过外国来访的军舰，当时我作为驻舰联络官，负责乘坐我国海军舰艇到公海迎接来访的美国、英国、澳大利亚等外国军舰，在公海登上外国军舰后一直在外国军舰上工作，负责协调有关在中国访问的各种事宜，直到把来访舰艇送走。所以，我有很多机会详细了解外国海军舰艇上的武器装备、行政管理和风俗习惯。

外国舰艇来访期间，他们最关注的活动有三个：

一个是希望创造机会展示其舰载武器装备的性能。关于舰载武器装备的介绍，基本上是这样的原则：如果问现役军人，他们只会简单介绍，不会详细告知具体的战术技术性能，因为那涉及保密问题。如果问军工研制和生产部门的人员，他们就会胡吹乱侃，不仅非常详尽地介绍自己生产的武器装备，而且还提供各种详细资料，还有联系方式和一些小礼物。为了协调好这样的活动，通常是在舰艇尾部的直升机起降甲板上举行酒会，厂商负责介绍武器装备，舰上人员负责招待来宾，目的是炫耀武器装备的高技术性能，同时向中国推销武器装备和各种配套设施。

另一个是希望普通市民登舰参观。外舰来访最多的城市是上海，以后开放了青岛，这两个城市我去得较多。外舰来访期间，为了欢迎和组织好市民的登舰参观活动，来访军舰上专门印制了详细的介绍资料和图片，还有不干胶的舰艇图片等等，主要目的是炫耀武力，希望增进来访军舰国家与中国人民之间的关系。市民登舰参观的路线是确定的，介绍词也是确定的，

进击的局座：悄悄话

国防，真的与您无关吗？

这些都不可更改，有些舱室如通信、雷达、指挥控制中心、作战中心等是保密的，绝大多数舱室是开放的。参观的市民可以在舰上与来访舰艇官兵合影留念，也可以在允许的区域内随便照相摄像。

第三个是装备技术人员等专业人士的参观。对于装备技术人员而言，外国舰艇来访是一个学习、研究和借鉴的好机会，他们每次都会利用这样的机会进行参观学习。来访舰艇由于服役年限的不同，再加上两国之间关系的不同，所以开放程度也有很大的差异。在中美关系很好的那段时间里，来访的美国军舰通常开放程度很高，宙斯盾舰艇虽然是最先进的防空巡洋舰，但宙斯盾雷达系统、MK41导弹垂直发射系统都让参观，有时还主动开机演示，甚至还主动提出舰载直升机起飞进行起降表演，甚至与中国舰艇编队在海上联合演习等一些要求。作为对等，我们也开放一些军舰供来访官兵参观。我们的军舰在出访外国期间，通常也要安排一些类似的活动，海军舰艇成为两国人民之间友谊的桥梁和纽带。

我相信，随着国防和军队建设的不断发展，我们的武器装备会逐渐向民众开放，增强全民国防观念，强国威，壮军威。我特别想带着我们的这些年轻人到舰艇上走一走，面对面地跟他们讲解一下这艘或者那艘舰艇的故事，它们的装备与性能，让他们好好看看咱们国家逐步强大了，不要总觉得外国的月亮有多圆，这种爱国教育，相信比简单的书本或电视传播要好得多。

尚武精神，中华民族的灵魂

一讲到尚武，一说到军事，人们似乎就想到枪炮、坦克、军舰、飞机，这些只是军事中的一小部分内容，是军事的实体部分和基础部分，更重要的是军事思想、军事理论、军事谋略、军事传统、军事艺术和战斗精神。

我去过以色列和伊拉克，在那里人手一枪，谁家有红白喜事从来不放鞭炮，人们都是集结在一起，全都拿着 AK-47 步枪朝天鸣放。人与枪永远在一起，人在枪在，如影随形，你说他们那样的尚武精神就好吗？反而更不安全！派系斗争、反美武装、恐怖分子、极端分子搅和在一起，天天都有血案。20世纪80年代我去美国，在大街上有很多出售枪支弹药的商店，我进去以后吓了一跳，步枪、手枪、冲锋枪、机枪、火箭炮都有，全都是真家伙，随便挑拣，就像菜市场买菜一样。有一次我在洛杉矶郊外的一家饭馆就餐，突然餐厅里出现一群匪徒，拿枪扫射，死了很多人。我们经常看到校园枪击案等等，真是触目惊心。

我们开办了一些军事杂志，开办了一些军事节目，这对于提升公民的爱国主义和尚武精神，对于全民国防教育无疑是一件好事儿。但是，如果不能正确引导，整天都是些枪炮弹药、飞机、军舰、坦克之类的东西，那就很麻烦。比如，奥运会期间，如果街头巷尾的书摊上都是这样一些内容的书报杂志，如果我们电视节目上都是一些武器装备的镜头和打打杀杀的画面，外国人就会非常诧异。

我的专业就是搞科学技术和武器装备的，我已经搞了38年，应该说陆海空三军常用的武器装备我都比较熟悉，我一直热爱我的专业，我是军事装备学学科带头人，还是军事战略学的博士生导师。但是，我认为，这些东西应该局限于军队内部和国防工业部门研究，不适合在公众传媒进行过度传播。

老百姓不明就里，前因后果都不清楚，冷不丁讲一些飞机大炮的事情很容易惹是生非。如果他们看完了外国的飞机，自然就会形成对比，看看我们的飞机性能如何？由于外国的飞机可以随便报道，我们的飞机因为保密报道受限，结果观众可能就会认为外国的飞机比中国的好，就会造成崇洋媚外的心理。

尤其值得注意的是，如果专家在讲解武器装备的时候不加注意，很可能诱发犯罪。同时，也要注意，那种认为国防教育就是军事教育，军事教育就是武器装备的想法是完全错误的。我不希望我们的媒体培养一批思想极端、认识偏激的兵器迷，整天就知道说这个武器好那个武器坏的，就知道打打杀杀，今天灭这个，明天打那个的。

专家要让大家知道，武器装备都是凶器，都是战争利器，一定要把死的武器装备与活的人、活的战争、活的谋略、活的思想结合起来，否则，很容易出事儿。

公安部门为什么要进行类似的处理，我想和我的担心是一样的。我们要引导受众关心国际军事形势，关心国防和军队建设，应对多种安全威胁，引导大家进行科技创新，在武器装备的军民兼容和增强综合国力方面多做些工作。

我们做这些工作的目标，应该是维持国家的安全稳定，维持世界和平而不是挑动战争和冲突。

我提倡中国人要具有尚武精神。什么是尚武精神？就是崇尚英雄，勇于挑战，敢于拼搏，敢于奉献甚至牺牲的精神，这不是好斗，而是勇往直前的一种大无畏精神。日本是大和民族，大和民族的灵魂就是武士精神，武士精神发展到理论就是武士道，武士道讲究的是拼杀、勇敢、牺牲的精神。我们提倡这样的民族精神，并不是说让老百姓都关注军事，都天天惦记着打仗，不是的，我是说这种尚武精神是一种民族气节和民族灵魂，有了这种精神无论是在战场上还是在商场上，都是一种软实力，是一种威慑力量。

如果中华民族有了这样的尚武精神，那敌人就会害怕，就不敢轻举妄动，这本身就是威慑。如果一个民族阴柔之气上升，就知道"各人自扫门前雪，莫管他人瓦上霜"，一个个都很勤劳，很听话，当战争来临的时候就会是一盘散沙，很难凝聚力量，甚至出现汉奸、走狗、卖国贼。看看中国近代史，就会明白我说的这些道理。一个国家没有尚武之风，那这个国家即便是崛起了也会受人欺负，让人看不起。

俄罗斯的尚武之风非常强盛，体现了俄罗斯强悍的民族传统特征。俄罗斯是一个具有扩张意识的民族，是一个非常强悍的、从不甘心低人一等的民族，这些特征从总统普京的个性就完全能够体现出来。

普京总统是一位尚武总统，克格勃特工出身，擒拿格斗、使用和操纵各种交通工具都不在话下，精通柔道，喜欢拳术，会驾驶战斗机，经常乘坐战略轰炸机上天，钻进核潜艇在水下巡航，到国际航展亲自为俄罗斯新

进击的局座：悄悄话

战机做广告。这样一位强势总统,有效地带动了俄罗斯军工行业的飞速发展,使之成为国民经济的巨大牵引龙头,也使俄罗斯在世界上扬眉吐气,说一不二。

中华民族历史上曾经是一个尚武的民族,秦始皇、汉武帝那个时候中国就非常强悍。后来独尊儒术,强调温良恭俭让,忍辱负重成为中华民族的美德,武功渐废,民风逐渐儒雅柔弱,在弱肉强食的时代屡遭凌辱。新中国成立前后很长一段时间尚武之风强盛,但近年来随着经济形势好转,尚武观念和国防观念日益淡化,这样下去是一件很不好的事情。生于忧患,死于安乐。俄罗斯的尚武之风、印度的尚武之风、日本的尚武之风、美国的尚武之风都给予我们一些很好的教益,值得我们认真地反思一些东西。

我去过很多国家,人家都开办少年军校,爱军习武、崇尚武德是一个民族的自豪,是国家安全的保证,因为青少年是祖国的未来和希望。

我现在老了,但我也有青少年时代,我那个时代是怎么度过的呢?第一,是在煤油灯下苦读书,那可真是十年寒窗啊!第二,是苦练武功,我的家乡是武术之乡,从小男孩儿基本上都习武,如果你不会两下子就感觉不入流;第三,渴望当兵,我是独生子,在当时是不许当兵的,因为当时战争频繁,当兵入伍就意味着牺牲。看看今天的青少年教育,这三点都很难做到,还有多少苦读的孩子?还有多少人尚武?还有多少人愿意当兵?在以色列,所有青少年都必须有当兵的经历,否则不能在社会上找工作。

在许多国家,要么去当兵,要么缴纳国防税,你不能既不当兵又不纳国防税,那你的安全、你家庭的安全谁来保卫?你凭什么享受这样的安全,让别人去为你承担风险?而在我国,不当兵、不纳国防税,反而享受和平和安宁,反过来还看不起当兵的人!这是谁的悲哀?是谁的责任?曾几何时,雷锋、王杰、董存瑞、黄继光都是青少年崇拜的偶像,而今,却是一些靠大款包装、电视台吹捧、在群众性造星运动中人为制造出来的一些明星，他们如果哪一天成了青少年崇拜的偶像，那可真是会有太多的麻烦。因为你很难再劝孩子们去刻苦读书，很难再让他们去艰苦奋斗，很难再让他们去无私奉献，当然，要是让他们为国捐躯、英勇献身，那可能就更难了！

当然，从事国防教育的人员必须有充分的资格认证，在教育方法上可以娱乐化，但国防教育本身不是娱乐化的东西，对我国国防和军队建设情况不熟悉或不掌握的人员如果贸然进行类似的教育行动，很可能会出问题，因为错误的观点、思想和看法可能会导致对国防和军队建设的扭曲、误解，甚至产生不良影响。就目前这个层面的国防教育而言，还缺乏严格的组织管理，行为也不是很规范。

就国防教育的普及来说，现在的国防教育存在着这么一些问题：一是真正的军事专家不多。成长为一个军事专家很难，需要具有政治、经济、科技、文化、历史、军事等各个方面的丰富知识。具有了这些知识还不行，还要能说会道，就是要把复杂的问题简单化，能够用老百姓明白的语言描述出来，还要让他们愿意接受，这很难！

真正的军事专家有了，还需要安全保密等方面的考察，言多必失，如果一讲话就出问题，不是泄密就是捅娄子，那也不行。所以，军事专家很难出来。举个例子，不同的潜艇类别与中国不同的朝代没有任何关系，类似夏级、汉级这样的命名是外国人给中国潜艇起的外号，这样的做法是对中国主权的不尊重，我们一律不予承认。类似的做法还有很多，比如给中国的飞机、水面舰艇和坦克起外号，说中国海军是什么黄水海军、蓝水海军等等，都是极其不专业、不严肃的称谓，我们的正规出版物千万不要沿用这类称呼。中国的重大装备命名都必须经过中央军委的正式批准，比如这次执行远洋护航任务的三艘舰艇分别是武汉号、海口号、微山湖号，这些都是正规的命名，我们要使用这样的命名规则。

青少年热爱兵器和装备是一件好事儿，但一定要坚持原则，不要最终成为外国先进武器装备的崇拜者，谈虎色变，认为外国的月亮比中国的圆！现在有些电视节目、军事评论和文章，就知道介绍外国的武器装备多么先进，多么所向披靡，战无不胜，怎么就不知道那些玩意儿是人家专门用来对付中国的呢？我们要在介绍的同时，引导青少年读者辩证地看问题，激发他们的创新精神，分析那些先进武器的弱点和问题所在，要鼓励青少年想方设法去战胜它们，而不是夸大敌人武器的力量，帮助别人来吓唬自己人。我多次呼吁，国防和军事教育是爱国主义教育，不能太随便，应该严肃起来，对于从业人员要有个起码的规定，否则很容易产生误导。

在这种情况下，就酿造了第二个问题，就是业余军事专家的涌现。这些人上媒体不用审批，也没有任何组织纪律，想说什么就说什么，只要媒体敢于往外捅就可以。网络媒体的互动性和实效性恰恰为这些专家提供了良好条件，所以经常就会看到一些夸大其词、不着调的评论。有些媒体为了吸引眼球，也故意小题大做，把芝麻炒作成西瓜。军事问题是一个极为严肃和严谨的问题，不能随意炒作，不能夸大其词，不能凭着自己的想象胡乱推测。那么，如何才能满足公众对了解军事问题的需求呢？这就是第三个问题。

这一直是我思考的问题，在这方面，我自己也做了很多工作：一是自己撰写论文和专著；二是做国防教育的学术报告；三是面对媒体进行国防教育。现在退休了，我开了一个微信公众号，叫"局座召忠"，这些都是我进行国防教育的讲堂，传播国防知识的平台。如果大家经常跟踪我的行踪，我想一些正面的、积极的、前沿的国防知识会满足你的需求。如果你们想深入研究，希望能够到解放军出版社的军事书店、军事科学院的军事科学书店等去购买一些专业化强的图书或声像资料。

雷锋同志有句话："一个人的生命是有限的，我要把有限的生命投入到无限的为人民服务中去。"我的能力和影响力是有限的，但是几十年来我一直默默地做着与国防教育相关的各种工作，我也只能这样，我希望通过自己微薄的力量能够为国防教育做一点点贡献，我也呼吁有关部门和人员都要重视这项工作，尤其是我们的企业家，在慷慨解囊赞助非洲灾荒和歌星影星的同时，也稍微破费一下，顺便赞助一些国防教育活动，以改善这种捉襟见肘的惨状。

最后让老张喊几句口号!

时不我待

今天的年轻人没有多少人能够说清楚长征,更不知道抗日战争、解放战争,偶尔知道一下科索沃战争,因为在那场战争中我们牺牲了三位同志。但很快,他们就会忘记,因为还要忙着追星,还要忙着挣钱,还需要更丰富多彩的娱乐和生活。

他们的生活是幸福的,他们的笑容是灿烂的,但他们的精神和我们相比好像缺少了些什么。我们该埋怨谁呢?总不能埋怨他们吧,他们还都是孩子,应该埋怨我们自己,我们作为长者,作为事件经历者,我们有责任把后代不知道的事情说出来,记录下来,传播下去,这是我们的责任,这是历史的责任。

我们不能等待,因为等待往往是浪费宝贵的时光,最好的办法就是动起来,从我做起,从自己做起,讲些故事、写点回忆文章总是可以吧。作为职能部门,我们是否有责任做些必要的工作呢?

和平时期的国防最主要的应该做好三件事：

一是军事改革。和平环境非常有利于进行军事改革，错过这样的机会，把问题和矛盾带到战争中去，就会像伊拉克那样惨败。冷战结束之后美国进行了大刀阔斧的改革，主要是推进军事革命，进行国防部改组和三军一体化和信息化建设。

二是军事理论创新。军事理论创新在和平时期具有非常有利的条件，就是可以按照武器装备的发展不断创新军事理论，创新的理论经过计算机模拟之后可以进行验证，验证后的理论再投入到作战训练当中去，指导部队的作战训练和部队建设。

三是普及国防教育。国防不仅仅是军队的事情，更是国家的事情。如何来普及？接下来，我想谈谈自己的几点认识，大家可能听得也比较多，有的时候，甚至会觉得我这些只是一种"口号式"的呐喊，不过就算这些是你们眼中的"口号"，还是让我喊几句吧。

军训！我们都懂的

国防教育的对象，我认为大致是三种类型：大中小学生、民兵预备役和政府公务员、社会各阶层的国防教育。

首先是大中小学生。针对这样的对象，可以组织集体军事训练，由驻地部队和地方武装部门组织实施，主要内容是军事体能训练、国防观念教育、国防知识普及、革命传统教育等等。有关这个方面的国防教育，目前开展得最好，在学校有教材、有培训、有考核，有的地方还有专门的训练基地。但其中也存在着诸多问题，比如学生军训，学生军训是依法进行，所以不得不进行，但在进行过程中，由于认识问题、经费问题、水平问题和管理问题等等，会出现一些操作中的问题，为什么要进行军训，怎样才能更好地进行军训，确实是值得我们研究的问题。

我认为当前学生军训应该注意这样三个问题：

一是为什么要进行军训？我们的军队是人民的军队，我们进行的战争是人民战争，人民战争必须依托人民、依靠人民。在和平时期，国家不应该花那么多钱养太多的正规军，很多国家比如日本就是保留一点架子部队，有正规军的建制，但是个架子，没有实兵或很少有实兵，战争之前就要通过快速动员体制来扩充兵员，做好战争准备。扩充兵员扩充谁呢？预备役和国防后备力量。青少年是国家的未来，是未来军队兵员补充的主要来源，对青少年进行国防教育、军事知识教育和必要的军事训练，是做好未来战争准备、打赢未来战争的重要保证。

二是怎样进行军训？现在的军训很多是在操场上进行，一般都是由军训教官训练学生如何拔军姿，如何走队列，如何遵守纪律，如何令行禁止。这些都是必要的，对青年学生进行这样一些整齐划一的军纪和队列训练，对于锤炼他们的思想和作风是很好的事情。但是，由于现在的学生学习任务紧，身体体能锻炼少，在没有进行必要的思想和体能准备的情况下，如果突然进行过度的体能训练，会引起一些不适。比如，有些地方学生军训利用暑假进行，而暑假又是最热的时候，在操场上烈日曝晒之下训练经常出现晕厥的现象，造成学生及家长的担忧。军训本来是一件好事，结果因为操作方法不当而造成不良后果。

我看过很多外国的学生军训，比如瑞士、新加坡和以色列等国，一般是侧重在三个方面进行：一个是增强学生的爱国主义精神，让他们热爱国防，热爱军事，懂得为国家而牺牲，为国家而奋斗；一个是进行基地化训练，如新加坡集中在德光岛上进行集中训练，训练包括室外训练和室内训练两部分，室内训练完全是激光射击训练和战术配合训练，受训学员集中食宿；最后一个是增强与军队的联系，到军队去参观，了解军队，热爱军队，为成为未来的官兵而做好准备。比如美国等国都有军营开放日，让老百姓参观军营，参观武器装备。日本每年都要进行实弹射击演习和坦克、直升机、火炮等演练，每次演练都让老百姓参观，通过这样一些活动增进民众的国防意识。

三是要改善军训方法。从老百姓到军人最简单的是进行体能训练和军事化训练，最难做到的是爱国主义情怀、军人素质的养成、军事知识的掌握。所以，信息化条件下的学生军训应该更多地考虑这些方面的问题，而不是像以前那样把关注的重心放在走队列、跑步、出操、紧急集合之类的活动上面。我感觉，应该侧重做好这样几方面的工作：一是要加强舆论宣传。信息时代是多媒体时代，要利用广播、电视、网络、报刊等多种媒体进行全民国防教育，在宣传教育方式上要寓教于乐，讲究方式方法。二是要加强理论辅导。国防和军事问题与经济类、体育类问题不同，涉及面很广，不仅仅是一个专业性的问题，所以需要专家教授分门别类地进行理论辅导。辅导的方式可以是在院校开设专门课程，在社会上开办相应的讲座或报告会，举办相关的座谈会或研讨会。三是要加强参观见学。老百姓通常只能从电视上、杂志上、网络上看到一些我军武器装备的照片，但看不到实物，军博展出的都是传统文物和退役装备，军营是军事禁区，军事演习又不让观看，所以老百姓对军人和现役装备的了解很少。但通过军博展览，参观我军现役武器装备，往往比简单直接的理论宣传效果要好得多。

其次是对民兵预备役和政府公务员的教育。他们是国防建设的主体，负有保卫国防和建设国防的重任，应该对这样的群体进行专门的国防教育。这样的国防教育应该以国防观念教育和国防知识普及为主，在国防教育和军事训练方面要结合任务进行，比如人民防空、反恐维稳以及防灾救灾等非传统安全范畴的训练。

对于这个群体，也还要进行国防动员方面的教育和训练，尤其是组织类似的演练非常重要。在这个层次的国防教育方面，有些地区国防教育办公室组织得不错，主要是聘请一些专家教授讲课，组织民兵预备役人员和公务员参观部队装备和设施，有时也组织一些演练性的项目，甚至在抗震救灾、抗洪抢险等行动中组织起来完成一些具体的任务。

在这个层次的国防教育中，国防教育部门、国防动员部门和军队的院校及科研部门应该密切配合，多做一些实际的工作，比如让民兵预备役人员和国家政府公务员有计划地分期分批地到军队院校进行短期军事训练，编写专门的教材进行培训并进行相关的考核，参观军队的一些武器装备和现代化建设成果，参与军队组织进行的一些军事演习，在演习中完成一些后勤保障、装备保障、舆论宣传和政治动员等方面的任务。通过这样一些训练，就会提高民兵预备役人员和公务员的国防观念和国防意识，使他们能够在自己的平常工作中自觉地为国防和军队建设服务。

最后是社会各阶层的国防教育，即全民国防教育。当前存在的最大问题是全民国防教育，面向社会人员的国防教育很缺乏。这样的国防教育属于谁管？责任不明确，所以是个空当。我认为，有关职能部门应该特别加强这个层面的国防教育，主要方式就是利用公共传播媒体和社会性活动进行，比如在电视台、广播电台、网络和报刊开设专门的节目、栏目和网页，举办国防教育方面的报告会和讲座，出版国防教育方面的图书，引导大家热爱祖国，有忧患意识，有危机观念，有战略思维，关心国际形势，关注国家命运，只有这样才能志存高远。

国防教育栏目的开设和运营要依法进行，不能强行收费，但可以由企业赞助。这类节目不能按照一般节目的收视率来进行考核，应该给予特定的政策加以保护。现在，有关这方面的内容还是不少的，但存在的主要问题是内容上比较杂乱，且以武器装备为主，由于我军武器装备保密，所以宣扬的外军武器装备过多。出发点可能是好的，但这种国防教育如果引导不好，后果则是严重的，很可能造成崇洋媚外的结果，更可能让人误以为国防教育就是武器装备教育。所以，在内容上还是要强调讲政治，严格按照党的方针政策和国防教育内容实施，不能唯利是图，更不能哗众取宠，为了提高收视率和追求经济效益而搞一些不三不四的东西。

大学军训应该被取消吗？俄日韩的军训长啥样？

第六章

网络战,静悄悄

我们一只脚的脚尖刚刚踏入工业社会，另一只脚还深深地陷在农业社会的泥潭里，而眼睛又不得不紧盯着信息社会。这就是中国的国情和现实。

我们有许多年轻人很喜欢看高科技大片，每逢有此类大片播放，票房就噌噌地往上涨，但很少人会去思考高科技信息背后的网络战。

20年来，我一直在研究网络战、信息战、舆论战，因而对网络有比较充分的认识。一方面，网络是我工作学习的好帮手，是信息工具；另一方面，网络也是一个没有硝烟的战场，到处都是陷阱，到处都是阴霾，搞不好就会出问题。大家也一样，相当多的人一天不上网都手痒痒吧？我们都习惯了网络，但也正是因为习惯，很容易忽视其中存在的一些问题。下面我聊聊网络战的问题，大家可以注意一下，但也不要"谈虎色变"。

别不知不觉当了间谍

军队作战向来划分为两条战线：一条是明确的战线，坦克、飞机、大炮一目了然；另一条是看不见的战线，是隐蔽战线，你中有我，我中有你，相互之间进行间谍战、情报战、舆论战。科学技术和武器装备不断发展和变化，但这两条战线的斗争却从未停息过。

情报是进行军事活动的重要前提，不知道敌情和我情，指挥员就没有办法决策。过去的情报手段主要是两个：一个是人力情报，就是特务和间谍，这些我们从很多影视作品中都看过了；另一个是实物情报和技术情报，比如资料、图片、通信工具等等。现在的情报手段很多，除去人力情报和一些秘密的情报工具之外，更多的是利用公开资料和信息搜集情报，这是情报获取的主要来源。以前我在《张召忠说》中给大家讲过日本间谍，第一期讲的是岸田吟香，岸田吟香是日本第一个以经商为名的间谍，常驻上海，这期节目主要是想让大家知道，日本人通过经商的方式，开药店，然后通过商业渗透，以商养谍；后来又给大家讲了宗方小太郎，这是一个军队的间谍，还有石川伍一，这两个人通过获取情报来确保日本在甲午战争过程当中进行登陆、两栖作战、海上伏击，可以说对日本在甲午战争中打败清王朝起到了重大作用；后来也讲到了荒尾精、吉川猛夫，吉川猛夫是潜伏

进击的局座：悄悄话

在夏威夷的间谍，在日本偷袭珍珠港事件中，发挥过重大作用。我讲这些主要是想提醒大家和平时期要注意防间反谍，确保国家的安全。

当前隐蔽战线的斗争越来越复杂，很值得我们高度关注。由于信息化手段的不断普及，间谍和情报获取的方式也多种多样，比如通过网上聊天、网络论坛，敌特分子故意采取钓鱼的方式，抛出一些有意思的话题引诱你进行讨论，逐渐深入，环环相扣，最终得到他想要的情报，而你可能在整个过程中全然不知已经泄露了国家机密。还有，在这个过程中，敌特分子还可能采用金钱等诱惑方式，比如你提供什么情报就给你多少钱或物质奖励，如果你追逐利益就可能陷入圈套。有的敌特分子通过网络物色合适人选，然后通过电子邮件的方式诱惑你出卖秘密情报，然后他把钱汇到你指定的账户，这个过程中两人互不见面，这实际上就是一种现代谍报交易。

间谍是卖国行为，出卖国家情报是很重的犯罪行为，有的是故意犯罪，有的犯罪行为却是在不知不觉中产生了过失。

在这种情况下，一方面要利用现代传媒占领舆论阵地，不要自废武功；一方面也要强身健体，增强自身的抵抗力，防止被坏人利用，更防止敌特分子利用现代传媒进行诱惑、瓦解和利用。

年轻人应该做些什么？一是要有强烈的爱国主义精神，要热爱祖国，争取为国家多做贡献。如果帮不了多少忙，就不要添乱，不要做那些丧权辱国的事情，比如出卖情报之类的。二是要有强烈的事业心和责任感，要知道自己肩上的责任重如山，不要整天轻飘飘地不知所云、不知所为。三是要懂得信息传播渠道，要了解网络、计算机、多媒体的传播原理，防止在不知情的情况下间接泄密，或者为坏人所利用。四是要有防止泄密的机制，许多泄密就是因为机制不健全而造成的。

网络危机四伏,我没忽悠你

曾经发生过这么一个事儿,日本海上自卫队宙斯盾驱逐舰的一个海曹长,把一个在舰上使用的保密硬盘带回家去在网上下载歌曲,在下载的同时自己硬盘中的绝密数据被窃,被窃绝密数据很快在网上公开,这些内容包括舰上所有官兵的个人资料和信息,更包括宙斯盾舰艇的一些数据,日本狠狠整顿,美国极为不满。

你说这是故意犯罪吗?不是,是个人素质有问题,警惕性不高造成的,但法律不管你初衷如何,就只按照危害和后果论处,倒霉吧!所以,年轻人尤其要注意,不要引火烧身。你们不要觉得我说这些话是吓唬人,我们现在很多人的防范意识太低啦!因特网是开放的网络,是不安全的网络,任何涉及个人或国家安全的内容都不能上网,这样很危险。

局域网是单位或行业内部的网络,在硬件上与因特网是绝缘的,理论上更安全一些。但是,这是相对的,不安全因素也有很多,千万不要大意。网络、计算机就是武器装备,我对这些东西很感兴趣,有技术上的爱好,也很喜欢操作。既然把它们当作武器,就要注意使用的时间、地点和场合,我是最早上网的,但从来没有在安全问题上出过事儿,所以最关键的是把好自己的关，在信息源头上解决一个失泄密的问题，不该说的不说，自觉维护国家安全利益。

冷战时期美国和苏联都在对方国家的首都建设了新的大使馆，但最后发现都不能用，因为建筑材料和房屋各处都安装了大量窃听器，甚至地道都修到了对方大使馆的地板下面。我们买外国的飞机，甚至让人家帮助我们改装飞机或舰艇，都很难说对方是否会利用这样的契机安装什么东西。计算机硬件和软件上留有后门，你根本不知道，人家就会通过因特网在后门进入，把你计算机上的东西掏光。当然，计算机维修也是个漏洞，保密的计算机如果送出去维修就很容易被维修人员顺手牵羊，偷走你的机密，所以反窃密是个很繁重的任务。

可能你们会觉得我说得有点危言耸听了，也有人会问：张老师，你就忽悠吧，间谍这玩意儿，离我们远着呢！我跟你们说，千万不要小看这个间谍问题，说不定啥时候你被窃听了还不知道呢！

保守机密，慎之又慎。

1970—1974年我当兵四年，是在导弹部队度过的。那个时候保密观念非常强，四年之中我的家人和朋友不知道我在部队干什么，不知道我的部队部署在何方。其间我参与过很多军事演习和军事调动，我从来没有给家里人说过。导弹兵是特种兵，都是经过特种训练的精兵，第一关就是必须守口如瓶，绝对保守机密。军事训练和军事学习的笔记本每一页都是按序号编码的，记录完毕之后要由专职保密员统一收藏，如果发现少一页纸，那个麻烦可就大了。

现如今，保密观念越来越差。首先是敌情观念很差。涉密人员接触范围很广，什么背景的人都接触，说话再不注意，尤其是喝了酒之后口无遮拦，就很容易出事儿。和平时期太长，缺乏敌情和敌人观念，防奸反特的警惕性没有了，认为周围的人都是哥们儿、都是朋友，这怎么行？其次是涉密载体发生了变化。我当兵那会儿，涉密载体就是纸质文件、图纸、资料，可现在，纸质是一个方面，最关键的是电子载体太普及了，光盘、U盘、移动存储系统、网络等等，很难控制。

现在的一些保密措施，重点放在硬件管控上，比如，既然网络是一个泄密的渠道，很简单，不让你上网，把网络封死了不就解决了吗？推而广之，枪支弹药容易出事儿，把枪支弹药全都锁进库房不就完事儿了吗？同理，鱼刺容易卡住喉咙，干脆我们都不要吃鱼了，行不？千里之堤，溃于蚁穴。完全采取这种简单粗暴的管理方式是非常危险的，可能在付出巨大代价之后一无所获。

我感觉，保密工作最重要的是保密观念，在思想上要引起高度的重视，要明白为什么保守机密、慎之又慎，要明白你所掌握的机密一旦被敌人知道，将会对国家、对军队构成多大的危害！现在网络上经常对一些敏感话题进行炒作，如中国发展航母问题、反卫星武器问题等等，其中许多话题都是敌特分子的精心设计，希望网友自重，不要上当受骗，虽然是虚拟空间，自己的言行一定要对自己和自己的家庭，以及社会、军队和国家利益负责，不要信口开河，更不要危及国家安全。一定要知道，美国、台湾都设有专门的情报机构，专门的媒体战、舆论战、网络战部队，他们都是专业高手，如果不小心落入圈套那是很危险的。

其次，要具有较高的科技素质和情报素质。没有科技素质，就很容易上当受骗，比如使用移动存储设备在保密计算机和因特网之间相互拷贝，就很容易出事儿，如果用保密计算机上因特网就很容易被敌特分子从你的后门中偷走机密信息。装有保密文件的计算机不要上网，因为对方很可能通过后门软件在你上网的同时把你计算机中的保密信息窃走。手机也成为泄密的一个重要工具，不要在手机中谈论保密事项，容易被窃听。

说句实在话，在我前进的道路上，有很多地雷阵和陷阱，我很明白它们有多深、在什么地方，我有着丰富的规避风险的经验，我不会陷入那些地雷阵和陷阱之中。我公开谈论问题的机会很多，主要是电视、广播、报刊、网络、讲课和报告会。

我在河边走了这么多年，没有湿过鞋，我最大的经验就是一定要讲政治，要听党的话，与党中央保持一致，个人服从组织，全党服从中央。专家再有才、学问再大、创新观点再多，也必须服从和服务于上述这些基本原则！做好信息安全的关键是把好入口关，你不把保密的信息往网上传送，就不会出现泄密事件。

信息传送又包括两个方面：一个是在上传文章的时候要严格把关，要有强烈的保密意识和政策水平，要知道哪些东西是保密的，哪些东西是可以公开的，不要什么东西都保密，保密的范围太广了也不行。还有，上网聊天、接受访谈的时候如何注意把握，出差的时候如何注意保护自己的计算机和移动存储设备等等。另一个是要懂一些网络技术，比如如何防止网络窃密，如何防止电脑黑客，如何正确使用移动存储设备，等等。

不要被人卖了都不知道

中国人出国在外,最喜欢的就是拍照,人手一机,看到什么拍什么,这种习惯要是在伊拉克、伊朗、朝鲜、以色列、黎巴嫩、塔利班控制区,很可能随时会被逮捕、审讯或扣押,因为对方很可能怀疑你是间谍。

如果你正好路过某军事基地、造船厂或者飞机制造厂,看到了最新型的武器装备,你可以欣赏,甚至可以偷拍几张照片,但只能回家偷着乐,自己欣赏是可以的。如果你发到网上去,如果你发给杂志去刊载,如果你通过网络发给一个莫名其妙的收件人,那性质就变了,因为你在给媒体提供信息和证据,甚至是为了赚钱和交易,搞不好在这个过程中还充当了间谍,这将是十分严重的问题。不过许多人都忍不住,老管不住自己的嘴,也管不住自己的手,好不容易拍了照,总是想跟大家分享一下,或许你只是想兴奋地"侃大山",但说者无心听者有意啊,谁知道会出什么事情呢?

20世纪60年代,我们报纸上发表了一幅图片,美国很快就根据这幅图片判断出我们原子弹研制的地区,并锁定这一地区进行间谍活动。现在,美国的卫星无时无刻不在跟踪监视,更有谷歌搜索把中国军队的机密堂而皇之地公诸网上,让保守机密越来越难。过去,所有机密文件都是要登记

网络战，静悄悄

入册，传达文件也要严格按照级别，现在可好，网络成了窃取机密和传递情报的重要平台，移动存储设备可以悄无声息地传递机密信息和资料。

如果你利用电视媒体的传播平台，在电视节目上堂而皇之地介绍这种新型武器，那就更完了，属于重大泄密事件。你和所有参与这个节目的人都要面临泄密的处置。

有些杂志会借口外军报道来转载外军的文章和照片，认为这是外国公开报道的，我们为什么不可以？外国报道的是外文，中国人很多看不到，眼不见心不烦也就算了，你把它整成中文就有问题了。如果翻译出来发表了，那就在事实上证明外国的报道，因为你通过媒体进行了二次传播，外国这么报道了，你还要翻译过来做个"回应"，这就很容易出问题。

另外，有些制造厂商在宣传自己新型武器装备的过程中会有些泄密，比如武器装备的性能等等，但这样的泄密是工业部门的事情，工业部门虽然也有保密规定，但毕竟不是武器装备的使用部门，这在军队是严格禁止的，凡是列入绝密的东西都是有专门规定的，不能因为地方工业部门能披露军队就能披露，完全是两码事儿。

武器装备外形在建造过程中是严格保密的，比如核潜艇、驱逐舰、战斗机、坦克、车辆都是这样，因为通过外形就可以判断出作战能力。如果武器装备正式服役之后，一般而言，外形是公开的。武器装备在改装期间，由于要进行部分设备和设施的更换，所以也是保密的。武器装备内部构造、设备和设施，尤其是一些关键性部位，比如舰艇的指挥舱室、电子和通信舱室、动力舱室等都是保密的。武器装备的设计图纸、详细战术技术性能也是机密的。

热情有余而经验不足的年轻网友，如果把自己通过不正当途径拍摄来的图片轻易上网，如果被网上炒作为泄密事件，如果被外国间谍机构利用，后果将十分严重。

特别需要提醒的是，我国的网络安全部门也有特别的追踪和侦察检控，不要以为网络是一个虚拟空间，不用实名就抓不到人，网络警察专门跟踪和监视网络间谍。希望广大网友从爱国、爱军、爱家、爱自己的角度慎重从事，不要触犯法律，不要泄露国家机密，不要玩火。

再说点与我们距离更近点的事儿，窃听器和针孔式摄像机可以安装在任何地方，比如房间里、汽车上、飞机上，甚至衣服上，只要这种设备处于工作状态，就能够使用电子探测设备探测出来，因为它们在工作的时候肯定会辐射电磁波，根据这样的原理就可以探测出电磁波发射的方位和地点，应该能很准确地发现，这个没有问题。但是，不工作的时候就很难发现，因为它只有很小的电磁辐射能量，就像其他的物体一样不产生电磁、光和热能，这样探测起来就比较难，就很难发现了。个别情况下，可以使用扫描、透视的方法进行探测。

由于微电子技术的发展很快，微电子技术与光技术的结合越来越紧密，新型光电技术有了长足的发展，这就使得微型电子窃听和微型录像照相技术越来越发达。微型窃听器可以做得很小很小，比如能够塞进钢笔内，能够伪装成衣服扣子或者耳钉、项链等等。

现代窃听设备和以前最大的不同，就是能够实现实时通信，这在以前很难做到。比如，有人在你的衣服扣子上缝制了一个窃听器，你走到哪里，你说的每一句话都会被你周围数十公里内的监听车辆所监听和记录，上面有一套复杂的监听设备，同时还有发射设备，可以把监听到的信息直接发送到通信卫星地面站，再通过地面站发送给卫星，卫星接收到之后，可以全球转播，这多吓人啊，是不是？

进击的局座：悄悄话

摄像机也可以做得很小，摄像头就像针孔那样大。究竟可以做到多小呢？有一次我到医院去看牙，医生要检查我的牙齿情况，他拿了一个针孔摄像头塞进我的嘴里，在我有问题的牙齿周围一颗一颗地摄像和照相，照片被存在计算机里，在大屏幕上可以看到非常清晰的图像。同样道理，也可以把摄像头塞进肠子里，看看里面是不是长了不好的东西。既然能够如此，也可以对任何场所和人员进行偷拍，有时记者暗访也会使用针孔式摄像机进行。摄录下来的信息，如果需要发送到卫星，运作程序和上面的一样，也可以全球转播，这是个很危险的事情，我们平时都要多注意，尤其是涉密人员更要多注意。

汉奸现象是中国特有的历史现象？

汉奸现象是中国特有的一种历史现象，历朝历代都有，只是清兵入侵中原、日本入侵全境的时候表现最为充分而已，这是中华民族的耻辱，这样的现象在世界上都是罕见的。在国家危亡、国难当头的时刻，为什么有的人投身抗敌救国的大潮，有的人却逃往海外、自得清闲，有的人甚至甘心情愿地为鬼子当翻译、给鬼子支着儿、帮着鬼子到处找共产党，充当鬼子的耳目、走狗和打手，并且汉奸队伍日益壮大，成为一支有组织、有领导的庞大队伍，最终居然形成中国的汉奸文化！

这在世界各国是罕见的，我研究过"二战"中遭受外敌侵略的很多国家，都没有发现中国这种特有的汉奸现象，所以我就特别郁闷，这到底是怎么回事儿呢？我强烈呼吁我们的历史学家、社会学家、教育学家和军事专家，联合研究一下这个问题。

我朦胧地感觉，这是一个爱国主义淡漠的问题。中国传统文化是中华民族的宝藏，应该进行传承和发扬。但是，我们如今发扬了些什么？扬弃了些什么？发扬的基本上都是宫廷争斗、尔虞我诈、相互倾轧，都是你死我活的人间争斗。为什么要这样？都是为官、为财、为女人！扬弃的是什么？

是爱国主义精神，是英勇无畏、保家卫国的精神，是十年寒窗苦读的精神，是艰苦创业、艰苦奋斗、自立自强的精神！我真的非常奇怪，为什么这些东西就很少有人去挖掘、去传播呢？花木兰、穆桂英、霍元甲、杨家将、雷锋、王进喜等等这些英雄模范人物为什么很少被传颂？我们总是说要弘扬先进文化，先进文化首先在内容上要先进，形式是服从内容的。

治理汉奸文化在当前特别需要强调的一点，就是外国的月亮不一定总是比中国的圆。我们总是有这样一批人，因为懂外语，因为出过国，因为吃过洋快餐，或者因为某种奇怪的原因就喜欢上了外国人，总是用外国人的话语和观点来看待中国的问题，最终得出的结论就都是一些稀奇古怪的东西。马克思主义的观点是什么？毛泽东思想是什么？科学发展观是什么？社会主义是什么？社会主义条件下的市场经济是什么？中国的军事战略是什么？完全不知道，也不研究，听风就是雨，胡乱评论，观点不鲜明，左右摇摆，似是而非，有些则是非常错误非常危险的。如果持有这样的思想观念，在私下里议论一下问题不大，如果是讲学、接受媒体访谈、撰写论文发表，可千万要注意，不能误导受众。

现在中国的很多公民心中只有小家没有大家，只有自己没有国家，缺乏日本人那样的忧患意识。日本人正好相反，特别强调爱国，他们认为，没有国家就没有小家，没有集体就没有个体。

我见过一位加入中国作家协会的"80后"会员写的文章，她说如今"80后"和"90后"，都是以自我为中心，没有社会责任感，只考虑自己，不考虑自己与国家和社会的关系。所以，这位作家和其他"80后"的所有作品，几乎都是在张扬个性，宣扬自我，好像这个社会、这个国家、这个执政党与他们个人没有任何关系，他们都是天才的个体精英。我们的媒体在宣传这些典型人物的时候也喜欢把他们包装成超女、超男和英雄模范人物。试想，如果中国的安全环境与伊拉克和阿富汗一样，这些超男超女能够涌现出来吗？一枝鲜花的怒放完全不考虑土壤和环境因素，这样合适吗？过分的追捧是对年轻人的培养还是扼杀？这些都值得我们认真研究和引导。

"80后"和"90后"是我们事业的接班人，他们如果真的是这样的思想基础，这样的理论基础，这样的为人处世，这样的工作态度，那就太让人担心了。显然，爱国主义在他们这个群体中好像是荡然无存了。

阅读"80后"和"90后"们的作品成为我的一个习惯，我必须阅读，我必须了解他们才会理解他们，他们这些年轻人的语言非常有魅力，观点非常有个性，很有创造性，非常非常感人，阅读的过程中我经常是大笑不止。很多年轻人的社会责任感和国家意识都很强，问题是社会上那些小青年，如何引导他们关注个人与社会、个人与国家的关系，如何提升他们的爱国主义情操，是值得我们注意的一个问题。

要达到这样的目的，用我们现在常用的这些办法，比如看新闻联播、听学术报告和领导讲话、看党报党刊、正面宣传教育、强调组织纪律和行为规则等等，恐怕都不行，必须用他们喜闻乐见的方式，寓教于乐才行，要先跟他们交朋友，再跟他们讲道理，润物细无声，大声的严厉的正儿八经的呵斥，会把他们吓跑的。

别因为收视率泄密了

现在杂志上、报纸上，甚至有些电视台的节目上，泄密的东西让人触目惊心，泄了密自己还不知道，更有甚者，有些媒体居然以揭秘为乐，以泄露国家和军事机密作为噱头进行招摇，以此来提高收视率和发行率！

每当看到这种情况，我都挺焦虑的，涉及国家安全的问题，怎么能儿戏呢？怎么能简简单单地用"收视率"衡量呢？都说收视率是一个衡量所有节目的标准尺度，凡是收视率低的节目就面临警告和下课的危险。怎么办，只好提高收视率。怎么提高？迎合观众！说吧，观众朋友们，你们喜欢什么节目？怎么表演你们才满意？观众说越是轻松愉悦越好，那就全民娱乐吧！

所以，愉悦是高收视率的代名词，愉悦的背后是经济利益的驱使。你说，光愉悦不行啊，必须具备教育功能、传播知识的功能等等，可谁听你在那里讲课啊，枯燥无味还耽误时间，何况，全民素质的提高你拿什么来衡量呢，难道有比收视率更好的统计标准吗？就这样，似乎收视率确实是一个非常重要的衡量标准。

在这种情况下，我们的确要反思到底是哪一环节出了问题，我们是不是需要改变一下我们进行传播教育的方式，让广大年轻人更容易接受？我是从事学术研究的专家，有很多学术成果，但是我绝对不能在电视上用学术语言去讲述我的学术研究成果，因为我面对的不是学术圈子的人而是普通观众，他们可能连最基本的军事常识都没有，我必须用他们能够听得懂的语言尽可能简单地描述非常艰深的学术理论。

同时，作为媒体，要有社会责任感和国家安全意识，不能为了收视率、为了发行量而寻求刺激，甚至故意泄密，打擦边球，或者用一些"揭秘""爆料"等煽动性、夸张性的语言，这都是很危险的行为，严重的是会触犯刑律。国家安全是一个很严肃的事情，任何人不能因为任何理由而泄露国家机密。

新闻宣传和媒体访谈是一种专业性很强的工作，不是每个人都能胜任的，搞不好就会出问题，不是泄密，就是语无伦次、南辕北辙，该说的不会说，不该说的说了一大堆，或者车轱辘话来回转，满嘴跑火车。

军事方面的宣传，要想提高水平和质量，需要做好三件事：一是要对军事方面的新闻发言人和接受媒体访谈的人员进行必要的培训，主要是行为举止、礼节礼貌、讲话风格、讲话技巧、保密要求、专业知识等等。二是要有一个资格认证，不能什么人都随便接受媒体访谈或进行军事宣传，应该持证上岗。三是要上情下达，下情上传，互通有无。在接受媒体访谈之前，上面有什么最新的指示精神和需要统一口径的地方，一定要交代清楚，下面有什么最新动态尽量反映上来，同行之间有什么意见建议或好的想法也可以相互借鉴，这样可以避免很多问题，规避风险，提高质量。

军事宣传方面最可怕和最不应该出现的是三种情况：一是无可奉告，你问什么他都是无可奉告，似乎什么都是绝密，打死也不说！上网、打手机、发短信、接受媒体访谈、写文章、讲课，一律不允许，因为这样最安全，不说话、不写文章、不讲课还能出事儿吗？这样的态度是与信息时代格格不入的，是与现代军人的风范不相称的。二是口无遮拦。想到哪儿说到哪儿，不知道底线在哪里，在内容上分不清公开、内部、秘密、机密，知道多少就说多少，见了饵料就上钩。三是讲话缺乏艺术，僵硬死板，套话连篇，没有自己的东西，也不会把别人的东西重新组织以后再说，这样就没有听众，没有效果，让人反感。

军事问题非常敏感，我最喜欢的是电视直播，我说的话一个字儿不落全都播出，痛快！录播就差点事儿，经过编辑的手就很麻烦，剪接不好就让人看不懂，观众会骂我说话怎么这么没有逻辑，其实是冤枉我。平面媒体记者的电话采访我一直是很配合的，但发现这方面存在太多问题，最主要的是有些从业人员素质较差，军事问题比较复杂，我的话和观点经过他们的加工之后就变味了，不仅不能如实反映，还经常断章取义，所以我现在拒绝电话采访，主要是维护国家安全利益，防止因为记者水平差而出问题。

别把猫当老虎

在加强保密的同时，也要注意区分原则，就是不要把所有的东西都当成保密的东西来对待，杯弓蛇影不行，谈虎色变也不行，虽然老虎是猫科动物，但毕竟猫不是虎，要把猫和虎区分开来。

在国防和军队建设当中，有很多是不保密的，是可以让普通公民知晓的，应该保证普通公民的知情权，什么东西都不让老百姓知道，那还怎样提高全民的国防意识和国防观念？计算机、网络、信息技术为我们提供了现代化的信息处理手段，一定要充分利用，但前提是要提高科技素质，要知道工作原理，要懂技术和装备，如果不懂，就知道瞎封堵，这也不许，那也不行，那不是胡闹吗，干脆退回到农耕时代算了！问题是农耕时代也有间谍、特务和叛徒啊！最重要的是教育人，要爱国，要有保密意识，要懂保密技术，要遵守保密纪律，要有一个度的把握。

手枪、匕首都是杀人的凶器，但并不是每个人都打算用这种武器来杀人。计算机也是这样，有进行网络战这样的能力，并不是说每台计算机都蕴含着危险。计算机要想参与到网络战中去，必须具备三个起码的要素：一是必须与网络相联。如果计算机不上网，不与网络连接就无法成为网络的一个节点，也无法获取网上信息，更无法与人进行信息交流。所以，在这种情况下，作为一台独立的计算机实际上与任何网络战都没有关系。二是必须会使用网络软件。握着一支手枪而不会装卸子弹，这种手枪还不如一根烧火棍。光会开机关机打字，而不会运行网络黑客软件，怎么能够去黑别人？三是计算机性能良好。如果战场上你来我往正在打导弹战，你却在那里拿着把手枪来回比画，岂不显得可笑。在奔腾 IV 的时代里，如果你的计算机还是 286、386、486，上网都很难，何谈黑客战、网络战？性能良好是一个方面，还必须处于开机状态，性能再好，如果关机也没有用，就像手枪里装满子弹，面对敌人就是不敢搂扳机一样，那手枪的作用从何体现？

我的观点是：从理论上来讲，网络战、信息战、黑客战将愈演愈烈。但这些攻防作战主要是针对政府机构和军事部门等敏感网站，对于普通用户来讲不必担心，顶多受个病毒感染什么的，不必大惊小怪。农村的孩子不讲卫生，抓着什么东西擦两下就吃，反而不得病，因为这样具有抗病毒的能力。城里的孩子就不行了，有的家长恨不得拿着放大镜看着食品喂孩子，病毒少了，但抗御病毒的能力也下降了。计算机本身具备较强的抗病毒能力，总的来讲还是安全的，受病毒感染、被网络黑客摧毁是很少的，所以普通用户不必过于担心。

计算机硬件、计算机软件、计算机操作系统、网络路由器、关键的芯片和总线等信息化基础设施，应该主要还是使用美国和其他国家的产品，我使用的计算机就是这样。我们虽然研制了一些新的操作系统和软件，并且已经正式使用，但短时期内还很难完全采用国产和军用软件系统，何况信息技术的更新速度还非常快。在这个较长的过渡期内，一方面我们要加大自主研制的力度，只有这样才能确保我们的信息安全；另一方面要加强信息安全保密。信息安全保密是一个专业性很强的工作，涉及技术上的问题，更涉及法律、观念、行为等方面的问题。要看到，涉密载体很多，不仅仅是计算机和网络系统，手机也是一个重要涉密载体，而且非常危险。

我们现在一方面要加强信息化建设，一方面又要加强信息安全防护，如何处理好二者的关系，需要从理论到实践进行深入的研究，千万不能简单从事，更不能搞形式主义。

信息化的基础是综合集成，综合集成的方式是互联互通互操作，就是要求所有用户之间都相互联通，进行资源共享，提高效率。如果为了保密和信息安全，把所有计算机都从硬件上实现隔离，那信息化建设永远不可能实现。当初手机出现的时候，我们就多次强行规定不允许使用手机，原因是手机不安全、容易泄密，这样做的结果是连同那些制定规定的人本身也不能扔掉手机，对手机的依赖太大了。当年的八路军、新四军人手一件武器，手枪、步枪、机枪随身携带，今天则是人手一机，人人都离不开手机，就像我天天都离不开网络一样。

时代变了，我们对于信息安全的管理方式也要不断改变。使用手机不一定泄密，不使用手机的人可能是最危险的敌特人员，这都很难讲。信息安全最主要的是把好信息源，病从口入，祸从口出，吃饭的时候多注意就不会生病，说话的时候三思而后行就不会招致灾难，用手机打电话的时候不要涉密，使用计算机上网的时候要按照规定进行，这样就会大大提升安全性。此外，要普及计算机、网络和信息安全知识，提高科技素质和保密观念，如果每个人都知道木马程序、后门程序、电磁辐射泄密是怎么回事儿，使用网络的时候就会格外注意，如果不知道这些，就很容易出问题。

还有一点就是要注意备份，狡兔三窟，重要文件资料起码要备份三份。对于重要资料、档案、数据和信息的备份，不仅要进行信息软件的备份，而且要在物理上实现备份，要相互隔绝，分别备份在不同地理位置，地上和地下，山区和平原，防止因为自然灾害导致重要数据和信息的丢失。信息安全要有前瞻性，要预测到高新技术的出现，并尽早采取安全措施。信息安全要立法，比如关于涉密问题，教育和管理是一个方面，更重要的是依法行事，要通过保密法、安全法来管理，什么叫作泄密，要定性定量，一旦泄密性质被确定，就应该追究法律责任，并进行相应的惩处。

要想富先修路，不想被淘汰就去占领网络

我们曾经把网络比作人体的神经系统、血液循环系统和消化系统，如果控制了这些系统，人体不就全被控制了吗？你的力气再大有什么用？所以，在网络时代中，谁控制了网络，谁就控制了资源、金融、交通和命脉，当然也就等于控制了未来，就更能够赢得未来。

西方发达国家已经进入了工业时代，在此基础上向信息时代跨越会快一些，但绝对不能说他们就能够控制网络，就能够控制未来。当年的大英帝国就是因为观念落后，丧失了霸权地位。如果有谁看不到信息化、网络化的发展前景，这个国家可能就要落后。

但如果我们发展中国家提前看到了这一点，不失时机地抓住信息化和网络化的这个机遇，就有可能以惊人的速度、最短的时间跨越某些历史发展阶段，三下两下就蹿到发达国家前面去，这是完全有可能的。

1970年之前我在老家上学，当时从家里到县城50多里路，走路需要一天时间。十几年后我回家，道路依然没有变化，没有公共交通。

20 世纪 80 年代末期我去美国，人家说"Highway"我都不知道什么意思，因为那时咱们全国都没有高速公路。

现在怎么样？高速公路网络相当畅通。京沪高速公路从我的家乡穿越，从北京到沧州也就是几个小时，恐怕比当时我从家里到县城的时间还要短。高速公路缩短了出行时间，提高了效率。我经常到沿海发达地区去，而且多次到县城、乡镇去调研参观，我经常在想，他们靠什么这么快就致富了？当然，原因很多很多，但其中一个最重要的是交通便利，信息通畅，公路、铁路、航空、海洋运输和计算机网络四通八达。华北大平原，为何交通反倒不如人家沿海山区？看来，我们应该在交通网络建设方面认真反省一下。

"要致富，先修路"就是这个道理。网络和公路是一个道理，上了网就是另外一个天地，是一个虚拟的自由王国，那里有无穷的宝藏在等着你挖掘和开采。

现在让我们比较尴尬的是，我们的网民数量和信息产业增长很快，但关键性部件的生产却极为落后。就好比满大街跑的都是好车，全国光生产小轿车的工厂就有好几十家，可基本都是组装车，人家出技术和关键部件，咱们管组装，其实是给人家打工。

核心技术、知识产权和最大利润是市场竞争的三个要素，也是衡量国家科技水平的重要标准。可惜的是，在信息产业的许多领域中，我们既没有掌握核心技术，又没有自主知识产权，只能充当"打工仔"，通过组装加工来获取低廉的利润。

今天如果不生活在未来，那么，明天，你将生活在过去。要想掌握未来，就必须了解未来；要想赢得未来，就必须把握未来。

未来的战争，是较量科技和智慧的网络战

看电影看到炫酷的战争场面，大家都热血澎湃，遇到这样的影片，影院基本上是座无虚席，看来有很多人很关心"打仗"这回事儿，很关心战争，但真有人静下心来思考未来的战争是怎么打的吗？关键是用脑子打，用智慧打。

农业时代的战争，交战双方主要是为了争夺土地、城池而战，所以攻城略地往往是战争的终极目的，谁夺取和占领了对方的土地、城堡和财产，谁就是胜利者和征服者。

18世纪中期工业革命之后，大机器工业出现，生产力迅速提高，因而对资源和原料的需求增大，争夺加剧，所以侵略、扩张、攻城略地发展到极致。谁掠夺的金银财宝最多，攫取的城市、要塞、原料和资源最多，谁就是胜利者。

20世纪中期信息技术革命开始之后，尽管土地、资源仍然是人们追逐的重要物质利益，但更重要的是通过网络等对信息和知识进行控制。随着信息化、网络化和一体化的发展，传统的国家概念逐渐淡化，区域化、集团化、一体化趋势日渐明显。现代战争往往是速战速决，只要达成预定作战目的，

就立即撤离，决不恋战，更不占领别国一寸领土。

随着武器装备的信息化、网络化和一体化，尽管传统的机械化战争还将继续下去，但信息战、网络战这样的新型战争样式将会越来越多，战场将扩大到陆海空天电等多维空间和领域，多军种、多兵种、多国家，以及跨越不同时区不同天候不同国家的联合作战将成为主要样式。

未来战争不再是攻城略地，征服、惩罚、打击、瘫痪或许成为一种新的形式；战争规模和战场范围可能空前广阔，涉及陆海空天电磁等多维空间，呈现出全球一体化的态势；战争样式不太可能是两次世界大战那样的消耗战、持久战和绞杀战，但像网络战争这样的高技术局部战争则会越来越多。特别值得一提的是，这样的战争没有明确的前线后方，没有法定的胜负输赢，没有枪炮导弹的轰鸣，甚至未来战争不一定是军人参加或主导的战争，西装革履、文质彬彬的计算机软件专家，十几岁的中学生，都可能成为新型网络战争的发动者。既然某些个人都能够坐在家里，通过计算机上网去干这样的坏事儿，要是一帮子坏蛋凑在一起，那会怎样？要是一大堆恐怖分子又当如何？所以，未来战争很少有宣战这样的事儿，平时与战时、前线与后方、军人与平民你很难分清。

过去我们讲战争动员，总是强调动员人，人越多越好，现在需要强调信息动员、网络动员。所以，未来网络战争很重要的一点就是要依靠人民群众，依靠民间的高科技力量，特别是那些聪明透顶的黑客。黑客不是一个坏蛋的概念，没有两下子想当黑客绝对没有资格，凡是黑客多是计算机专家，起码是个玩家。我们经常讲人民战争，讲军民结合、平战结合、寓军于民。

在信息战、网络战这样的未来战争中，人民战争的威力将越来越大，中国需要一些爱国的"黑客"行动起来，加入到反恐怖、反黑客和信息作战、网络攻击作战的行列中来，为保卫国家的信息安全而斗争。但总的来说我们很欢迎网友在战争和危机期间配合军队进行网络作战，这是对的，但不能乱来，最主要的是要遵守国际法，国际法中一个最重要的原则就是军民区分原则，你不能乱来，不能说我们军队跟谁打仗，你就把人家所有东西都给攻击和破坏了。比如，你可以攻击对方的军事指挥系统、侦察监视系统、武器制导系统，但你不可以随便攻击人家的银行系统、保险系统、民航系统、铁路系统等等，这是民生所依赖的大动脉，不要去干这些事情。前者是合法的，后者是非法的，是不允许做的。记得2015年10月1日刚开始七天长假，中美就在网络上展开了一场8万多人参加的网络大战，这场混战之后我就总结了这样的教训，呼吁有关部门一定要抓紧立法，不能随意对民用网络进行攻击，那是犯罪，不是爱国行为，要注意这些区分。

网络战争区别于传统战争的一个重要表征是：以往的战争是体能和机械能的对抗，网络战争则将是智能和知识的较量。所以，未来战争是知识的拼争，是智者的较量。

我们曾经打赢过许许多多的战争和战役，这样的光荣传统当然还将继续发扬光大，但战争是不能重复的，我们熟悉的地道战、地雷战、游击战、运动战、歼灭战等样式毕竟将越来越少。然而，我们所不熟悉的高技术局部战争，特别是网络战争、信息化战争却越来越多。由此可见，威胁和挑战是严峻的，所以应该唤起我们的忧患意识。

我们倡导和平，但不能允许和平主义泛滥；我们坚持以经济建设为中心，但不能把国防和军队建设当成累赘；我们绝对不搞军备竞赛，但并不是说就可以刀枪入库，马放南山。今天的年轻人离战争越来越远，但战争却似乎离我们越来越近。我们需要打赢未来战争的军人，更需要培养打赢未来网络战、知识战和信息化战争的智者。这些，我们准备好了吗？

网络战，静悄悄

进击的局座：悄悄话

说实话，中国最不缺的人才就是网络人才，说起网络谁都会侃侃而谈，什么网络化、信息化、一体化，信息战、网络战、知识军事、知识战争等等，一套接着一套，满嘴跑火车。可你如果问他什么是网络？什么是信息？什么是知识军事？什么是比特？数字化是什么意思？"猫""伊妹儿""带宽"是什么意思？模拟信号为何一定要转换成数字信号才能在网络中传递？这些侃爷可能一下子语塞，不知所措。

我们迫切需要培养新型高素质人才，但这样的人才不能速成。绝对不能够不学习、不积累、不经过系统的磨炼就到达战略的巅峰，这不是实事求是的观点。我学过三种语言，我无法理解一个人连发音和语法都没有学会，就能够使用流利的外语在国际讲坛上谈论国际战略问题！

指挥官从硝烟弥漫的战场指挥部转移到宁静清洁的机动电子指挥中心，远离战场但又必须时刻关注战场，这就必须依赖计算机。作为一个计算机网络时代的指挥官，如果不晓得什么是网络、网络构成的关键要素、网络与网络连接的特征、网络的节点枢纽之所在，如果不会使用计算机查阅资料、上网浏览、搜集信息、常规运算和简单的模拟对抗，那就根本无法指挥数字化部队的作战，因为你根本不知道敌人的弱点在何处，更无法赢得战场上那些最为宝贵的时间。

我们还不强大，怎能懈怠

2001年我在英国学习期间，天天看报纸，几十个版的报纸一天顶多能看到豆腐块儿大小的一点报道，90%以上还都是歪曲和污蔑的内容。我海军舰队访英，登上英国的航母才发现英国人居然把台湾的青天白日旗升起来了，第二天人家都举着报纸让我辨认，五星红旗和青天白日旗哪一个是中国的国旗？我在英国学习的时候，英国普通百姓还认为中国人是清朝时期的穿着打扮呢！因为他们看中国大片看多了，认为中国文化就是辫子文化！一到英语世界，你就会发现中国人的声音就没有了，人家说你什么你就是什么，作为中国人不感到丢人吗？你那么多媒体，那么多大片，都干了些什么？我们不骂别人，起码公正地说说我们自己还不行吗？你说啊！干吗整天都是炒作那些不着调的八卦呢？有意思吗？每一个善良的有责任感的中国人，都要从我做起，干点正儿八经的事情。

从美国网络作战来看，拥有这样几个优势：一是世界各国的网络节点最终控制权都在美国，美国随时可以控制因特网的信息，也可以瘫痪整个网络，美国不仅具有这样的能力，而且具有这样的技术；二是美国军队成立了网络战司令部，专门进行网络攻防作战研究和实践，美国已经进行了多次网络战的演习，每隔两年还在拉斯维加斯举行一次世界黑客大会，利

在英国学习

用最新的网络黑客技术突破建造起来的各种网络盾牌；三是美国军队成立了媒体战司令部和媒体战部队，把舆论战和信息战专业化，利用大众传媒宣传美国军事观点，这为制造"中国威胁论"和妖魔化中国，妖魔化俄罗斯，妖魔化伊朗、朝鲜和叙利亚等一切美国不喜欢的对手创造了条件。

对于民用计算机网络而言，虽然存在着各种风险和威胁，但是不必惊慌失措，不到万不得已不会有人去摧毁民用网络，因为那是严重的犯罪行为。即便是战争状态下，普通民用网络也是受到保护的。话虽这么说，对于一些国家重点网络系统，必须要有充分的备份，要有严格的防病毒攻击系统，要有严格的计算机保密规定，要确保在计算机系统遭到破坏的情况下，数据不能丢失，把损失减少到最小。尤其是银行系统、保险系统、股市系统、民航系统等等，老百姓存点钱不容易，别因为系统崩盘而造成用户密码和存款的丢失。至于军用计算机系统，在硬件上采取严格的隔离制度，不会

网络战，静悄悄

从荒芜走向绿洲

与因特网相联，同时也应做好相关的网络防御准备。

    关于舆论战和信息战的问题，应该引起我们的高度重视。我们很多宣传往往习惯于慢半拍、被动式、消防救火式。比如美国发表了《中国军情报告2007》，其中有许多不实之词，我们感觉很气愤，这时媒体便组织专家学者进行分析评论和批判。这是必要的，但从时机上来看已经太晚了，人家都出版了、都全世界发行了我们才反应过来，人家已经先入为主了，我们无论怎样反应都将是被动的，没有太大效果的。伊拉克、南联盟遭遇了战争，最终都造成了国家政权的毁灭，尽管如此，我们仍然很少听到他们痛苦的声音。大家关注更多的是军事上的超级大国，其实这种媒体宣传上的超级大国、这种一言堂、这种自己说了算、这种"只许州官放火，不许百姓点灯"的做法早应该引起我们的关注。要未雨绸缪，不要总是亡羊补牢，虽然有点效果，但为时已晚。

我们的媒体少吗？不少啊！我们的媒体技术落后吗？世界第一啊！你看那手机，你看那电视，你看那宽带，你看那大片，还有那印刷精美的报纸杂志，但是，许多都用来全民娱乐了，有多少用来张扬国威、军威，弘扬民族正气的？有多少用来进行新闻评论，关注国际和国家大事的？鸡毛蒜皮的小事儿能够炒作得全世界都知道，一个不起眼儿的小姑娘能够一夜炒红半边天，八卦新闻满天飞，正确的声音在哪里？

媒体的责任在何方？我们很有必要想办法加强我们的媒体宣传，占领世界舆论阵地，不要再娱乐百姓了，我们很忧患！我们很焦躁不安！我们在世界上没有什么声音，你只要出国感受一下就知道了！

我现在退休了，本可以去钓钓鱼，聊聊天，但我得坐在书桌前写写书，弄了个工作室自己搞点视频，揣个手机看看我微信公众号上的网友留言。我们还不足够强大，我们还有很多事情要去做，怎么能"懒惰"呢？我看微信公众号上的网友留言，有很多年轻人在听我的悄悄话，如果我说的一些话，能让你们觉得有用，那就是最好的了，这一点点影响也是我努力的动力。

第七章

积财千万,无过读书

读书，是一种境界，是一种想象的空间，是一片思维创新的园地，是一场美妙的梦境，是一个人与一大群生疏的朋友、与一个社会甚至全人类交流的舞台。

　　人之所以富有，首先应该是心灵的充实和纯洁，其次才是房子、车子和钱财。

　　发达国家之所以发达，首要的是公民的受教育程度、科技的创新能力和国家的竞争力，没有一个文盲众多、不喜欢看书学习的国家能够成为富强国家的。

　　我的每一个进步，都与读书有关。

现在，还有谁在读书？

1974年我刚到北大上学的那个时期，很少有人看书，图书馆、教室里空空如也，鲜有读书人光顾。然而，1978年改革开放之后，我们这些学生每天都为在图书馆或教室里占有一席之地而忘情拼搏，经常是手里捏着个馒头就钻进了图书馆，那种享受、那种快乐是任何语言都难以描述的。

后来过了很长一段时间，突然人们不愿意看书了，大学生腰挎BP机开始做起了生意，似乎每个人都在忙着做发财梦，几乎所有的书店都开始了多种经营，办公用品、服装鞋帽、体育用品统统摆上了往日那些高雅的书架。

又不知道从什么时候开始，图书业突然兴旺发达起来，许多城市建起了装修豪华的图书大厦，据说年销售额都在数千万甚至上亿元左右。大街小巷更是遍布书摊，花花绿绿的报纸杂志随风飘扬。所有这些，似乎都在向我们昭示：信息时代已经到来，读书看报关心时事的人越来越多。但是，出版业的发达是否就意味着读者群体的壮大？一份报纸从四个版扩张到几十个版是增加了知识含量，还是平添了更多的信息垃圾？看似发达的图书出版业究竟有多大的泡沫，多少水分？

我记得在我小的时候，家乡有赋诗问对的习俗。不少知识型长者虽然都是些地道的农民，但四书五经、唐诗宋词似乎烂熟于胸，经常甩出个上句，让你对下句，或者叽里咕噜来上几句诗词，让你猜是什么意思。我很留恋那一段时光，像那样的文化氛围后来越来越少了。后来我虽然也很喜欢读书，但再也找不到当初那样的感觉。现在我也很少看书了，虽然很想看，但好书太少了，吸引力差了点儿，特别是看到那些胡编乱造的东西，气就不打一处来。

"读万卷书，行万里路""书是人类进步的阶梯""宝剑锋从磨砺出，梅花香自苦寒来""头悬梁，锥刺股""书中自有黄金屋，书中自有颜如玉""书山有路勤为径，学海无涯苦作舟""三更灯火五更鸡"等，这些都是我喜欢的读书格言。在中国，我注意到在车站、机场、街头休息的人们，很少有人阅读。晚上，很少有人在阅读。大家都在忙什么呢？

我在国外学习工作的时候，经常在车站、餐馆、咖啡厅、休闲娱乐场所看到人们都在阅读。早餐过程中，每人都会拿很多当天的报纸，一边就餐，一边阅读。餐后如果还有时间，就边喝咖啡边阅读。我在英国学习的时候，每天早上这样的阅读时间至少半个小时到一个小时。俄罗斯建国以后的十年间，人民生活陷入贫困之中，面包、牛奶都成了问题，每天很多人都为吃喝发愁。但是，在城市人群中，再贫困的人们都会衣着得体，手里总是抱着一堆书或者是几份报纸杂志，阅读成为与衣食同等重要的不可或缺的习惯。但是我们呢？我们究竟都在忙些什么啊？

我没有看电视的习惯，在我的房间里，电视只是一种家具和摆设，可能是过于挑剔，好像什么节目都不愿意看，尤其是那些"辫子文化"和各种各样的晚会和节目，让人一看就倒胃口。

相对于直接灌输东西的电视，我比较喜欢有互动性，可以共同交流的网络。上网是我每天必须坚持的一件事情，也是我每天最兴奋的时刻，每次出差回来，第一件事就是把过去几天没有看到的网上信息全都补上，否则心里就感觉堵得慌。之所以有这样的感觉，可能是因为一网联天下的缘故，有了网络，你真的能够感觉到"秀才不出门，全知天下事"的幸福和满足。

读书、看报、上网都属于学习，只是所接触的媒体不同。图书是一种系统化、理论化、知识化了的传统媒体，报纸杂志是一种方便快捷的信息快餐，而电视和网络则是更加形象直观具有实时传播功能的新型媒体，它们之间不存在相互替代的关系，只会相互弥补、相得益彰。

无论电视和网络发展到什么地步，读书仍然是最具韵味而意味深长的一种娱乐方式。

现在看书最多的人群莫过于学生，看书的目的是为了应试，或者是为了满足过剩的求知欲。课本、课外辅导材料、考试辅导材料、课外阅读资料等是学生必读的一些书籍。精力过剩的学生，主要偏重于阅读穿越、言情、武侠类小说，也有一些学生把精力用在了解科幻、军事或计算机知识方面。

其次最喜欢阅读的是 30 岁上下的知识群体。这些人求知欲旺盛，正处于而立之年，已经立业或卓有成就的人正在试图寻求更大的发展，尚未立业的人也希望通过读书来寻求做人的哲理、赚钱的门道、事业发达的捷径，或仕途发展的金科玉律。这个年龄档对于图书的需求是全方位的，政治、经济、科技、军事、文学等都有不少读者，但据我观察，政治类图书居第一位，其次是经济、文学类图书，科技和军事类图书最惨，鲜有能突破 5000 册以上发行量的畅销书。

40 岁以上的人群对图书的需求与年龄的增长成反比，即年龄越大，越不愿意读书。客观来讲，这个年龄档的人已经到了"不惑"和"知天命"

的年龄，世界观已经形成，社会经历也非常丰富，他们已经从社会这本活教材中或者自己的数年苦旅中读懂了人生哲理，所以书中的内容对他们而言已经没有多大吸引力。但是，有些书在这个年龄段的人群中比较受欢迎，比如养生、烹饪、宠物、花草、关系学、文学、名人传记等方面的图书，当然，也有不少人喜欢阅读政治、经济等方面的书，但真正打算通过读书来学习新知识的人已经不多见。

从客观上来看，读书人越来越少大致有这么几个方面的原因：

首先是好书越来越少，信息垃圾严重充斥图书市场，造成过度污染，使图书的圣洁、尊严受到玷污。写书、看书从来都是件体面的事情，在我旧时的记忆中，人们都是用极其尊敬的眼光仰慕那些著书立说的大作家、大文豪、大科学家和知名专家教授，读书人也都衣着整洁，举止文雅，少有粗俗之言，卖书、看书场地更是大有讲究，宽敞、洁净，没有人大声说话，就连走路也悄悄而行，生怕惊动了周围的思想者。可今天，几岁十几岁的孩子中已冒出了不少作家，大学生更是"图书炒作工厂"生产线上最繁忙的工人，刚刚走出校门的新新人类更是领导时代新潮流，胆大而妄为，这还不算庞大的造假大军、盗版集团生产出来的成吨成吨的垃圾。这些书究竟有多大价值，图书这样的精神食粮完全通过市场经济来运作合适吗？图书市场究竟应该如何规范？

其次，多种新兴媒体的出现，是对图书的巨大挑战。过去日报一般 4～8 个版，现在许多已经扩大到 16 个版，有的则扩展到 50～100 个版，还使用了彩色印刷技术。读者花几毛钱买一大摞报纸，感觉很值。我知道的几家报纸，都是在一两年之内从几十万份猛蹿到一百多万份。杂志更是热闹，彩色插页已经相当普遍，全铜版纸彩印的杂志已经开始普及，精美至极，价格又非常便宜，花几块钱能让你高兴好几天，所以成为年轻读者的首选。也许图书已不再是首选了。

电视是图书的最大"杀手",尽管人们都在抱怨电视节目粗制滥造,但每天晚上在电视机前面总是聚集着不少的人群,人们恋恋不舍的一个原因可能是因为看电视休闲,不累,放松,而且也可以增长些许知识。

其实,对图书挑战最大的是正在迅猛发展的因特网,它虽然不可能从根本上替代纸质图书,但电子版图书将迅速普及开来。因特网的诱人之处在于它是一个活的平台,是一个可以与之交流的空间,当然更大的优势还在于它的快速性甚至是实时性,这是任何媒体都无法比拟的。

从主观上来看,功利化、世俗化思想的泛滥也是读书人越来越少的重要原因。某人是个学者,整天闷头做学问,几年过后,突然发现周边环境产生了巨变:一起参加工作的同事不是成了大款而腰缠万贯,就是谋了个高官手中握有大权,而自己仍然是一身布衣,整天与冷板凳为伴,手中无权,兜里没钱,不免有些落魄与寒酸。所以就着急,所以就开始琢磨人家发家的缘由,是看书多,还是把看书的时间搞活动了?成功之路究竟始于何处?于是,读书人变得聪明起来,扔掉书本走向市场,脱去布衣杀向官场,灯红酒绿之中早已忘却书中原来还有些许知识,在某些人的眼里,那些灰暗的书本中只有"颜如玉"或是"黄金屋"。功利、世俗、浮躁化倾向日盛,"以其昏昏,使人昭昭"者众,推杯换盏整天喝得头昏脑涨、天昏地暗者众,而坐下来踏踏实实读书学习充实自己者寥寥。

我们的经济发展太快,一些人自己都不知道是怎么样一夜之间成为亿万富翁的。由于致富的过程非常简单,靠投机取巧、靠机关算尽、靠有人提携、靠媒体炒作就行,不需要什么智力、技术和知识的积淀,所以人就显得十分焦躁不安,他们在想,既然那么多捷径为什么还要学习呢?学习有什么用?你看人家谁谁谁没什么文化、没什么素质、没什么知识,现在还不是腰缠万贯啊！你看看人家谁谁谁，昨天还是我们班上的同学呢，可今天在娱乐比赛中一夜成名，出场费都多少多少了！面对这样的社会现象，面对如此浮躁的社会，我真的不知道该说什么，有些担心，有些忧虑，也有些焦躁。

　　读书的状态是孤独的，读书是读书人用心灵与文字的单独对话，是心灵和灵魂的合理碰撞，是思想火花萌生的源泉，是创新的基础和沃土。承受不了孤独的人自然享受不了阅读，因此，那些整天忙碌而紧张工作的人难有时间来阅读，那些喜欢交际、整天穿梭于人群或喧哗闹市之中的人难有时间阅读，那些衣来伸手，饭来张口，夜生活丰富且经常找人捉刀弄枪的官僚实在难有时间阅读。不甘于孤独的人心情就无法平静下来，心不静也就无法阅读，眼珠子盯着书本，心却早已飞往官场、赌场或"红场"，这种心猿意马的状态怎么能够阅读？

　　读书有用吗？不读书就没有今天的我，我的每一个进步都和读书有关。下面就和大家聊聊老张读书的那些事儿。

我的每一个进步，都与读书有关

我小时候最喜欢的就是读书，但没有书可读。当时由于家住农村，环境条件艰苦，看不到书，也买不起书。上小学的时候，最喜欢借人家的书看。《中国少年报》上小虎子助人为乐的事迹以及《水浒传》里一百零八将那栩栩如生的形象至今仍记忆犹新。那个时候非常渴望读书，每个学期一开学，发下新课本之后，我总是一口气把它读完。老师上课的时候，我经常是一边听讲、一边偷偷地看小说。小时候最喜欢诗歌，我不仅把唐诗三百首倒背如流，还经常跟大人们在一起吟诗作赋。小学五六年级的时候，我就开始给《中国少年报》写散文、诗歌，而且还写了一些短篇小说。当然，那些幼稚的习作没有人会给我发表。

还记得那时候，最喜欢看的书有三类：一类是《烈火金刚》《野火春风斗古城》等小说；一类是古典名著，如《三国演义》《西游记》等；还有一类是《唐诗三百首》等古典诗歌、散文。当时，我还读了《毛泽东选集》《毛主席语录》《毛主席诗词》等毛主席著作，很多都能倒背如流。

我喜爱文学的嗜好一直持续到大学时代，当时是我诗歌、散文创作的一个巅峰。可惜，当时的一些作品全都流失了。文化大革命后半期，我被选送到县工农兵大学机电系攻读机械电子专业,当作家的梦想从此与我无缘。当时,整个社会都处于躁动不安的状态,我却很快埋头在物理、化学、高等数学、机械制图、电子管电路、晶体管电路等一些枯燥无味的书堆里。参军以后,我被分配到导弹部队,以前的机械电子专业知识派上了用场。为了搞懂弄通电子无线电原理,我每天埋头苦读。部队晚上九点钟熄灯,我就自己缠了一个变压器,每天钻到被窝里偷偷读书到深夜。很快,我就成为部队的技术能手。

1974年,部队选送我到北京大学学习阿拉伯语,这对我来说是一个巨大的挑战。文学艺术思维使我拥有浪漫情怀,科学技术底蕴让我更加注重精细,但外语这东西,怎么不能够随心所欲地创造和创新呢?我需要死记硬背很多东西,为此,我感到苦恼万分。足足调整了一个学期,脑子还没有完全转过来。从第二个学期开始,我就钻进图书馆研究外语的学习方法,从中寻找学习外语的规律和特点。那个时候很少有人去图书馆学习,而我却如鱼得水,每天扎在图书馆,博览群书。我没有把精力集中在背单词、记语法上面,更多的是学习研究与阿拉伯语相关的文学、历史、地理等相关知识,这些知识反过来对语言学习有着很大的帮助,我的毕业论文得了罕见的满分。继阿拉伯语之后,我又学习了英语和日语,在之后相当长的时间内,外语不仅成为我研究问题的重要工具,对于开阔视野、拓展思路也有重要作用。

1986年,我翻译出版了第一本译著《追踪"红十月"号潜艇》畅销小说,1990年我出版了第一本专著《海洋世纪的冲击》。这两本书的出版改变了我作为读书人的命运,从此成为写书人。

从读书人变成写书人之后,我始终坚持两个原则:一是要站在读书人的角度去写书。书是写给人看的,无论多么艰深的道理,一定要通俗易懂。二是要文责自负。每一个观点都要自己用心去思考,力求创新和与众不同,争取能给大家带来启发。

读万卷书，行万里路。书还要继续读，因为路还要不断走。人生就像爬山，不断向着一个又一个高峰攀登，而读书就是向更高峰登攀的阶梯。不喜欢读书的人就很难正确地进步，他们虽然也在进步，但很多时候，他们的进步是错误的、曲折的、缓慢的。

阅读是一种习惯，但更是一种文化。西方人喜欢阅读，所以显得彬彬有礼，就是相互争吵也很少动粗。我们有些商人每天忙于赚钱，当钱赚得足够多的时候，才想起购买一些乱七八糟的书摆放在书柜之中，这只是装点门面而已，他们很少沉下心来去阅读。其实，书中自有黄金屋，不阅读怎么能够赚钱呢？怪了，在中国，赚钱还真的不需要阅读！这是一个非常值得警惕与思考的问题。

很多人天天盯着娱乐节目看，我感觉那是浪费时间，因为几个小时过去了，无聊的娱乐节目没有给你增添任何有用的信息和知识。时间就是金钱，效率就是生命。金钱丢了可以再赚，时光流逝了可就永远无法再找回来。为何不趁着空闲的机会，去读几本书呢？利用年轻记忆力好的时候，要多阅读一些经典名著，中国的外国的都行，对于一些经典名句、重要知识点、诗歌、散文等一定要能够背诵下来，这些基础知识将来会终生受用，无论你从事什么工作都会用到。现在生活节奏快了，大家很少有时间去读书了，整天忙着争夺生存的空间，但我感觉就算再忙也要抽出点时间去读读名著，感受一下经典，生存空间可以狭窄，心灵空间不能这样，要不太悲哀了。

好心态，读好书

读书，首先要有一个安静的心态，不能浮躁，浮躁是绝对不能读书的，再好的书也读不下去。需要心静如水，在学而优则仕、学而优则财、学而优则名、学而优则利的心态下是绝对不能静下心来读好书的。做到了第一点，剩下的就好办了。

我认为，25 岁是一个人世界观大致可以确定下来的年龄，所以，我把 25 岁作为一个人一生的重大转折点。

25 岁之前，最好读两个方面的书：

一是正面教育的书籍，比如励志方面的，道德情操方面的，待人处事方面的，礼节礼仪方面的，这些类型的书可以帮助年轻人在道德品质方面打下一个良好的基础，这非常有利于以后的事业发展。如果在做人、道德、情操方面有问题，无论以后有多大的才学，都不可能成名成家，尽管可以投机取巧、借助炒作偶然成名，但一定是昙花一现，不会长久。

二是基础知识方面的书。小树苗怎样才能长成参天大树？根深才能叶茂。虽然树根在表土以下不为人所见，但没有发达的根系，即便是参天大树也不会繁花似锦、硕果累累的！

读书学习是我们赖以生存的根。我这里讲的读书，当然包括阅读杂志、报纸和网络，当然包括收看收听益智类而不是娱乐类的电视和广播节目。当然，最重要的还是言传身教，如果有高人和名师的指点，你就能够跨越式发展。高人和名师本身就是一本书，你在读他的时候就会很直接很受益，他就像一支火把在漫漫长夜中照亮你前进的征途，使你能够避免很多不必要的挫折和陷阱。

25岁以后，人的世界观基本确定了，年轻人就成为青年人了，如果25岁之前做人做事的基础很牢固的话，这个时候很容易提升自己的素质和才气。我的经验是，在这个时期要强调专而不是博。所谓专就是一定要瞄准一个主攻方向去深入钻研，而不是多个方向齐头并进。围绕一个专业方向，自己选择相应的专业书籍去学习研究，不断撰写学术论文，在你的这个领域不断造势，逐渐为人所知。大约经过10年的时间（注意，这是最快的），到35岁的时候，你在你的专业领域已经是小有名气了，这个时候你可以有选择地考虑博学的问题。

如果没有把握好博和专的问题，25岁前的很好的小树苗有可能成长为一堆荆棘丛生的植物，因为枝杈过多，不加修理就会分散营养，这样的荆棘是很难长成参天大树的。

那我们如何把握博和专的关系？如何从25岁的小树苗长成35岁的粗壮大树？可以考虑有计划地保留一些必要的树杈，营造枝繁叶茂、硕果累累的繁华景象。这个时候需要注意的是，树杈一定要是树干分离出来的树枝，绝对不能成为另外的一棵树。

比如，我最早是学机械电子的，属于理工科，后来从事导弹发射之前的技术检查工作，这是对机械电子知识的具体运用，是一脉相承的。再后来，进入北京大学学习阿拉伯语和英语，看来与理工科是风马牛不相及的事情，实则是对理工科知识的提升，因为我有机会查阅和参考外国资料，更好地从事理工科的工作。然后，我进入科研单位进行专门的科学研究工作近20年，在潜艇、水面舰艇、陆战队装备等专业性研究过程中，把以前的文理科知识综合运用，既有技术基础又有很好的文科知识，思维上保持客观理性，表达上丰富多彩，二者相得益彰。在此基础上，我大胆拓展自己的研究领域，先是向国际战略和军事热点领域拓展，后来逐渐向国际海洋法和海战法方向、国防管理和危机处理方向以及联合作战指挥方向拓展。

综合起来看，我的树干是科学技术和武器装备，在这个树干上，衍生出几个小树杈：外国语言、国际战略、军事热点、国际法规、国防管理、联合作战等等。这些小树杈，一方面从树干上汲取营养，一方面通过自己的光合作用为树干提供养分，二者相得益彰，互为补充。由于我在国防和军事领域进行了几十年持续不断的研究和跟踪，所以在知识上能够融会贯通，在理解的基础上敢于大胆提出自己的观点。如果不是这样发展，我在35岁以后，转变方向去研究流行歌曲，或者是中医中药，我不会有今天的成就。我到流行歌曲行业，那个行业的人就会看不起我，因为我是半路出家。军事领域的人就会认为我已经改行搞艺术了，他们就不再认可我。

人生苦短，人在世上也就那么几十年，晃来晃去时间就过去了，最后悟到自己没有成功的理由的时候，人已老矣，到时候就会追悔莫及。"不听老人言，吃亏在眼前。"这话有点道理，可惜，现在的年轻人有几个愿意听老人言的，都嫌老人啰唆。我也是个六十多岁的老头子了，可能我说这些话，大家也会觉得我啰唆，不过因为我自身对这个话题比较感兴趣，也想多说点，大家能看进去一点是一点，总是没有坏处的。

在阅读的过程中，可以多看一些基础知识类的书，这些书就像是盖房子的地基，无论将来从事什么专业，都应该看看这些书，都应该知道这些事情。比如天文地理、时事政治、为人处世、礼节礼貌等，看完之后就会知书达理，显得有些教养，就不会像有些愤青那样利用网络虚拟空间满口脏话地骂人。

还可以多看一些经典著作，比如《三国演义》《西游记》等，尤其是《毛泽东选集》和《孙子兵法》，这样的一些经典著作只要看上几部，人就会立即变得沉稳下来，学然后知不足的感觉油然而生，就不会像现在的年轻人那样浮躁，那样无知，还冒充多有学问。

真正有学问和学富五车的人，肯定是虚怀若谷的人，绝对不会显示自己读过多少书，自己多有学问。那些性格张扬、浮躁、狂妄自大和刻意炫耀的人，肯定是没有读过多少书，尤其是没有读过经典著作的人，他们是井底之蛙，以为天只有井口那么大，所以很容易骄傲自满，唯我独尊，天马行空，独往独来。

我们还可以适当地看一些专业类的著作。可以根据自己的专业范围，看一些相关类型的著作。比如，你如果是搞军事专业的，就必须看一些军事类的、政治类的、经济类的、国际法和国际关系方面的著作。

由于现在鱼目混珠，真正好的专著很少，很多图书都是东拼西凑的东西。为了避免耽误时间，最好的捷径是选择一些你所尊重的名人或成功人士的专著去研读，要尽可能地找全，这样在阅读他们专著的过程中就可以学习他们做人做事的风格，不仅可以获得知识，而且可以提高自己的修养。比如，找一些季羡林先生的专著系统研读，读完之后就会感觉到自己的无知和渺小。

阅读的同时，也要与时俱进，关注时事政治。现在的条件好了，时时刻刻都要关注新闻和时政，方法是通过电视、广播、报纸杂志和网络获取信息，当然也可以通过聊天、信息、手机等获取，这些信息对于提升一个人的综合素质是极为重要的。知道这些内容，可能不会赚更多的钱，但在个人的为人处世的过程中，在与别人聊天的过程中，你的素质就立即会高人一等，与众不同。有了这样的素质，就会比别人多一些晋升的机会。由于个人素质的提高，眼界就会宽广，思考问题的角度就会多元，就不会那么小心眼儿，就不会钻牛角尖儿，就会变得豁达开朗。

学以致用是关键

我们有的时候会发现周围有很多人,他们有的读过很多的书,但却不会写文章,甚至讲话都讲不好。有的人虽然博览群书,但是一遇到实际问题就手足无措,急得团团转,不知道自己该怎么办。这其中就有很多方法问题,我的体会就是学以致用。

首先,为什么要阅读?要把自己的目标确定下来,与此无关的东西就不要耽误时间去翻阅了。

其次,找到与主题相关的资料之后,就可以进行浏览。其中含有大量的垃圾和无用的信息,千万不要在这些信息上面花费时间,所以要标记出来,尽快把它们从视线中删除,以节省时间阅读有用的信息。

再次,对有用信息的阅读。阅读这些信息的时候要注意三个问题:

一是阅读的态度。要站在书本上阅读而不是趴在书本上阅读。不要迷信专家权威,要敢于向名人名家挑战。我从来都认为,在学术问题上没有高低贵贱之分,没有权威与平庸之别,你看我的节目,有将军也有尉官和校官，我们在一起探讨问题能够互补。比如谈计算机模拟问题，将军不一定权威，尉官可能知道得更多、更精细。尺有所短，寸有所长。你要有自信，这样才能在书本中获取有效的信息和营养。如果不是这样，而是唯唯诺诺，认为这是名家名人权威专家写的，就盲目崇拜和信任，你就不会有任何的创新！因为你不敢！当然，我也反对盲目挑战名人专家，名人名家能够得到社会公众的承认有他的原因。我们不能骄傲自大、目空一切。要学会心平气和，摆观点，拿科学论据，就事论事。

二是阅读的方法。你在阅读，你是主人，你要掌控全局，你搜集的那些资料和书籍就是你创新思想和观点的原材料。你就像一个厨师，那些东西都是做菜烧饭的茄子、黄瓜、西红柿，烹饪加工的技巧都靠你自己手上的功夫。阅读的过程是熟悉、了解和把握资料的过程，要边阅读、边思考、边记录，这是一个令人心旷神怡的过程，你会在阅读和思考中产生无穷无尽的遐想，虽然它们都是一些莫名其妙的点或线，但都像闪闪发光的珍珠那样令你心醉，这就是阅读的收获和快乐。

三是阅读的总结。在阅读之前，你会对你所想了解的这个领域和课题感觉陌生，当你阅读大量资料之后，就会感觉更加茫然，因为阅读过的东西太多太滥，以至于你无法去整合你的所有收获，这就是许多人喜欢阅读、但终生无法把阅读变成自己的学术成果的苦恼所在。我的经验很简单，就是在有针对性地阅读、思考和记录之后，要迅速进入信息整合阶段，我通常用的办法就是面壁。自己把自己关在屋子里，安安静静地面对计算机，心平气和地思考，什么材料都不要看，让自己进入到一种完全回忆和思考的状态，力图把阅读过程中被你发掘出来的那些闪光的珍珠用一条、两条或者三条金线串联起来，形成珍珠项链。这个时候你就会感觉到一堆杂乱无章的信息终于被理出了头绪，你就会有成就感。但是，这还不够，你要在这个基础上再回去重新翻阅一下你的那些散落的珍珠，看有没有遗漏。最后，在这个基础上，去建构理论的大厦，创新你自己的理论成果。

我反复讲过，千万不要漫无目的地阅读。现在天下文章一大抄，书市上有大量相互传抄的图书，如果你没有挑选和鉴别的能力，见到新书就读，那就像天天在垃圾中寻找金子一样难，会浪费很多时间。

每个人一定要结合自己的中长期目标和专业方向，有选择地阅读，只有在确立了自己的专业方向，并在这个方向上有一定研究和鉴别能力的时候，才可以小心翼翼地向相关专业方向拓展，不可漫无目的地博览群书。学过英语的人一定有过精读和泛读的经历，读书也是一样，精读永远是重要的，但不能停留在精读上，必须有大量的泛读。我认为，对图书内容的浏览是建立在精读基础之上的，没有精读不要泛读，那会让人浮躁和无的放矢。在精读的基础上，也可以充分利用网络资源，丰富自己精读的内容。

第八章

学习,
真的需要革命吗?

中国需要教育年轻人什么呢？我们最欠缺的是什么呢？我认为最重要的是古为今用，洋为中用，自主创新。传统需要继承，但要在批判的基础上有选择地继承，而且继承的东西需要再创新，外国的东西很好，要引进，但不能停留于此，需要在综合的基础上再创新，创新的结果要有经济效益、社会效益，要像袁隆平那样造福人民、造福世界。

我们不需要"像"的人

达琳·叶格是美国中西部城市辛辛那提市郊一所小学的美术教师,也是迈阿密大学的在职学生。1994年11月,她作为交换教师到昆明市进行为期两个月的学术交流。达琳在昆明进行教学交流时,因为看到中国孩子们的画技非常高,有一次就出了一个"快乐的节日"的命题,让中国孩子去画。结果,她发现很多孩子都在画同样的圣诞树!她觉得很奇怪,这才发现孩子们的视线都朝着一个方向看,原来教室的墙上恰好有一棵圣诞树的图画。于是,达琳把墙上的圣诞树覆盖起来,要求孩子们自己创作一幅画来表现"快乐的节日"这个主题。令她深感失望、更感吃惊的是,画技超群的孩子们竟然抓耳挠腮,咬笔头的咬笔头,瞪眼睛的瞪眼睛,你望我,我望你,就是无从下笔。

绘画是一种技能,是一种可以被创造利用的技能,也可以是一种扼杀创造、重复他人的技能。技能是可以由老师传授的,但创造性是无法教出来的。许多中国孩子具有很高的拷贝、模仿和克隆能力,就是欠缺最基本的创造力。

中国和日本的青少年共同组织过多次夏令营,结果中国的孩子在吃苦耐劳精神、互相帮助精神、团队精神等方面表现最差。中国和印度的孩子共同参加国际绘画大赛，印度的孩子画的是载人航天的想象图，中国的孩子画的是"我爱北京天安门"。有的中国人思维观念就像一头驴，拴在一棵大树上，这头驴整天费尽九牛二虎之力却总是围着大树转悠，看来是努力了，可还是原地踏步走。美国人就像是一匹马，一匹野马，无拘无束，在旷野上飞奔，所以创新能力很强。

有人把中国和美国的孩子做过创造力对比试验，证明中国孩子的最高评判标准是"像不像"，而美国的孩子则侧重于"好不好"。照猫画虎，死记硬背，唯唯诺诺，只能趴在书本上读，把书上的东西当作真理，这样戴着镣铐跳舞会玩儿出什么花样？只能培养出一些书本的奴隶。

如果说学习真的需要革命的话，那就应该增强创造性，站在书本上学，多问几个为什么，从小就养成敢于向名人、专家挑战，敢于向科学高峰攀登的胆魄。前人、他人没有做过的，我敢做、敢试、敢闯。美国黑客天才米特尼克从小就是个调皮鬼，他没有怎么正儿八经地上过学，更没有上过大学，对于微电子、无线通信、有线通信、网络工程、模数转换等全然没有理论的根底。但这个家伙从十来岁就迷上了电脑和通信，整天鼓捣那些玩意儿，结果从大街上买个玩具就能破解公用电话的密码，可以不花钱打公用电话。后来越闹越大，从网上进出IBM、摩托罗拉、诺基亚等一些大公司的通信网络如履平地。他干成这一切，还不到17岁。后来进了大牢，居然随便拿个收音机就能三鼓捣两鼓捣上了网，你看这家伙的创造力有多强？

当然，我并不是鼓励青少年干这样的坏事，是说一个人的创造力基本上是从小就养成的，如果小时候光知道听老师话，做个好孩子，好好看书学习，别看课外书，别老是玩儿计算机等等，那还怎么能培养出创造力？这样的孩子长大了即使当上个博士、硕士、高级工程师、科学家又能有多大的造诣？这样的专家教授太多了，但有多少人创造了多少值得世界震惊的成果？每个人都对中国人缺乏创造力感到困惑，其根源何在？我们不排除有体制、机制、经费、条件等多方面的原因，但应试教育恐怕是一个不能忽视的重要原因。

一切都源于教育，特别是源于基础教育。

我们总在奔跑，却疲于冲刺

如果说中国的教育不行，肯定有人会不服气，为什么中国的中学生年年能击败众多对手，获得国际奥林匹克竞赛的各种个人奖和集体奖？显然，中国的中学教育是世界上最棒的，就连美国也不如我们，我们很自豪、很骄傲。可你那么棒，为什么美国的科技发达，中国的科技落后？为什么美国学者获得的诺贝尔奖最多，而中国高校无任何人获得过诺贝尔奖？为什么中国人总是起跑领先，到了冲刺的时候却总是落后？为什么总是醒来得很早，而起床却很晚，早就想通的事情，就是落实不了，干不成？这一系列问题，已成为世纪之谜，没有人能够破解，因为它已经不是一个教育问题而是一个社会问题了。

从1901年诺贝尔奖首次颁奖到1997年止，共有470多人获诺贝尔科学奖。这其中有5位华人，他们是理论物理学家李政道、杨振宁，实验物理学家丁肇中、朱棣文，化学家李远哲。令人非常遗憾的是，这些获奖科学家，没有一位出自中国大陆科研机构和高等院校。而在美国，仅斯坦福大学一家，就有27人获得诺贝尔奖。一位著名学者说："据统计，一般立国30多年便会有一个诺贝尔奖获得者。苏联1917年立国，39年后得了第一个诺贝尔奖，捷克41年，波兰46年，巴基斯坦29年，印度30年，平均是35年。"到现在,中国也只有莫言于2012年获得了诺贝尔文学奖,2015年屠呦呦获得诺贝尔医学奖,中国获得诺贝尔奖的人,为何这么少?

中国国家科学技术委员会的一份调查报告表明,1995年,中国将近一半的科研所和组织没有发表任何研究报告。中国大约有5000个这样的研究所和机构,平均每个机构有125名科学家和研究员,因此该报告表明,那一年,近2500个研究所和机构的31万名科学家和研究人员甚至没有发表一篇研究报告。调查报告还发现,研究机构拿出来的科研成果只有5%达到"国家级水平",还有15%达到"部级水平"。1995年,各研究所和机构申请的创新专利平均只有0.09个。为什么中国投入了大量资金,通过政府直接购买或合资企业进口先进的设备和生产线,但在吸收和利用外国技术取得重大技术突破方面行动还如此缓慢?这些制约还解释了为什么实验室内取得的科研成果越来越多,而创新的成功率却只有10%左右。

与西方人比起来,我们似乎有一些很古怪的习惯,比如:总是很关注开始而往往忽略结束,很关注动机而往往忽略效果;总是起跑却很少冲刺,太重视过程而往往忽略实效,太重视理论而往往忽略实干。领导可能要求你必须天天坐班,至于你是在创新知识,还是一杯茶水一张报纸混天黑,没人管你。如果让员工整天拿着工资不上班,最后能够出成果就行,这一点我们的领导能做到吗?

外国人没有那么多啰唆事儿,你什么动机、怎么想的、开始的打算、过程中的思想等都没有用,没人关心这些,他只关心结果,看你最后是赢还是输。这似乎有点"胜者为王,败者为寇"的味道。败军之将不言勇。你都成了人家手下的俘虏了,还提什么过五关斩六将的事儿?你运了半天气,比比画画,人家还以为你是武林高手呢,结果没一个回合就趴地下了,你比画个啥呢?有什么意思?包装太多,说话太多,理论太多,实干太少,这都是我们的通病。

为什么起点超前，而终点落后？我们总是起五更睡半夜紧赶慢赶闹腾了半天，最后还是落在人家屁股后面，毛病究竟出在哪里？为什么中学的时候行，成年了就不行？中国的中学生年年能获得国际奥林匹克知识竞赛的各种奖，但却没有一个中国高校的成人获诺贝尔奖；而美国则是初等教育"一塌糊涂"，成人高校却获得世界上最多的诺贝尔奖。智能如此，体能居然也如此。中国青少年足球基本功是很不错的，但欧洲和南美的成年足球队却包揽了历届世界杯冠军。是中国的教育落后、科研实验条件太差、资金投入不足，还是别的什么原因？为什么同是中国人，到了美国就接连获得多项诺贝尔奖？似乎我们跑着跑着就没油了，似乎总是看起来很棒，但我们总不能停留于形式啊，最后拼的总还是结果。

"重道轻技""学而优则仕"

  咱们中国人特别擅长讲道理、讲谋略，但最欠缺的就是操作技能。这与中国传统的"重道轻技"和"学而优则仕"的理念有关。能说会道、能谋善断、夸夸其谈的人往往受重用，而熟悉科学技术、熟练运用武器装备、具有丰富操作经验的人往往被认为是层次低，不上档次。许多人学习的目的不是为了操作，而是为了当官儿，去指挥和管理那些操作的人。你看，在中国的官员层面，理工科大学毕业、理工科专业、工农兵经历的人很少，从事社会科学的较多。我并不是说理工科好、社会科学不好，而是在讲述一种理念。理工科基础丰厚的人推理比较缜密，得出一个新的结论往往要经过大量计算，甚至建立数学模型，社会科学人员不用，他们参加某个会议，听到大家的发言之后，立即就可以做出决断，这就是不同之处。

  美国与中国的习惯正好相反，他们特别强调理工科专业，军队不设立非理工科专业的学科专业，不招收非理工科专业的研究生，如果不是理工科专业毕业的学员，连当军官的可能性都没有。或许我就这么强硬地划分理工科和社会科学，有点武断，我想说的是，作为军官，首先必须懂技术、懂装备、会操作。如果没有实战经验，没有武器装备的使用经验，光靠说话写文章是绝对不能担任高级指挥员的，因为你连技术装备都不懂，怎么会有资格指挥高技术部队呢？

作为领导干部，如果不懂信息技术，不会操作和使用电子设备、计算机网络和武器装备，就不称职，就没有权力指挥，即便是指挥也是瞎指挥，根本无法实施正确的指挥！领导干部应该身先士卒，做一个学习高科技和武器装备的模范，在领导部队进行信息化建设、准备打赢信息化战争方面起到带头作用，利用一切可以利用的时间多学习、多操作、多实践，而不是把大量的时间耗费在吃饭喝酒、跑关系、走门路、跑官儿要官儿上面。一个人在那些乱七八糟的事情上花费的精力多了，就没有心思静下心来学习，就会很浮躁，这样的人怎么可以担任领导，怎么可以成为一个称职的领导干部？我经常在课堂上讲，对于一个高级领导干部，其实并不要求学习太高深、太复杂的科学技术，但是多少你总得学一点吧，只有学了才能有科技素质，不学习、不知道科学是什么，怎么能够科学发展？你连科技素质都没有，连信息化技术都不懂，还整天在那里讲什么科学发展观，难道不脸红吗？学习高科技，首先要提高自己的科技素质，其次要确立科学发展观念，然后才是提高自己的领导水平。当然，有很多领导干部这些素质和能力都没有，但官儿照样当得很好，这就是问题了！

现在的年轻人很多都想着去当官，有些人当了多年官，却不懂得学习先进的科学技术知识，就学会了官场上的那一套。学然后知不足，活到老学到老，这些古训我理解得很深。我这一辈子很累，因为我从事的两项工作都是需要天天学习，一个是电子信息技术，不学习行吗，天天更新；还有一个是国际形势和军事热点问题，每天都有新情况，每天再忙也必须上网看新闻、看评论，否则就睡不好觉，就感觉缺少什么似的，心里不踏实。

多少年前我就提出过，领导机关总是要求年轻人晋升专业技术职称前要考外语、考技术、考专业，可领导干部晋升的时候为什么没有任何考试？这个不公平吧？我多次提出应该建立资格认证制度，你是哪一个岗位的领导干部，就应该有这个岗位的任职资格考试标准，不参加考试、考试不及格的后备干部根本就不可能有任何晋升的机会！这样就会淘汰一大批跑官儿要官儿的混混儿。我希望我们的年轻人一定要多学习点硬知识，根深才能叶茂，在浮躁奢华的时代，都会面临很多诱惑，但不要迷失了，忘记了最重要的是什么。

我是一个教育工作者，"教书育人，道德为先""十年树木，百年树人""头悬梁，锥刺股""十年寒窗苦读书"，这些道理都是我的老师教导我的，我这些年也都是按照老师的谆谆教导去做的，所以我成功了。奇怪的是现在我自己当老师了，我把我的这些经验讲述给年轻人听的时候，他们却总是在嘲笑我，认为我太迂腐了，太保守了，什么年代了还是这种思想。

教育商业化，也是很大的问题。在美国，在西方国家，无论多么发达，商业是商业，公共事业仍然是公共事业。商业可以追逐利益最大化，不一定道德为先，但公共事业是用纳税人的钱建设起来的事业，是造福人民的社会福利事业，不能与商业混在一起，不能唯利是图，不能把追逐名利放在重要地位，绝对不允许媒体对此进行大肆渲染！教育、卫生、科研都是公共事业，是关系到国家发展、民族进步的大事，怎么可以商业化呢？

教育商业化的结果就是超女那样教育学生不要好好学习，学习无用，当什么女硕士、女博士啊，要当超女、当演员、去唱歌、去作秀，这样才能一夜成名！教育商业化的直接后果，就是告诉专家教授，要去当明星，你看人家一本书几百万的版税，你还在象牙塔里搞学术，多迂腐啊！你也要当明星，你看人家唱一支歌就几十万、上百万！这样的诱惑如果充斥教育行业，我们还能培养出大师吗？同样，如果这样的商业化思潮渗透到卫生领域，那老百姓还看得起病吗？如果科研领域都这样商业化，全都变得急功近利，追逐名利和快速成才，谁去搞基础研究？没有基础研究，哪有原始性创新？这是不是民族的悲哀？是不是民族的沦落？如果社会变得浮躁，一切都要商业化和产业化，那这个社会就没有了内涵，国家也就没有了希望，因为未来和希望都在年轻人身上。

求真务实远比高学历重要

老张当过农民、工人、特种兵

经常会有网友给我留言说，他是个农民，或者他没考上大学，似乎只能去当一个工人了，问我以后怎么办。说实话，我不觉得这些情况会成为什么问题。农民出身很光荣啊，农民教会了我诚实、善良和务实。一年之计在于春，一日之计在于晨。农民都很尊重农时，都不喜欢做一些虚假的无用功，因为他们懂得一条最简单的道理：没有播种就没有收获，整天高谈阔论而不去浇水耕地，秋后是没有任何收获的，到那时你只有去喝西北风！

工农兵学商是国家的主人，国家的财富大都是他们创造的，理所当然地应该受到人们的尊重并享有崇高的社会地位。

我18岁之前当过农民、当过工人，当农民种庄稼自然不用说了，就说说当工人的事儿吧。我在工厂里当过两年的工人，对车间里的工作流程和工序比较熟悉。之后，在工农兵大学机械电子系学习过两年的机械电子专业，我最喜欢的课程是电子电路、晶体管电路、机械制图，这些理论知识

进击的局座：悄悄话

当战士的时候执勤

对我后来的发展起到了极其重要的作用。我上大学的那个时候，特别强调开门办学，理论与实践相结合。当时学校里开办了好几个工厂，还与社会联合办学，有几个定点的实习工厂，我实习过三个月以上的工厂、车间和工种包括：木工、钳工、翻砂工、电机维修、发电机定子漆包线缠绕等，其中我最感兴趣的是木工和电工。学校毕业后，我为村里架设了高压线和动力及照明线路，让村子里的乡亲们生平第一次见到电灯、电话和电动机，当时我也第一次感觉到自己是那么的受尊重，自己的学识第一次结出硕果。

18岁以后我当了兵，是特种兵，导弹技术兵种，在当时是伙食费最高、待遇最好的兵种。那个时候部队非常重视军事训练，学习、训练、保密都非常正规而严格，每年365天恨不得有320天都在搞训练，我真的很怀念那段时光。导弹比飞机复杂，因为省略了飞行员，需要增加一套自动驾驶系统。导弹属于高技术武器，自己能够发现目标并自动飞向目标，还能区分真目标和假目标，而且抗干扰，所以难度可想而知。当时的导弹控制和地面检查设备等还都是电子管电路，晶体管刚刚开始使用，所以都是人工焊点，经常出故障。我的任务是导弹发射之前的检查，所以要学习和熟悉导弹的总体和所有线路，脑子里要形成一个清晰的电子电路图，每天都要梳理这些东西。由于我服役的部队在山沟里，所以我就利用所有的时间去学习，攻读和研究电子电路，最后在排除故障和操作方面比较突出，得到领导的信任，就选送我到北京大学学习。

到北京大学上学以后，我担任班长和党支部书记，军人学员与地方学员在一起学习，还去昌平的校办工厂实习了半年，生产印刷电路。后来，还到大兴农场种了半年多的庄稼。

我是农村出来到部队当兵，在部队就是这样刻苦学习和认真完成领导交给我的工作任务，然后就上大学了。没有送礼，没有关系，没有后门，什么都没有。

德国的中专生 VS 英国的硕士

我的孩子考大学，我建议他学电子工程专业，他后来上了北京工业大学，后来又出国读硕士，他的英语非常好，但还是接着学了德语，去德国学习微电子技术。

我在英国学习过，我所在的那个学校里有很多外国留学生，英国的学制很有意思，一年就硕士毕业，这听起来让人感觉不可思议。我虽然早期是学理工的，但后来学语言，我知道要精通一门语言至少需要三四年的时间，而且是当作专业来学习，不能业余学。可英国的硕士连过语言关带专业学习一年就给毕业证，而且几乎没有毕不了业的，可见英国的文凭也就是那么一回事儿。

我不明白像中国、英国这些国家怎么那么看重文凭，文凭有什么用啊？只不过是一种符号、一件衣服而已！我是博士生导师，我向来反对以文凭高低来判断一个人的水平如何，一个人没有任何内涵，难道西装革履、人模人样就证明多有才气了吗？

进击的局座：悄悄话

实事求是

这个世界上我最推崇一个国家，这个国家最不讲究文凭，但最看重文凭，在那里很少很少有博士文凭，国家最重视的教育是中等专业技术教育，最重视的培训是专业技术培训，每个人好像都在思考，都很平和、求实，虚头巴脑的东西很少。所以，这个国家就形成了一种习惯，给世界一个印象，那就是工业产品的工艺质量和可靠性绝对世界一流，每个人都像永不生锈的螺丝钉那样拧在哪里就在哪里发光，结结实实，一点都不会晃荡，而且经久耐用，没有怨言，从不抱怨……

这个国家，就是德国！

真的好遗憾，德国在"二战"中经常使用的一些机械设备和军事装备，我们到现在都弄不出来，七拼八凑虽然仿造出来了，外表看着挺好，可用不多久就坏了。大到舰艇、飞机、坦克，小到煮蛋器、指甲刀，几乎都是如此。想想看，在这种情况下还大批量培养那么多能说会道、夸夸其谈、高不成低不就、这山看着那山高的博士生、硕士生、本科生干什么用？中专生，中国最需要！他们是提高中国工业产品质量的生力军！

中国最需要学习德国，少讲那些虚无缥缈的话吧，那些上不着天、下不着地的话没有错误也没有用处，这样下去不适合经济发展。信息时代的工人不再是传统意义上的工人，他们应该是有知识、有文化、有科技素质的现代工人，中关村的绝大多数人都是这样的工人，从事数字技术、信息技术的也是工人，工人永远都是国民经济的支柱，他们是国家的栋梁，这是一群默默奉献的人。

我们都是很平凡的人，我们一生中所做的事情是很有限的，只要我们在自己的岗位上奋斗了、坚持了、奉献了，就问心无愧。做个老实巴交的人，认认真真地干活，不要在乎那些虚的东西，这句话对那些看起来已经"功成名就"的人也一样，人就这一辈子，能实现自己的价值就好。

授人以鱼，不如授人以渔

现在，随着网络的普及和媒体形式的增多，信息传播渠道和以前有所不同，所以在课堂上单纯传授知识的模式已经显得有点单一了。

"传道、授业、解惑"并非不重要，2500年前在孔子那个时代，只能通过老师教、学生学的方式获取知识，老师、课堂和学校似乎是获取知识的唯一源泉。从那时起，听先生教导成为人们唯一的求学方式，课堂上"传道"成为中国人非常重视的一种方式。

20世纪60年代到了我上学的那个时代，课堂依然很重要，因为课堂以外获取知识的途径太少，在农村和偏远山区就更麻烦，没有电视，没有广播，甚至连电灯都没有，老师在课堂上讲是最重要的，课外书顶多也就是看看小说，课外活动全国都是在看那几出样板戏。

现在情况可大不相同了，不进大学校门，通过广播、电视等大众传媒照样可以拿到国家承认的学历和文凭，"秀才不出门，全知天下事"的梦想，已经完全实现。特别是20世纪90年代以后，计算机网络、多媒体、虚拟现实和远程教育系统等五花八门的教育手段投入使用之后，学生究竟能够从老师、课堂和学校中获得多少有用的知识真的值得怀疑。电视、广播、因特网、满大街的书摊、花花绿绿的报纸杂志，知识传播的渠道增多了，无论在家中、在路上、在单位、在学校，都不影响你获取信息。

因特网、局域网的连通，从根本上改变了定时、定点、定向获取知识的传统方式。通过网络，你可以缺什么补什么，根据自己的知识结构和弱点，选择自己感兴趣的知识去钻研和学习，但在课堂上、教室里就不行，你不能为所欲为。网络使人更加个性化和自主化，能够大大提高学习效率，增强学习兴趣，提高创造力。

网络使学习实现了真正的革命，如果在这样的条件下，仍然死抱着老一套教学方法和学习方法不改的话，那可真是要落后于时代了。

计算机最擅长长期记忆和海量存储，所以重复性、查询性、信息性和知识性的内容用计算机最为方便，这是人脑所不及的。但计算机最大的缺陷是不如人脑聪明，不会分析判断，更不会创新思维。面对信息时代浪潮的冲击，我们如果学会让计算机去干那些重复性的劳动，腾出时间来用人脑更多地思考和创新，岂不是善之善者也？所以，今后的课堂，应尽量减少纯粹信息、知识和枯燥数据的传授，因为这些东西通过建立数据库和网络系统学生自己都可以查阅和自学。应该腾出大量的课堂时间进行研讨式和启发式教学，重点放在观点、思想、规律、方法上。

同样是一节课，如果你告诉学生一大堆"是什么"的知识，学生即便是聚精会神地听和记，下课后大概也会忘掉一大半；如果你告诉他"为什么""怎么办"，他可能永生不会忘记，可能会因此而终身受益。这就是关于学习的知识，就是说更重要的是授人以渔，而不仅仅是授人以鱼。送给别人几条哪怕是最名贵的鱼，吃完了也就完了，如果教给别人捕鱼的本领和技巧，则可能使人终身受益。

著名的法国哲学家笛卡尔有句名言："最有价值的知识是关于方法的知识。"教师的责任不再是向学生提供多少"黄金"，更重要的是要把"点金术"之类的"绝招"教给学生，只有这样，才能培养出学生的自学能力、研究能力、思维能力、表达能力和组织管理能力。

学校给学生的知识只能是最基础的部分，比传授知识更重要的是，教会学生如何去掌握知识、学会独立获取知识的本领。老师应该把教学生如何做人、如何做事、如何思考、如何学习放在最重要的地位，然后才是传授什么知识。

未来的学习并不是单纯地接受知识。因为"头脑不是一个要被填满的容器，而是一支需被燃烧的火把"。怎么帮助学生把他们潜在的创新的"火把"点燃起来，是教育工作者的神圣职责。我们再也不能用一个"模子"来苛求学生，把他们克隆成一模一样的标准型知识产品。如何依照学生不同的特长，启迪其创造性思维，是新世纪教育的新课题。

网络时代，不要等着别人教你

我个人理解，一个人的学习大致可以分三个阶段：

一是被动学习阶段。大学本科以前，基本上都属于这样一个阶段，学习是被动的，老师讲课你听课，做笔记，背课文，要记住所有的名词术语、英语单词和语法，以及物理、化学的各种概念、定理和数据。这些都是很烦人的事情，但没有办法，必须要死记硬背。死记硬背对人的学习和知识的积累是非常有用的，千万不要认为没有用。死记硬背的东西总是会忘记的，但你要注意，那些东西没有真正忘记，是一时被淡忘了，以后那些知识在使用的时候还会被激活的。现在很多年轻人不愿意打基础，认为耽误时间，这是浮躁的表现，大学本科以前主要的任务就是打基础，不是出成果。如果过早地出成果，那是竭泽而渔。

二是主动学习阶段。硕士研究生开始，一个人就进入了主动学习的阶段，就可以在老师的指导下，按照自己的主攻方向进行专业性的研究。读什么书、研究什么课题、撰写什么论文，都是有方向、有目的、有要求的，以此为牵引就可查找资料，进行独立学习和研究，在研究的过程中进行创新性思维。站在书本上学，不迷信权威，不迷信名人，批判式地学习，这样就能够丰富自己。

三是融会贯通阶段。被动学习阶段，相当于在你的脑子里建立一个一个数据库，这些数据库基本上是一个一个烟囱，相互之间不联通。主动学习阶段，相当于对已经建立起来的数据库进行数据更新，并对一些重点数据库进行丰富和拓展，个别数据库之间具有一定的联通关系。融会贯通阶段实际上就是一个联网的阶段，它把已经建立起来的所有数据库进行横向一体化的联通，这样就可以根据不同的任务，综合利用各种数据库的信息资料进行数据整合，横向和纵向分析比较，最终提出创新的学术观点和见解。这个时候就像是搜索引擎一样，需要什么就能够在大脑的数据库中搜索到什么，如果还不够就在因特网上再搜索，最终形成自己的知识库系统，并在此基础上进行理论创新。

在网络时代，知识的传授其实是非常难的，因为知识更新太快，其半衰期也就是一年两年，如果是计算机、软件、信息或网络知识，几个月就过时。知识以如此之快的速度发展和创新，任何人如果不学习就无法跟上时代的发展，就会被整个时代所抛弃，所以你打算等着谁来向你传授知识呢？你面前的那位戴着深度眼镜的大学教授，尽管他有一大堆令人羡慕的头衔，但可惜他学的计算机知识是机械式计算机，不仅用手摇，还要穿孔才行。这样的计算机现在只能到美国的博物馆中才能够看到，他的那些知识再教给你有用吗？纯粹瞎耽误工夫！我们的许多课程都是这样年复一年、日复一日地在无病呻吟、小题大做，最可怕的是经常把芝麻说成西瓜。

基础知识的学习非常重要，但如何跟上时代潮流学习新知识是面临的一个重要问题。我们都知道"狗熊掰棒子"的故事，是形容贪多嚼不烂。现在知识更新这么快，有可能在一年级、二年级学习过的知识，到毕业的时候就全然无用了。当你走向社会，进入一家网络公司的时候，才发现学校老师教给你的那些东西原来尽是些没有用的老古董。什么叫作"高分低能"？学生到了这个时候恐怕才有最深刻的体会。你纵然是满腹经纶，但却毫无用武之地，因为你的空洞的理论只配夸夸其谈或坐而论道。

如果说，知识经济的到来是我们百年才有的机遇，那么，教育面临的则是千年未遇的挑战。面对瞬息万变、丰富多彩的新时代，每一个公民都必须学习、学习、再学习，青年人就更要学习。已故总理周恩来的名言"活到老，学到老"已成了当今教育界的共识，终身受教育是这个时代的一大特征。面对"知识爆炸"，只有终身学习。在国外，70岁、80岁的大学本科生、博士和硕士研究生多的是。联合国教科文组织已把终身受教育作为公民应有的权利之一。国家与国家的竞争，今天已主要转为高科技的竞争，而高科技的竞争实质上又是人才的竞争。这一切都要求我们"学无止境"！

不是没有潜力，只是不够努力

道家、儒家的古老学说，在中国流传久远，既是中国文化的宝藏，又是中国创新教育的桎梏。韩愈"传道、授业、解惑"的教育思想，至今仍是中国教育的精髓，教师就像是传教士，照本宣科式地把经文教义讲授给学生，学生则把教师当成圣贤，虔诚地聆听和死记硬背。这种教育方式代代相传，便形成了中国独特的科举制度和考试制度，大概就是我们今天所说的应试教育模式。

从小学到大学，我们中国学校的课堂依然是"一言堂"，老师永远是主角，处于支配地位，学生则只是被动地听。有调查显示，我们现在的大学生68%在课堂或会场等场合只有被点名后才发言，即从不主动发言，有1.3%的人惧怕发言，有8%的人干脆拒绝发言。同时，80%的被调查者表示，从小学、中学再到大学，从未自学或接受过演讲、辩论和交际谈吐等方面的培训。正是由于语言表达能力差，害怕因词不达意或笨嘴拙舌而被人耻笑，所以才缺乏畅所欲言的自信和勇气，并尽量回避社会交往。

西方的教育则恰恰相反，他们从小孩子开始，就采用启发式和讨论式的教育，讲究平等、民主和自由地探讨问题，不管你是教授、讲师或是一般学生，只要真有水平，人家就佩服你。儿子大声喊叫父母的名字，而不用尊称，这在我们看来简直是大逆不道，是不孝后代，可在西方则被认为是平等的象征。在家里是这样，在学校学生就成了中心，老师围着学生转，讲课也不是排排坐，一本正经地听讲，而是围在一起，在娱乐中游戏中漫谈中学习，共同讨论，相互启发；校园没有围墙，便于学校与社会的交往；教授和讲师的职位也不固定，讲得好学校就聘任你，讲不好只得请你另谋高就。在美国，徒有虚名而无实绩的专家教授、博士、硕士经常是频频下岗而找不到工作，因为没有人愿意花钱雇用这种好为人师的"说教先生"。严酷的竞争现实，造就了人们的创新意识，不创新、总是吃别人嚼过的馍就没有味道，也不会有人赏识你，你也就不会有市场，就难以生存下去。这种素质教育的结果，造成了强者更强的马太效应，西方人拿许多诺贝尔奖或许与此有关。

中西教育截然不同，我们不可盲目照搬，但创新是具有共同性规律的。"世界上本没有路，只是走的人多了，才有了路。"开拓者不一定是成功者，但只要有1%成功的可能，就值得我们投入100%的精力去开拓和创新。大凡敢于进行改革的人，基本上都是事业心极强的人，他们一般很少考虑个人的安危和去留，所以，我们应大力提倡和热情鼓励创新观念、创新思维和创新实践，即便是失败了也不要过多谴责，因为我们的民族太需要培育这种精神了。

美国曾对1311位科学家的论文、成果、晋级等方面做了五年调查，结果发现，有成就的科学家，很少是仅仅精通一门专业的"专才"，多是博学多识的"通才"和"复合型人才"。作为学校，怎样才能培养博学多识的顶尖人才呢？文、理、医、工等不同类型的学院合并成综合性大学是一种方式；软学科和硬学科结合，教学与科研结合，使知识的传授、生产、物化一条龙是一种方式；本科生、研究生和博士生毕业后不留本校，教授、学者和讲师不得在同一学校内终生施教，经常变换工作岗位，避免"多代同堂""近亲繁殖",恐怕也是一种重要方式。美军的一名将军,在其30年左右的军旅生涯中,至少要变换十来个工作岗位,其中一般都少不了到军校中任教,目的就是要提高其理论水平,增长学识和才干。新加坡国立大学25%的大学生在4年学习过程中,要有半年至一年时间在国外学习;美国纽约州立大学的65个校园共40万大学生,其中有10%(约4万人)将到国外去学习一段时间,我们什么时候能够做到这些呢?

《数字化生存》的作者尼葛洛庞帝是这样诠释美国的教育观的:

"我认为人才不是那些学多少知识的人,而是那些能承担风险、能不循规蹈矩地做事情的人。我在招收人才时,绝不招收那些每门功课都是优等生的人,我认为那样的人往往缺乏创造力。我要招收的是那些既有A成绩也有D成绩的学生,他们无拘无束,但很有创造力。我们在招人时,首先要看他有没有热情。如果有人从大学毕业时考试成绩全都是A,我们对他根本不感兴趣;如果有人在大学考试成绩中A很多,但中间有个D,我们才感兴趣。因为往往在大学里表现得很好的学生,与我们在一起工作时,表现得并不很好。我们就是要找那些由于他们的个性不同,在大学学习并不是很成功的那些人,因为这些人很有创造性,对事物很警觉,反应很机敏。他们可能不被一般的正常工作场合所接受,但是我们愿意接受这样的人。"

尼葛洛庞帝承认自己就属于这样的人,他对真正有创造性的人才的特点掌握得了如指掌:"我们对这些人从不管理,他们想干什么就干什么,我们也不给他们任何压力,不仅不管这些人是在家上班还是在实验室里上班,甚至不管他们一年到底出不出成果,也没有任何业绩考评。但是这些人往往不待在家里,他们更有兴趣到我们的实验室大楼来工作,因为那里有很多有趣的人,我们是人吸引人。当初我们建实验室时是靠人吸引人,不仅是人吸引了人,还让人吸引了资金。"

一个好的汽车司机,会把眼睛注视着遥远的前方,只有这样,才能有足够的时间来处理紧急情况；如果眼睛紧盯着车头，遇到情况就会手忙脚乱，非出事故不可。"人无远虑，必有近忧""预则立，不预则废"。只有预测未来，才能掌握未来，只有掌握未来，才能赢得未来。这些道理都很容易明白，学生如果具有很强的未来意识，能够把握未来发展大势，就能够比较容易地灵活解决现实中所存在的问题，也就容易把握创新的方向。

1984年，著名物理学家杨振宁博士在北大演讲时说："中国的潜力在哪里，在中国人身上，在年轻人身上，21世纪到底是不是中国人的，就看你们的努力了！"杨振宁博士说，中国人口众多，有着良好的传统和遗传因子，可造就人才更是数目庞大，他觉得21世纪成为中国人的世纪是非常有希望的，中国应该在全球的科技发展方面占有十分重要的位置。他说："衡量一个人的成就不一定非要他得诺贝尔奖，而是创新。从某种意义上说，中国的教育制度易出人才，但放眼望去，西方一些教育模式也不失值得借鉴之处，如果能取长补短，那么中国的教育体制就更能激发有创新能力的年轻人脱颖而出。"我觉得这些话很有道理，中国人的潜力在中国人自己身上，不努力，不创新，永远都不知道自己的潜力有多大！

第九章

但得夕阳无限好,
何须惆怅近黄昏

老张也到"忧子孙"的年纪了，退休了，还不算太老，虽然经常扭着腰，但生活规律，中午总会睡个午觉，精神比许多年轻人都好！我得空的时候，还经常被我们家那六岁的狗贝贝催着去散散步，锻炼锻炼身体，所以我觉得我还是能发挥点余热的。

我惦记的还是老本行。中国拥有4亿多网民，其中尤以年轻人居多。如此蓬勃发展的网络平台，该如何好好利用，进行国防教育和爱国主义教育呢？

但得夕阳无限好，何须惆怅近黄昏

夕阳想跟朝阳聊聊天

年轻人是早上八九点钟的太阳，像花儿一样盛开着，我算是夕阳，是想追赶朝阳的夕阳。夕阳想跟朝阳聊聊天，不知道大家会不会笑话？

我现在是老张了，自己感觉自己还很年轻，但在网上、出去做节目的时候，会碰到许多人管我叫爷爷！

这样的称呼对我来说简直是个天大的打击。

我居然成了爷爷？我老了吗？

从生理年龄上来讲，我的确老了。

然而从心理年龄上来讲，我还很年轻，因为我经常与年轻人在一起工作，并没有发现有什么代沟，我懂外语、熟悉IT、开微信公众号、爱好上网、喜欢开车、性格外向活跃、追求时髦和前卫，这样就很容易与他们沟通。年轻人聪明，有朝气，活力四射，跟他们在一起就会享受年轻的感觉。

进击的局座：悄悄话

想跟朝阳聊聊天

我总是生怕自己会错过什么新鲜的东西，让他们觉得我是跟不上时代的"落后分子"，跟他们交流的时候，我也总是抓住机会认真聆听，看他们喜欢什么。现在我周围的年轻人经常说我很"时髦"。

老张经常向年轻人学习，不过反过来，我这么大年纪了，也走了很多的路，年轻人有空的时候，或许也可来老张这里坐坐，听老张给你们唠叨唠叨一些走路的经验与心得。

但得夕阳无限好，何须惆怅近黄昏

没人愿听爷爷讲过去的事

毕竟我是六十多岁的人了，能跟年轻人打成一片，看起来容易，却也是个技术活。

在最开始与年轻人交往的过程中，我经常用我自己的经历、我们这一代人的感悟，对他们进行革命传统教育，并就一些做人做事的道理谆谆教导他们，但发现他们闭目塞听，逆反心理严重，没有人愿意听爷爷讲述过去的事情。

年轻人喜欢我行我素，不喜欢别人指手画脚。

我看到前面都是地雷阵、都是悬崖峭壁，善意的提醒和警告往往被认为是多余的话。后来，我发现年轻人的成长就像是小孩子刚学走路，不摔几个跟斗他不会记住的。那就摔吧，尽情地摔，反正也有这个磨炼的时间！告别了说教，自己好受了很多，平和了许多，他们也有被解放的感觉，如虎添翼。

只要我们敢撒手，年轻人就敢飞上天，跟太阳肩并肩。现在的年轻人生下来的时候就有网络。全世界都在掌握之中，年轻人眼中的世界跟老一辈看到的是很不一样的。

比如说当年我这个年轻人。

我18岁之前就是个农民，就是再普通不过的农村的一个18岁的农业青年，就这样，当兵，上大学，出国，以后当了将军，每一次的选择在当时都算特立独行。

有些事你们可能听说过，但是我是自己亲自经历过，你们在电影当中看到了很多的外国人，外国军人，我经常出国跟他们一块生活，跟他们一块交流，你看到的枪炮、导弹、潜艇、舰艇，那差不多我都在上边待过，我都见过，我都摸过，我都开过，那就不一样。

这就是区别。我还是我，如果说没有党和军队的培养，没有当初我一次次特立独行的选择，我现在在农村，一个64岁的农村老头，你想想，我整天就坐太阳底下晒太阳了，老眼昏花，就这个情况。所以说提升高度，不断地增强见识，非常重要。那问题就来了，怎么样才能提升高度？你说大家都像我似的，都想当将军，那也不可能。

我个人体会，跟年轻人能够说道说道的一个就是要战胜自己。有好多事别人做到了你没有做到，是因为你潜意识当中你不去做，不敢做，不想做，错过了很多的机会。有的说这孩子好，整天听爷爷奶奶的话，听爸爸妈妈的话，是，你可能听你爷爷的话，你永远就在农村了，如果你听你爸爸的话可能进了县城了，如果听你自己的话，有可能你就进北京了。

所以说年轻人不要满足于现状，不要满足于自己，要敢于挑战现状、挑战自己，不断提高。我身边都是一些小伙伴，我老劝他们，有时候老给

但得夕阳无限好，何须惆怅近黄昏

他们加任务。我就发现，给年轻人加多少任务，他都不怕，他都能完成。当然了，他需要付出努力了，有时候晚上加班，加到两三点钟，但是好像他们没有干不了的事，你说真是奇怪了，现在这个"90后""00后"，"00后"我身边还没有，主要是"90后"这帮孩子，他们的潜力是无穷的。

　　自从参加《最强大脑》看到陈志强——15岁那个小男孩，我就感觉，年轻人的能力是无限的，你看他攻克一个山头很累了，结果他努一把劲，再坚持一下，他又攻克了一个山头，又上了一个高度。这怎么回事呢？就是人敢于挑战自己，魅力无穷。

人生遇到瓶颈期怎么办？

不要期待战争，太残酷

这是我在浏览网络时的感悟，说给军迷，更是说给那些不是军迷的人听。

我1979年到1980年在伊拉克工作过两年，我对那片热土、那里的人民有着很深的感情。我是历史的见证人，亲眼看着这个国家是怎样从繁荣走向衰败直至亡国，亲眼看着那些可爱的与我朝夕相处的兄弟、同事、朋友是怎样与战火进行搏杀，最终走向死亡，甚至是全家死亡的！

我无法容忍这样的事情在一个无辜的民族、在一个无辜的国家一而再、再而三地连续发生！他们做错了什么？不就是有石油吗？为什么要那么残忍地对待他们！他们都是平民百姓，他们手无寸铁，他们是无辜的人！

每当我坐在直播室，我的心情就异常复杂，在写这段文字的时候，我已经是泪流满面。

战争！伊拉克人民在战争中得到了什么？失去了什么？他们今天过的是什么日子啊？

但得夕阳无限好，何须惆怅近黄昏

战争是残酷的

我与他们朝夕相处的时候，他们是那样快乐，那样自豪，那样无忧无虑，那样真诚和善良，可是今天究竟是怎么了啊！他们真的是太可怜了，有谁帮助他们吗？没有！

有一次在海淀区作报告，当我谈到这个话题的时候，我一下子就在台上痛哭了起来，足足有十来分钟报告无法继续，我非常抱歉，我不是演员，我不会作秀，那是我的真情实感！

亲爱的网友，亲爱的军迷朋友，你们不要再那么渴望战争、宣扬战争，你们根本不知道战争有多么残酷无情！我知道，我是从战场上归来的，我知道战争的残酷！昨天，他还是个20岁的年轻人，那么活泼可爱，可今天他就死了，他死在两伊战争的战场上！太可怜了！

我们现在的很多年轻人对战争抱着一定程度的期待，有的时候我看那些军事评论文章后面的留言，许多人轻易地喊打喊杀，我是非常心寒的。

战争就像一匹脱缰的野马，在旷野上漫无目的地飞奔；战争就像一头雄狮，面对所有的生灵在怒吼撒野！战争一旦失去理性，就会生灵涂炭；战争一旦被狂人控制，人类就会面临灭顶之灾！战争真的是一种危险的游戏，战争中交战双方都要付出惨重的代价。

那为什么还要发动惨烈的战争？战争是政治的继续，是为了获取经济利益而采用的一种暴力手段。当政治家进行政治斗争难以为继的时候，就会狗急跳墙，寻求战争解决的方式。经济上通货膨胀、资源匮乏、国家利益面临重大危机的时候，为了寻求经济出路，通常也要采取战争的手段。

有时候，战争确实只能用战争的方式去消除。日本鬼子侵略中国，我们不能用念经的方式去祈求他"放下屠刀，立地成佛"，只能用大刀向鬼子们的头上狠狠地砍去！当法西斯帝国联合起来发动全球侵略战争的时候，中苏美英等国联合起来组成反法西斯同盟，最终用正义战争的方式消灭了发动战争的法西斯德国、日本和意大利，换来了相对持久的和平。如果不义的战争来临了，如果人家不听不信和谐世界这一套，那我们必须拿起武器进行自卫，用战争的方式保卫国家主权和人民生命财产的安全。

人类在进入信息时代以后，许多问题产生了一些重大变化：全球经济一体化，使国家之间的经济相互依赖；网络化、信息化使地球变成了一个小村庄，地球村的村民生活在一个地球上，大家共有一个地球，共有一个梦想；现代文明强调资源共享、和谐相处，有了争论和矛盾要通过外交方式谈判解决。这些，都是抑制冲突、遏制战争的重要理念。这些理念，在很大程度上制止了战争，使世界保持了很长时间的和平。冷战持续了40年没有爆发世界大战，虽然现在依然有很多战争，但那都是超级大国为了争夺霸权、推行强权政治的恶果。总的来看，和平与发展是世界的主要潮流，战争正在大量减少。

可是，现在仍然有一个非常危险的倾向：

谁要反对发展航空母舰，谁就是卖国贼；
谁要是说日本人好话，谁就是卖国贼；
谁要是反对打台湾，谁就是卖国贼。

发展航空母舰，涉及国家的政治、经济、军事、外交、科技等核心战略利益，能随心所欲吗？

我们强大了，就必须要打日本、打台湾吗？

解决中日之间的矛盾、制止"台独"分裂活动，打仗难道是唯一的最好的方法吗？有没有更好的替代方式？

这不仅是专家学者需要慎重考虑的问题，也是每一个公民需要认真考虑的问题。

孙子告诫我们一定要慎战，难道我们可以通过群众运动的方式来擅自宣战吗？不同的意见建议都可以相互争鸣，这是民主进步的标志，不要一听到反对意见就大发雷霆，恶意攻击甚至谩骂，这是一种很不文明很丑陋的表现。

就这么成为"愤青",合适吗?

现在社会上有一种年轻人叫作"愤青",就是"愤怒的青年",这些人看什么都不顺眼,跟谁都过不去,尤其是对名家、名人、明星更是不客气,见谁骂谁,唯我独尊。

站在巨人的肩膀上向高峰冲击确实能够快速提升自己的地位和名气,但需要把握一个原则,就是要讲究做人的基本道德。个人的任何幸福都不能建立在别人的痛苦之上,个人的任何进步更不能建立在毁灭别人成果的基础上。

明星与名家不同,明星可以一夜成名,那是商业炒作的结果,当商业用途不大的时候,明星很快就会黯然失色。名家不是商业炒作的产物,是几十年如一日艰苦奋斗、默默奉献的结果。因此,愤青在攻击明星和名家的时候要认真区分目标和对象,不要开错了火。

人怕出名猪怕壮,猪长得太肥就面临任人宰割的命运,出头的椽子先烂,这是中国传统文化中庸之道的悲哀。愤青一族不应继承这样的灰色传统文化,应该学习借鉴欧美先进的创新文化,那就是要把名人、名家和明星作为自己学习的榜样，奋斗的目标，挑战的对象，要向一切比自己优秀的人物学习，而不是漫无目的地攻击，更不是乱棍把他们打倒。

民粹主义、极端主义并不是爱国主义

第一次世界大战结束以后，《凡尔赛和约》对德国采取了极为严厉的制裁措施，使德国的军事工业、武器装备、军事实力和人民生活状况受到重创，民间怨声载道，一种民族主义思潮逐渐兴起，希特勒就是利用这种新思潮，推行极端民族主义，主张振兴军事，吞并那些占有资源的国家，为国家的强盛而奋斗。这种看似爱国的极端民族主义思潮很快得到处于压抑和痛苦之中的人民的普遍支持，成千上万人高举火把汇聚成纳粹字样的火炬游行就代表了那种高亢的情绪。类似的事例还有很多，比如日本军国主义和意大利墨索里尼的极端主义等。信仰宗教本来是一件好事，也是人的基本权利，但是，如果利用宗教开展极端活动是很危险的，宗教极端主义和宗教激进主义就很危险。塔利班学生民兵组织掌权以后，极力推行宗教激进主义，反对任何形式的现代化，电视机、电影、卡拉OK一律都在禁止之列。

我之所以要举这些例子，就是为当前社会上的一些过激行为而担忧。很多年轻人考虑问题过于简单，没有政治头脑，很容易被坏人所利用，这样下去，如果不注意正确引导，就会酿成一些事端。

1999年中国驻南斯拉夫大使馆被炸以后，年轻人冲击美国及外国驻华使馆，抵制外国货，反美、反日、反西方情绪高涨。对于这样的行为，要从两个方面看，一方面要看到年轻人的爱国主义精神，另一方面也要看到不择手段、简单粗暴所造成的危害，如果在过程中被人利用，后果不堪设想。

现在只要一遇到类似事件，网上就非常敏感，比如中美关系、中日关系、台湾问题等，好像没有别的办法，一说怎么办，就是战争、战争、战争！如果有人说可否采用其他方式，比如政治、经济、外交方式等等，这些人就说你是卖国贼，软弱无能！一说到我军武器装备发展，就是美国模式：要发展航空母舰，要全球作战，要先发制人，要用拳头说话！

我很理解年轻人血气方刚的状态，他们可以根据一件事或几件事来确定自己对美国、日本、印度、越南等国的好恶，语言和行为喜欢极端，认为这样就是爱国，谁要是持不同意见，他们就会把人家骂得狗血喷头。"这样不仅不会得到任何好处，还会给其他国家的'中国威胁论'提供证据，并且在一定程度上阻碍了我国与外国的交流，所以说，网民们应该把眼光放长远，为中华民族的利益着想。"

民粹主义、极端主义并不是爱国主义，真正的爱国主义是要从宏观上和战略全局上思考问题，要维护国家的安全与稳定，不要因小失大。

中日有矛盾，但不至于发展为战争

做电视节目和接受访谈，我们很怕涉及日本问题，其中最主要的就是如何谈、谈什么的问题。在评论日本的时候，如果采取高调批判的态度，不符合国家的外交政策，因为要构建和谐世界；如果按照国家的外交政策和构建和谐世界的脉络去谈，很多观众和网友，尤其是年轻人又接受不了，痛骂专家学者"卖国"和"亲日"！包括像抵制日货这个问题，反日、抵制日货、在网上大骂日本等一些激烈的行为其实都是没有意义的。

中日两国是唇齿相依的邻邦，有矛盾、有冲突，也有友情，不要总是煽动矛盾和冲突的东西，要从长计议，从战略高度去思考问题，多化解矛盾和冲突，多进行一些友好往来和交流，尤其是中日两国青年一代要多友好往来。

但得夕阳无限好，何须惆怅近黄昏

2009年10月，日本

  对于历史问题，一方面日本必须要正确对待，要考虑到中国人民的感情，要像德国那样诚心诚意地认罪，只有告别那样一段历史，才能创造光辉灿烂的未来；另一方面，我们也要看到，历史问题是过去的问题，我们现在和未来面临更多的现实问题，应该以更加宽容的胸怀去正视历史问题，把关注点更多地集中到现实问题和未来发展上。

  关于军事安全问题，美国害怕日本复活军国主义，同时也是为了对抗中国，所以在日本长期驻军，这对日本是一种军事遏制。日本看透了这一点，所以在暗自发展军力，希望能够成为西太平洋一霸。日本军事力量在发展的过程中，遇到了中国的崛起，这让日本人感到不爽！中国军事力量在发展，为了保卫自己的海上专属经济区和大陆架，为了扩展自己的作战纵深，需要越过第一岛链向西太平洋稍微显示一下力量,日本和美国对此非常担心,整天围追堵截,继续收紧第一岛链的锁链,紧张局势有增无减。双方的这种军事对峙是否会发展为战争?如何才能避免冲突和战争?我认为发展是不可阻挡的,不可能通过裁军谈判或限制军备条约来阻止军事力量的发展。既然如此,出路只有进行军事交往,通过军事交往来减少误会和误判。

战争是一个非常复杂的行为,战争总是会给人民带来巨大的伤亡,中日之间存在很多的矛盾和冲突,但还不至于发展为战争,也希望大家在分析问题的时候要实事求是,客观全面地阐述自己的看法,不要过多地宣扬对日作战、中日必有一战、一定要用武力灭掉日本之类的过激言论。要把少数日本右翼分子与热爱和平的日本人民区别开来,要加强两国人民之间的友谊,用正义的力量战胜邪恶,防止日本军国主义复活,遏制战争的爆发。

知己知彼,百战不殆

任何民族都有自己的优良传统和民族特色,中国作为一个古老而悠久的民族,应该有更大的包容性,应该更多地学习外国和其他民族的先进经验,为我所用,不要因为政治上和意识形态的分歧而一味排斥和敌对,那是狭隘的民族主义和民粹主义,这是我们要特别注意的。日本和德国在"二战"中的罪恶是载入史册的,是不能原谅的!但是,也要看到,这两个国家各有特色,都有很多值得我们学习的东西。你看德国,民族自尊心多强,每个人都那么精细,那么敬业,那么爱国,那么讲究科学,这个国家现在变得很平和,社会福利也好,在国际上又不那么爱惹事儿,自己的现代化程度那么高,很值得我们敬重和学习。

日本也是一个很优秀的民族,日本明治维新就是借鉴了美国和西方的先进经验之后才改革开放的,当然,日本民族借鉴最多的还是中国的传统文化,从书法、绘画、宗教、科技、农业和医学等方面来看都是这样。但是,

但得夕阳无限好，何须惆怅近黄昏

2009年10月，日本

我们中华民族从日本学习到什么了呢？我们总是看人家不顺眼，好像哪儿都不好！两国关系紧张的时候，我们年轻人抵制日货，看到日本人就咬牙切齿，把日本看得一无是处，无法把日本右翼与日本人民区分开来，这些都是问题，说明我们的专家和媒体在引导方面还做得不够。日本人的敬业、勤劳、爱国、忧患和集体主义精神等，非常值得我们学习。

日本也是世界上经济发展最快最强的国家之一，军事装备也是最先进的国家之一，但国土面积狭小，只有弹丸之地。在这片贫瘠的土地上，没有多少资源可用，所以不管吃的喝的用的，都要从外国进口。饱汉不知饿汉饥，所以，日本人危机感和忧患意识非常强。在中国，我们经常比富的一种方式就是香车豪宅，你到日本看看，能有几十平方米就是豪宅了，而在中国，拥有200平方米还不算豪宅，还要搞三四百平方米甚至更大的别墅。家用私车也是如此，日本车的主要特点是省油、体积小、两厢车多。为什么？因为国土面积狭小。在中国，讲排场的多，两厢车官员们都嫌寒碜，所以车越来越大，越来越豪华。我们理解了日本的艰难处境，就会理解它为什么对大海上的小岛子那么在意，为什么对海洋划界那么认真。但是，国土狭小并不是无理取闹的理由，也不是进行侵略扩张的理由，但的确是我们理解日本人为什么那么固执己见的理由，是我们理解日本人为什么那么忧患的理由。当我们理解了这些，就会正确面对日本人，就会更加客观地处理好中日关系。

我们经常认为日本人小气，我感觉那不是小气，那是精打细算。我们倒是大方，总认为海上的岛屿太小了，友好邻国既然提出要，我们就送给它算了，很多岛子送人了，后来就被占领了，我们却认为，那些海洋岛屿有什么用，我们有成千上万的岛屿，算了吧，人家也挺不容易的，不要因小失大，先让它占着吧。这种大方是传统陆地大国的黄土文明造成的，总认为自己地大物博，从来没有海洋观念，这是何等的危险。你看看日本在南千岛群岛问题上的立场，看看在中日海洋划界问题上的立场，就知道日本人多么忧患和坚持。太平洋上有个小礁盘，日本人赶紧在上面搞土建作业，愣是人工建造了一个几平方米大小的小岛，然后把这个小岛命名为"冲之鸟礁"，并把它划入行政区划进行管理，然后根据海洋法，以这个莫名其妙、子虚乌有的岛子为中心，向外划定了12海里领海和200海里专属经济区，并由国家地图出版部门正式列入日本的海上专属经济区范围。

任何一个民族都有很多优秀的地方，日本历史上从文化、文字到风俗习惯、饮食起居和民用建筑，都向中国学习了很多，我们为什么不向日本大和民族学习呢？明治维新以后日本所走的道路难道不值得我们学习吗？如果对比一下明治维新以后中日两国之间的发展又能给我们多少反思呢？日本经济如此发达，但歌舞伎这样的传统民族艺术还在继承和发展，而中国的京剧、昆曲艺术却日渐流失，年轻人对这些已经非常陌生。中日两国同文同种，人家有很多很好的东西，都很值得我们学习啊！说实话我也很痛恨日本的侵略与扩张，我刚退休就做了网络视频节目《张召忠说》，刚开始就说到了下日本军国主义外衣下的丑恶内心，但古人还强调一个"知己知彼，百战不殆"，是不是？对方好的东西，我们还是要注意和学习的。

经济一体化时代，科技无国界

　　1999年5月8日，中国驻南使馆被炸，全国青年学生义愤填膺，高举标语、高喊口号上街游行示威，而且砸烂了一些肯德基、麦当劳的店铺，还冲击到日本的一些在华企业，他们列出了一个很长很长的单子，上面罗列了几乎所有在中国的美日等西方国家的产品清单，呼吁社会各界人士一定要拒绝购买外国货。在当时的这种环境下，我曾经多次进入高等学校开办讲座，所到之处群情激昂，那种热情让我想到了五四青年，想到了爱国主义，我深受感动。但是，感情不能代替政策，不能以个人的好恶来影响国家的方针，我耐心细致地给大家讲述了我的观点：中国作为一个大国，我们最好是自己能够生产一切我们所需要的东西，但是，你以为那样就是爱国了吗？20世纪70年代改革开放以前，资本主义和苏联修正主义国家都在封锁遏制中国，那个时候什么都不卖给我们，我们自力更生、艰苦奋斗不也过来了吗？但是，那样的日子太苦了，我们的发展太慢了，如果从1949年到现在，中国一直都是现在的方针政策和发展脉络，那中国成为世界第二大经济强国一点问题也没有，但是，我们错过了很多发展的机遇，其中最重要的一个就是过度地拒绝外援和国际合作。我去过古巴，古巴的情况和我们当时的状况一样，实行配给制，总统的工资每个月70美元，鸡蛋、猪肉、蔬菜、香烟都是分配，没有市场，买不到东西。很多楼房多少年不装修，破烂不堪，是因为没有装修材料。马路上跑的汽车全都是破破烂烂的，自己没有工业化生产能力，新的汽车人家制裁，不卖给它，所以日子过得很苦。当然，我们的邻居朝鲜比古巴还要惨。我们这些从那个时代过来的人都清楚地知道那个靠粮票、布票、油票过日子的年代，我们比比看，今天的日子好，还是那个时候的日子更好些？

今天的世界是经济一体化的时代，做生意已经突破了地域的界限，要打破国家、省市、地区的界限，参与更大范围的竞争。中国的商品行销全球，全球的商品也在行销中国，没有必要闭关锁国，应该更大范围地开放。科学技术没有国界，最先进的科学技术应该为世界各国共同享有，不能什么东西都从头开始，我们已经是文明人了，有什么必要还要从猴子变人开始按照程序进化呢？外国的东西好，我们拿过来直接使用不是很好吗？为什么还要重复别人的道路呢？那不是浪费时间和财力物力吗？汽车，别人的很好，我们引进。十年前有的汽车三十多万元，今天比当时更好的汽车十几万元就可以了，老百姓不是很实惠了吗？当然，最好是在引进外国产品和技术的基础上进行自主创新，但这种完全知识产权的自主创新也反对一切从头来，也反对一切都使用国产的东西。即便是完全自主知识产权的飞机、汽车、舰艇，也是指在总体设计和总体组装上是中国的知识产权，但发动机、配套设备却不一定，可以是中国的，也可以是外国的，谁的质高价低就选谁的，这是最聪明的办法。

切忌以个人好恶言天下事

信息社会是知识经济时代，知识经济的载体是人，人的竞争比任何竞争都更为激烈。中国的希望在未来，未来的希望在年轻一代，我希望我们的年轻一代不要成为头脑简单的"愤青"，要能够通观全球，要能够从战略全局上思考问题，切忌以个人好恶而言天下大事。

对于中国的愤青，我在网上看到很多，他们有积极的一面，但消极的东西很多，这种消极的东西没有人从正面进行引导，借助于网络和博客这些现代传播手段反而愈演愈烈，这是我最担心的一个问题。

我也想在此呼吁我们的教育工作者，我们任何有良知的长者，要负起社会的责任，正确引导那些尚处于迷茫阶段的愤青一族，让他们沿着正确的光明的轨道前进，而不是在充满险境的沼泽地里来回挣扎。当然，今天的年轻人也有个成长中的危险阶段，那就是逆反心理。作为长者，我们好心好意地推心置腹地跟他们讲述做人做事的道理，他们非但不听反而会误会误解甚至积怨于我们，这样的事情我经历了很多，教训惨重。你告诉他面前是一片地雷阵，你担惊受怕地为他指引逃避雷区的道路，但他就是不听，总是习惯于按照自己的方式行事。那就让他自己大胆试大胆闯吧，踩过几个雷区，待到伤痕累累、疲惫不堪的时候你再重复你过去的话，可能这时的他会有所感悟。不见棺材不落泪，见了棺材也不一定落泪，但总归是经历了实践，可能比空谈有更深刻的体会。

总的来说，我真的很希望年轻人多在这样三个方面加强修养：一是要学习时事政治。要注意学习党的方针政策、外交政策和科学发展观，在思想上和行动上要和党中央保持一致，如果总是出现对抗性的观点和异端邪说就很麻烦。二是要进行比较研究。要注意学习和比较中国与外国在文化、宗教、经济、国情和军情上的异同，不要崇洋媚外，也不要把别人看得一无是处，要辩证地、历史地、客观地、全面地看待问题。三是要尊重先学、尊重学长、尊重专家，要知道学无止境，要保持一种谦虚谨慎的学风，不要总是以为自己的观点是正确的，不同学术观点可以相互商榷，但不能恶语相向。要知道作为一个电视观众横挑鼻子竖挑眼很容易，但是，如果换位思考，让你去担任评委，你或许能够评点一两个问题，但你能够胜任所有问题的评点吗？

如果无理地取笑和谩骂别人，那只能证明自己的矮小和无知。无知者无畏，或许说的就是这个道理。

不要过度迷恋先进武器

军事是神秘的,出于猎奇和对兵器的喜爱,许多军事爱好者都喜欢在网上进行议论,议论主要集中在三个方面:一是武器装备的讨论;二是军事热点问题的讨论;三是对中国军力的讨论。

武器装备讨论很容易产生的一个偏向是大肆宣扬外国武器装备的先进性,如何无坚不摧,同时宣扬我们的武器装备如何不堪一击,如何落后等等,要注意这样的倾向。

掌握、熟悉、了解外国先进的武器装备是普及国防知识,了解作战对手情况的一个重要方面,但不可以因此而产生高技术恐惧症,更不能利用媒体为外国武器装备做义务宣传报道,借此吓唬中国老百姓,长别人威风,灭自己志气。

同时,武器装备是一个非常专业的领域,国家对武器装备的研制、生产、采购和使用都处于机密和绝密状态之下,普通军迷不要过于热衷和迷恋这些东西。不要四处刺探我军武器装备的情况,把自己了解的一些内部情况、机密情报随意发到网上,这样很容易泄露国家机密。有些敌特分子现在利用网络钓鱼，不断向你发问，诱骗你提供更多的机密情报，如果你不注意就会一步步走向犯罪的深渊。天眼在上，天网恢恢，疏而不漏，要知道网络是有监控的，如果泄露国家军事机密是要受法律惩处的。

如果军迷整天都在讨论一些武器装备，如何制造、使用这些东西，很容易诱发犯罪。我从事武器装备研究30年，深知其中危险。所以这么多年来，我一直为此呼吁：年轻人分辨能力较差，好奇心很重，媒体千万不要诱发青少年犯罪。公安部门在破获的一些案件中发现，很多犯罪现场都遗留有大量有关武器装备的报纸杂志、录像带和光盘。早在20世纪80年代，中国第一次播放《加里森敢死队》之后，犯罪率上升很快，很多青少年都模仿片中人物进行抢劫、杀人、放火等，迫使该剧中断播出，之后，宣扬武力、武器、暴力、恐怖的内容受到遏制，但近年来又有所抬头。

武器装备是战争的重要因素，但不是决定的因素，决定的因素是人。人的因素、谋略的运用、战法的运用、战斗精神等都是重要因素，要注意武器装备的作战运用，不要把武器装备进行静态的性能对比，那样是没有用的。

中国革命的胜利靠什么？一是靠人民战争的威力，二是靠共产党的英明领导，三是靠毛泽东军事思想的伟大指引。中国革命战争的历史上，武器装备从来都是劣势，但我们打赢了战争，建立了政权。日本、美国有飞机、大炮、坦克，还有航空母舰，但是他们失败了！美国人有个评论，叫作"不怕中国军队现代化，就怕中国军队毛泽东化"。我们搞现代化再有几十年也追不上美国，美国根本不害怕。但是，它害怕中国军队用并不先进的武器装备和先进的毛泽东军事思想武装起来的力量，它深深知道，这个力量是不可战胜的！毛泽东军事思想是继承了中国孙子兵法、曹操、诸葛亮等军事家的思想，借鉴了国际共产主义运动的先进理念，与中国革命的现实问题相结合，在战争实践中不断总结和发展，引导中国革命从胜利走向胜利的。

随着科学技术的创新和发展，武器装备也会不断发展和进步。从冷兵器、热兵器到机械化武器、核武器、信息化武器，都是这种发展进步规律的典型例证。技术和武器的发展，都是在追求作战效能的最大化和最有效化，但这并不是说，战争就真的会使用这些武器装备去屠杀、去轰炸、去作战。

武器装备是死的，人是活的；武器装备是没有灵魂的，人是有思想、有意志、有意识的。武器装备再先进也只能是一种工具而已，人是使用这种工具的设计师和工程师，工具再好，如果不适合我的工程使用，那也是白费。所以，每当我们在宣扬一种武器装备作战效能的时候，都不要偏颇，不要疏忽人的作用。"二战"中空投到日本广岛的原子弹才一二万吨TNT当量，现在发展到几千万吨，无论是数量还是规模都达到了历史最高水平，但事实上核战争并没有发生，核武器从一种实战的武器变成一种威慑的、吓唬人的武器，这就是人类文明进步之后对武器进行有效控制的结果。倡导文明，促进和平，反对战争，是我们面临的比发展先进武器装备更为繁重的任务。

我们的方针是积极防御，我们的政策是以邻为伴，与邻为善，和谐发展，我们的战略是和平发展，无论中国将来多么强大，我们仍然需要韬光养晦，不能称霸，不能向全世界诉诸武力，更不能对周边的邻居横行霸道、肆无忌惮，这是我们的战略，希望年轻人牢记，不要宣扬美国那样的霸权主义论调，否则，国外会把你们的评论作为"中国威胁论"的依据进行放大。我们每个人都有发表自己观点的权利，但要服从国家战略全局，个人要在这样的战略全局之下去发挥，不能用个人观点对抗国家战略，这应该也算是爱国的一个方面。

可许多军事爱好者往往看不到这一点，或许也是因为媒体过度宣扬先进武器装备的缘故，所以，我多次呼吁媒体，要把先进的武器装备与装备的使用和发展结合起来，我们重视武器装备的发展，但在武器装备的作战使用方面必须坚持正确的战争观和方法论，不能误入歧途，更不能全民谈武器、论装备。

有些同志曾经表示我们可以使用核武器攻击别的国家，也有的同志提倡使用一切可以使用的手段对敌人发动袭击，这些观点本身看来是没有问题的，如果经过媒体炒作，再加入相关国家的背景，问题就很大了，就会出现新核战争论和超限战恐怖袭击论。我长期从事武器装备的研究，我深知这个行业的复杂性和敏感性，希望大家要尽量减少对这些东西的炒作，即便是专家在谈论这些话题的时候，也要尽可能与历史、现实和未来结合起来，根据中国的国情和作战对象的不同来谈论，尤其要注意处理好人与武器的关系，要用马克思主义战争观和辩证唯物主义的立场去分析，不要走向极端。

进击的局座：悄悄话

谁是这个时代的英雄？

我年轻的时候，接受的教育都是革命传统教育，雷锋、王杰、黄继光、董存瑞都是我学习的榜样，从小就树立了革命英雄主义精神。

我学习毛主席的《实践论》《矛盾论》等著作，提高了理论思维能力。每天在学校上课都是"两耳不闻窗外事，一心只读圣贤书"，业余时间都是抢着去做好人好事。那个时候学习雷锋做好事，都是要偷偷地干，不能让别人发现，因为做好事不能为了表扬，不能为了出名挂号。

记得17岁那年，我在一家工厂工作，经常早上四点钟起床，悄悄地把猪圈清理干净，在清理的过程中，弄得浑身很脏，但心里却感觉很高兴，因为总算是做了一件好事儿。现在的年轻人，谁要是去做这样的好事儿，那别人肯定说他有病。我经常看到马路上坑坑洼洼的，过往车辆都在奋力躲坑，但就是没有人去填补。

闲下来的时候，我经常会想，这个时代的年轻人，他们的榜样是谁？谁又能成为值得我们去仰望的英雄？

人还是要有点信仰与情怀

人与动物是有区别的,最大的一个区别就是除去物质需求之外,人总是要有点精神、有点信仰的,如果没有精神、没有信仰就是虚无主义,虚无主义就是头脑空空,什么东西都不感兴趣,总是跟着感觉走,信马由缰,走到哪里算哪里。

现在很多人,不知道信仰什么。我年轻的时候就特别崇拜科学家和文学家,志愿当一名科学家、文学家,以后虽然当了兵,但也基本上按照这样的思路去发展自己。

现在的年轻人追求什么?信仰什么?很多人随波逐流,追星,浮躁,希望可以不读书、不刻苦就会一夜成名?真是笑话!我们的很多媒体还在夸大这些东西,真是俗不可耐,已经发展到什么地步了。这在任何一个国家都是不可能的!利用纳税人的钱打造的国家公共传媒平台,怎么可以不以公共宣传教育为主,而要搞些乱七八糟的东西呢?我想不通。

今天,改革开放、市场经济给我们带来了巨大的物质利益,但精神文明却受到了很大的冲击。我到西方国家去参观调研,发现人家的文明程度、青少年的社会责任感、人与人之间的信任程度等都是很好的。

西方人很重视三个方面的教育:一是爱国主义教育。以国家利益为重,时刻维护国家利益,培养年轻人的责任感和主人公精神。二是传统教育。对于历史上的荣辱,要通过教材、影视、展览等方式进行传播和教育。我在欧洲一所海军学院调研期间,发现这个学院供奉着所有在战争中死去的人的名单和照片,学员们经常去瞻仰、献花。校园里到处都是为国捐躯的将士们的铜像,每个人的故事都在激励着学员们的意志。三是素质教育。学生以学为主,但不是死读书,不是光听课,在课堂上要自主式学习,研

2011年4月13日，四川广安，缅怀邓小平同志

讨式学习。为了搞好这样的学习，学生就要用大量课余时间去自学和准备，所以学生爱好广泛，素质很高，全面发展。

我们现在的青少年教育形式单一，灌输式的教育方式效果不好，年轻人有逆反心理也不愿意听。传媒在利益的驱使下，为了迎合年轻人的心理，不断推出一些低俗的娱乐性节目，从而吸引了年轻人的眼球。年轻人，尤其是尚未成年的学生，还没有分辨是非的能力，只要好玩儿、好看就行，这样就形成恶性循环，对他们的健康成长造成很坏的影响。最直接的影响就是浮躁，不再安心学习，期望一夜成名，爱好产生重大变化，不再喜欢理工科专业，对于文艺类、文学类、娱乐类专业比较青睐。小小年纪就看破红尘，以为靠本事吃饭已经不行了，什么事儿都要靠拉关系、走后门，不送礼、不走门子就办不成事儿。

如果年轻人是在这样的氛围、这样的环境中成长起来，将来到社会上如何成为名师大家和有用之才？我相信绝大多数年轻人是好的，但幼小心灵中如果埋下一些不健康的种子，将来还能够结出累累硕果吗？

现在人人都在想着怎么赚钱，都很忙，就是心静不下来，浮躁得很。我都不知道，一个人在世上有吃有喝就行了，要那么多钱干什么？广厦千万座，即便是个房地产大鳄，晚上睡觉不还是一张床吗？你再有钱，天天大鱼大肉、海参鲍鱼的有什么意思，我就喜欢粗茶淡饭。人还是要有一点精神的，人还是要有一点教养的，因为这是人与动物的根本区别。

少年强则国强

此前参加过《最强大脑》，我最大的一个收获就是15岁的选手陈志强教育了我。第一场比赛是看星星，从满天星斗中找出嘉宾指定的星星。陈志强正确找到以后，现场嘉宾出现争论，这种争论越来越不可收拾，最后演变为媒体事件。我当时坚定地支持陈志强，感觉他的思维是正确的，方法是无可挑剔的，于是这个选手就这样留了下来。后来又进行了多场比赛，我虽然很喜欢这个选手，但从来没有认为他像周炜、王煜珩、刘健、林建东等那样厉害。万万没有想到这孩子冲入了最终的脑王争霸赛。更没有想到的是，他在脑王争霸赛中脱颖而出成为世界脑王！

我现场发表了一大通感慨，一个15岁的孩子不断给自己加压力，两手发抖，紧张得很，问他为什么这样不断挑战自我，他说就是为了让这个世界脑王的奖杯留在中国！听到这话，我当时差点哭出来，我经常进行全民国防教育和爱国主义教育，这不是最好的例子吗？一句话点出主题，而且不是用高亢的口号式的语言，是一个孩子发自内心的自白。最终，他果然成功了。

我又发感慨，当初要是把他淘汰了，一个伟大的中国选手也就从此埋没了，陈志强可能永远不会再有勇气争夺世界脑王。

所以我再发感慨，希望我们的长辈、老师、教授更多地发现人才、培养人才、爱护人才，不要打压人才，更不要嫉贤妒能，不要千里马常有而伯乐不常有！这是我们这个社会最需要的一种精神。

我小的时候崇拜刘文学、董存瑞、雷锋，他们是那个时代的楷模。今天的时代，陈志强为什么不能成为少年英雄？他不是靠托关系走后门送礼行贿等那些乱七八糟的方式，而是用自己的真才实学为国家争得荣誉，国家相关职能部门要好好研究一下这个案例。

少年强则国家强，自古英雄出少年，《最强大脑》舞台上不是出来英雄了吗？国家如何肯定并加强宣传，通过这个智慧少年影响其他少年，救救孩子，让孩子们少看些乱七八糟的东西，多一点正能量的内容行不？只有这样才能让13亿中国人聪明起来。陈志强应该成为新时期中国少年的典型和崇拜的对象，国家有关部门应该加强宣传，相关影视节目也要以此为原型创造一些科学类的产品。

选个好偶像，
少走许多弯路

但得夕阳无限好，何须惆怅近黄昏

孤独的前面就是成功

　　每一个名人后面，都有一番酸甜苦辣，而且不是一般的酸甜苦辣，都是非常艰难的。做学问的人不太可能存在偶然性，成名需要的时间更长一点，而且没有任何捷径可走。因为你的著作和观点需要被广泛地认可，你的预测和推论需要时间和实践的验证。

　　有的学者年轻一点，我想和领域有关。比如信息、网络、经济、电视、艺术等那些和老百姓的生活密切相关的领域，专家学者的年龄就会年轻一些。军事专家，绝对不可能年轻化，因为军事是一个实践性和外延性太强的领域。一个真正的军事专家，必须首先是一个科学技术和武器装备方面的专家，必须是一个通晓危机、冲突和战争的专家，特别是要有战略观念，要懂政治、外交、经济，要善于把许多各不相关的知识兼收并蓄融会贯通起来，最终形成自己独特的观点和看法，所以这需要很长的时间，起码要25～30年。

　　我在1970年当兵之前用了两年时间专门学习机械和电子工程专业。1980年到2000年，一直搞科研和教学。我学过机械，能拆装柴油机；学过电子工程，能装配收音机、电动机和发电机；学过阿拉伯语，在北大毕业时用阿拉伯文写的毕业论文得了满分，以后出国担当翻译；学过英语，毕业后就翻译出版了一本英文小说，此后多次出国兼做口语翻译，并长期以英语为工作语言从事研究和教学；从事和研究过各种武器装备，搞过导弹，登上过十几个国家的战舰，随潜艇多次出海下潜，搞过多年的陆战装备研究，还参观过数十家中外军工企业；两次参加国际海战法专家会议，并撰写了海洋法和海战法专著；从1982年马岛海战开始，对每一场危机、冲突和战争都进行过专门的评论，形成了独特的评述特色；已有1000多万字的论文和专著面世，内容涉及科技装备、现代战争、军事法规、国际战略、国防与军队建设等诸多领域……

现在的年轻人着急，一二十岁就想着建立丰功伟业，我像你们这么大的时候，什么都不是。美国总统里根曾经任命过一位31岁的海军部长莱曼，他曾说"外行谈战略，内行谈后勤"，我认为此话有道理。越是外行，东拉西扯地谈起战略来滔滔不绝，可你问他几个技术、装备和作战方面的问题，他却什么都不知道。这是浮躁、虚化和泡沫效应。

我经常劝说我的研究生，要踏踏实实学技术，只有掌握了技术，才能了解装备；只有了解了装备，才能使之与作战相结合；只有在装备和作战之间找到契合点，才能创新出战法；只有对技术、装备、战术、战役，特别是联合战役掌握得差不多了，这时你才能学着谈论一些战略问题。谈战略也是先小后大，先了解本国，再言亚太，再谈全球。否则，就会出现顾此失彼，把芝麻当成西瓜，或者不知深浅地大胆预测，结果往往预测失灵，屡遭失败。由此可以看出，军事和其他领域不一样，需要很长时间的积累，不可能一蹴而就。

有的时候，我会收到年轻的网友留言，说喜欢钻研军事问题。年轻人喜欢国际问题，喜欢国防和军事问题，是一个多么好的爱好啊！我经常讲，一个人必须要有世界眼光，没有世界眼光就不可能有战略思维，你很难想象一个井底之蛙会知道天有多大，更不会知道天外有天、地球以外还有其他星球了。

但这些喜欢军事的人却跟我说，他们觉得孤独。在别人去追星逐利的时候，他们在浏览最新的国际态势，查阅中国最新军情动态，他们说这个群体太小众了——的确，军事在社会生活中是小众，越是和平时期就越不会成为社会的主流。做这一行永远不可能发财致富，永远不可能像搞传统文化、文学创作那样快速蹿红，这一行是个慢活儿，需要默默奉献，而且要数十年如一日，还不能有任何的非分之想，比如赚大钱、当高官之类的想法都不行。

但什么叫孤独？当所有人都往前挤不排队的时候，你衣冠楚楚、文质彬彬、井然有序地排队，那叫孤独，但你做错了吗？当人们把时间都消磨在饭桌、牌桌和舞厅的时候，你在灯下苦读，你感觉孤独吗？那是一种境界，一种荣耀，一种修养，一种素质。

鲁迅是孤独的，因为他愤世嫉俗，所以把文字当作投枪和匕首，直接刺入那个万恶社会的心脏，他痛快淋漓，没有感觉孤独，尽管没有什么高稿酬，尽管当局对他进行封杀和打压，但他很高兴啊，他是一个伟大的斗士，他不孤独，我们至今还在阅读他的作品。相反，那些酒鬼、色鬼、横行霸道的弄权小人才感到孤独，因为短暂的荣耀让他们永世不得一个好名声。

孤独是成功的开始，孤独是成功的必然，不要到处凑热闹，热闹往往与浮躁为伍，要甘于孤独，孤独的前面就会是成功！

有榜样是件幸福的事

一个钱学森使中国打破了核垄断,从而步入世界强国行列;一个袁隆平不仅使13亿中国人解决了温饱问题,也对世界人民的生活做出了重大贡献。但是,有多少人了解他们?现在还有多少人记得他们?太多的人疲于追星,渴望尽情娱乐,社会太浮躁,每个人都想在别人的八卦中释放自己。

钢铁是怎样炼成的?是在熔炉中锤炼而成的!再好的钢也要冶炼,再好的铁也要敲打,哪里有不经过磨炼就能够成才的。有人说现在的年轻人很颓废,他们是颓废的一代,是吗?他们就是明天,如果他们是颓废的一代,那中国的未来肯定是黑暗的,没有前途的,那还得了吗?许多年轻人生活条件优越,缺乏艰苦环境的磨炼,有很多固有的缺点,这是成长中的问题。这些问题在老一辈看来是格格不入的,所以就有今不如昔、一代不如一代的感觉。这样的感觉是不全面的,怎么能用老眼光看待新事物呢?

年轻人的成长主要是受三个方面的影响:一是家长。家长是最好的老师,家长的以身作则,率先垂范,对于孩子的影响是最大的。二是老师。学校的老师是传道者,承担着对青少年道德规范、为人处世和知识学识的教育。三是社会。社会的影响非常大,主要是社会风气、社会榜样、社会潮流和社会舆论的影响。

改革开放以前，家长一般都希望自己的孩子当兵，因为军队是一所大学校，希望让孩子到军营去吃苦锻炼，成为一个懂礼貌、守纪律、有理想、有抱负的青年。那个时候社会舆论的主体是工农兵，像雷锋、王杰、董存瑞、黄继光、王进喜、陈永贵等这样的英雄模范人物很多，他们成为青少年学习的榜样，拼搏、奉献、献身精神成为那个时代的最强音。

近些年来，家长、老师和社会舆论的主体变得多元化，当兵只是一种选择，这样选择的更多的是艰苦农村的年轻人，对于城市青年而言，当兵不是更好的选择，对于学习成绩好的青年人来讲，最好的选择是上大学、出国留学和到外企工作。虽然树立了很多典型，也出现过一些英模人物，但无论如何也不如歌星影星的名声大，在青少年心目中，影星歌星才是自己心目中的英雄，他们是"天王""巨星"。当然，我们的各种舆论宣传媒体也跟风，各种比赛、各种大奖、各种节目都呈现娱乐化趋势。

在这种全民娱乐、全民炒股、心浮气躁的舆论环境中，年轻人变得浮躁起来，追逐金钱和名利地位成为首选，无私奉献和开拓创新被严重忽略。尚武精神强调的是拼搏、斗争、顽强、坚毅、奉献、牺牲，这样的一些精神和追求显然与当今时代的潮流不相一致，所以成为社会舆论中最弱小的一个音符。

长期以来，似乎年轻人也摸不清自己的榜样是谁了，这个时候也会觉得很无力，很想自暴自弃，或者就这么甘于平庸，似乎这就是生活本来的模样。但生活这个东西，纵有千般相似，还是有诸种滋味，好或者坏，也只有自己最清楚。

我这一辈子，目标很清楚，知道自己喜欢什么，知道自己想做什么，知道自己的榜样在哪里，所以当我退休的时候，似乎是大松了一口气，很庆幸我没辜负谁。

我们的国家和媒体啊，让年轻人多些榜样吧，我们这些吃过这么多大米、走过这么多路的过来者，也要严格要求自己，争取成为这些新时代的年轻人的榜样吧。

起跑线落后了
就跑快点

第十章

进击二次元

小时候过年的那些有意思的事儿

过年的时候,第一个节奏是蒸馒头。

有一年我去兰州讲课,在下面一个偏僻的地方吃到了饧面馒头,问他们要了点面粉,结果回来的时候落在机场了。

小时候还会走亲戚,拿着一个篮子,篮子里面装了一堆馒头、花卷、年糕……

到了这个亲戚家,人家拿下俩馒头,再给你放上俩馒头,到那个亲戚家,给你拿下俩馒头,再放上俩花卷,等你转了一圈之后,发现那个篮子还是满的。

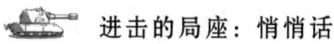

进击的局座：悄悄话

那些年，
我喜欢玩的游戏

我小时候特别喜欢玩陀螺，把陀螺放在冰上，拿鞭子打，在冰上玩特别舒服。

大一点后就特别喜欢翻跟头、耍弄刀枪棍棒这些玩意儿，我比较擅长的是倒立，一待就是一个小时。

大年三十放完炮磕完头之后去睡觉，早上五点多就起来了，到处看看谁家放的炮剩下的有没响的，捡回来拿个香点刺花玩。

直到现在我还有这毛病，年三十晚上很多人在放炮，第二天早晨我起来遛弯的时候就跑去看看。

我这辈子最佩服那些学富五车的人

过去

十几岁的时候，还没被允许上饭桌吃饭，就特别讲究，要长辈吃完了，孩子才能去吃。

现在

现在的孩子，就我那小孙子，吃顿饭得要两小时，满屋跑，我得哄着他去吃饭，跟小皇帝似的。

1984年，广州一个拆船公司买了澳大利亚的一艘墨尔本号航母进行拆解，我被派去对这个航母进行调研。

我们调研组里面有一个海军工程学院的教授。我就跟他们说，这是我们的教授，学问很大！我特别佩服船舶方面的专家。

吃饭，是一件多么幸福的事儿

我上中学的时候，学校离家有十来里地，每周周日下午就背着一袋子干粮从家走了，就是那个地瓜面蒸的窝头，漆黑漆黑的。

就这样，周一吃着还可以，但吃到周三、周四就发霉了……

周一　周三　周四

后来我上了北大，我是学外语的，特别想有个录音机，但我买不起。那个时候北大食堂有一大桶热水，里头撒点盐，大家吃完饭就拿着饭盒喝点这个。

爱惜粮食！

吃饭是一件很幸福的事，每一粒米都是有故事的。

老张的养生之道

做人不能言而无信

老张的勤俭节约之道

老张其实很会做饭！

图书在版编目（CIP）数据

进击的局座：悄悄话 / 张召忠著 . —— 武汉：长江文艺出版社，2016.11（2017.7重印）

ISBN 978-7-5354-9241-8

Ⅰ.①进… Ⅱ.①张… Ⅲ.①随笔—作品集—中国—当代 Ⅳ.①I267.1

中国版本图书馆 CIP 数据核字 (2016) 第 247363 号

进击的局座：悄悄话

张召忠　著

选题产品策划生产机构	北京长江新世纪文化传媒有限公司　北京广纳文化有限公司

选题策划	金丽红　黎　波　安波舜
编辑整理	大　贝　赵　娜	内文照片	赵　娜	项目统筹	王瑞暄
责任编辑	罗小洁	装帧设计	郭　璐	封面摄影	邓熙勋
助理编辑	张晶晶	内文制作	张景莹	首页摄影	傅　聪
责任印制	张志杰	法律顾问	张艳萍	媒体运营	刘　冲　符青秧
内文条漫	林　闵　程　萌　刘成文

总　发　行	北京长江新世纪文化传媒有限公司		
电　　　话	010-58678881	传　　　真	010-58677346
地　　　址	北京市朝阳区曙光西里甲 6 号时间国际大厦 A 座 1905 室	邮　　编	100028

出　　　版	长江出版传媒　长江文艺出版社		
地　　　址	湖北省武汉市雄楚大街 268 号湖北出版文化城 B 座 9–11 楼	邮　　编	430070
印　　　刷	三河市华业印务有限公司		
开　　　本	710 毫米 ×1000 毫米　1/16	印　　张	19.25
版　　　次	2016 年 11 月第 1 版	印　　次	2017 年 7 月第 8 次印刷
字　　　数	240 千字		
定　　　价	42.00 元		

盗版必究（举报电话：010-58678881）

（图书如出现印装质量问题，请与选题产品策划生产机构联系调换）